希特勒
的
试毒者

Le
assaggiatrici

［意］罗塞拉·波斯托里诺 著

雪 川 译

图书在版编目（CIP）数据

希特勒的试毒者 / （意）罗塞拉·波斯托里诺著；雪川译. —北京：
北京联合出版公司，2019.6
ISBN 978-7-5596-3026-1

Ⅰ. ①希⋯ Ⅱ. ①罗⋯ ②雪⋯ Ⅲ. ①长篇小说－意大利－现
代 Ⅳ. ①I546.45

中国版本图书馆CIP数据核字（2019）第048034号

北京市版权局著作权合同登记号：01-2019-1679号

希特勒的试毒者

作　　者：（意）罗塞拉·波斯托里诺　　译　者：雪　川
产品经理：贾　楠　　　　　　　　　　　版权支持：张　婧
责任编辑：郑晓斌　徐　樟　　　　　　　特约编辑：金宛霖　丛龙艳

- -

北京联合出版公司出版
（北京市西城区德外大街83号楼9层　100088）
北京联合天畅文化传播公司发行
天津旭丰源印刷有限公司印刷　新华书店经销
字数 230千字　880mm×1230mm　1/32　印张 10.25
2019年6月第1版　2019年6月第1次印刷
ISBN 978-7-5596-3026-1
定价：68.00元

- -

他只有彻底忘掉自己是人，

靠这个，他才能活。

——贝尔托·布莱希特《三分钱歌剧》

CONTENTS 目 录

第一部分

第一章

我们一次进去一个。在走廊里站着等了几小时之后，我们都需要坐下来歇一歇。房间很大，四周是白色的墙壁。房间中央的长木桌上已经摆放好了餐具。看守们示意我们坐下。

我正襟危坐，双手交叉着放在腹部。我的面前摆着一只白色的瓷餐盘。我饿了。

其他的女人也都无声地坐下了。我们一共十个人。有几个妇人文雅地坐得笔直，头发束在发髻里。还有的四处张望着。我对面坐着的女孩脸蛋软软的，美中不足的是有一只酒糟鼻。她用牙齿啃下手指上的死皮，用门牙不停地咬着。她也很饿。

上午十一点的时候我们就已经很饿了，这和乡下的空气或长途跋涉无关。这是因为我们胃上的那个空洞让人感到害怕。这是长年累月堆积起来的饥饿和害怕。当食物的香气钻进鼻子里时，我的心跳突突地直蹿到太阳穴，口水一下子就充满了整个口腔。我瞥了一眼那个酒糟鼻子女孩。看来她和我一样。

四季豆里拌着黄油，我上一次吃到黄油还是在我的婚礼上。烤过的果椒的香味不停地挠动着我的鼻子，我的盘子已经装不下了，但我还是没有叫停盛菜的人。而我对面女孩的餐盘里是米饭和青豆。

"开吃吧。"屋子角落里的一个声音说道，那语气听起来与其说是命令，倒不如说是邀请。他们从我们的眼神中看到了渴望。我们松了口气，呼吸也加快了。但我们一开始还是很犹豫。还没有人说祝我们有个好胃口，也许我本可以站起来说一句"感恩"，感恩今早的母鸡们如此慷慨，虽然我今天吃一个鸡蛋就够了。

我又数了一下人数。我们一共十个人，这不是最后的晚餐。

"快吃！"角落里又传来了声音。我已经吸了一根四季豆到嘴里，我感到血液在我身体的每个角落流动，从发根直到脚趾，我的心跳逐渐放缓。怎么会有食堂为我准备饭菜呢——那甜甜的果椒——这样给我准备的一个食堂，一张连桌布也没有的长木桌，亚琛[1]产的瓷盘和十个女人，如果我们戴着面纱，那看起来就会像十个在修道院饭厅发誓噤言的修女。

一开始我们只是抿几口，好像我们根本没有收到要全部咽下去的命令一样，好像我们可以拒绝吃一样。这些食物，这顿饭本不该由我们吃下去，只是碰巧罢了，我们碰巧有资格来到他们的餐厅。食物顺着我的食道滑落，最后着陆在我胃里的那个空洞上，但是空洞被填得越满，欲望就越大，我们渐渐地攥紧了手中的刀叉。苹果派的美妙滋味让我几乎热泪盈眶，我每一口都是越吃越多，简直是狼吞虎咽，最后不得不在敌人的注视下把头朝后仰，好把东西咽下

---

1 德国城市，又译作阿亨，位于今德意志联邦共和国北莱茵－威斯特法伦州，靠近比利时与荷兰边境。——译者注

去喘口气。

我妈妈曾经说过，吃饭是在和死亡做斗争。她告诉我这句箴言的时候，希特勒还没有上台，我还在柏林布劳恩斯德盖斯10号上小学，那是个没有希特勒的时代。她在我的围裙上别了个别针，一边把书包递给我，一边警告我吃午饭时要注意，千万不要噎着。在家时我有一个坏习惯，吃饭时叽叽喳喳讲个不停，就算嘴里塞满了吃的，我也照说不误。妈妈一数落我这个毛病，我就被她恨铁不成钢的语气和她的死亡威胁式教育方式逗得哈哈大笑，一时间真的喘不过气来了。好像每一个为了生存所做的举动都可能让我们走向死亡：活着就很危险；整个世界更是危机四伏。

我们吃完后，两个党卫军朝我们走过来，我左边的那个女人站了起来。

"坐下！在你的位置上坐好！"

他们还没过去按她坐下，那个女人就自觉地迅速坐下了。一绺头发从她绑着的麻花辫上的发夹里松散下来，轻轻地晃动着。

"谁许你们站起来的？新的命令下来前都给我好好地在桌边待着。不许讲话。如果食物有毒的话，毒素很快就会进入你们的血液。"一名党卫军朝我们一个一个地看过去，应该是为了观察我们的反应。我们大气也不敢出。接着他转向之前站起来的那个女人：她身穿一件巴伐利亚紧身裙，也许她备受敬重[1]。"别担心，只需要

---

1 奥地利和巴伐利亚传统女士服装，希特勒时期穿传统服装的妇女一般被认为是抚养了纯种雅利安人的光荣母亲。——译者注

等一个小时就好,"他对她说道,"一小时之后你们就都自由了。"

"或者死了。"他的一个同事补充道。

我感到心头一紧。那个有酒糟鼻的女孩双手捂住脸压抑着抽泣声。"别哭了。"她边上一个棕色头发的女人说道。但是好几个女人都哭了起来,也许这是一种消化反应,就像吃饱了的鳄鱼会流泪一样。

我压低声音问道:"我可以问一下您叫什么名字吗?"酒糟鼻女孩没有反应过来我在问她。我伸出手,碰了碰她的手腕,她的手弹开了,闷闷地看着我。"你叫什么名字?"我又问了她一遍。女孩转过头看了看党卫军站着的角落,一时间不知道在没有允许的情况下她能不能讲话。看守们都心不在焉,快中午了,他们也都有气无力的。也许是估摸着不会被发现,她终于轻轻地告诉我:"莱妮,莱妮·温特?"她说得像个疑问句,但这就是她的名字。"莱妮,我叫罗莎。"我告诉她,"放心吧,过一会儿我们就能回家了。"

莱妮应该还只是个小姑娘,从她胖乎乎的手指上可以看出来;她应该没有在干草房被人碰过,就算在秋收后的农闲时也没有。

1938年,在我的弟弟弗朗茨离开之后,格雷戈尔把我带去格罗斯-帕特斯奇见他的父母。"你会喜欢他们的。"他对我说道。他很是为能征服自己从柏林来的秘书而骄傲,我们就像电影里演的一样订了婚。

坐在摩托车副座上的那段旅程很棒,就像歌曲中唱的那样:"我们骑马向东行。"各地的喇叭都播放着这首歌,而且不仅仅在4

月20号[1]放这首歌。每天都是希特勒的生日。

那是我第一次坐渡轮，也是我第一次和一个男人出远门。赫塔把我安排在她儿子的房间里，然后把格雷戈尔赶去阁楼睡觉。但是当他的父母都睡熟之后，格雷戈尔打开了我的房门，钻进了我的被窝里。"不，"我小声地说，"别在这儿。""那去干草房。"我睡眼惺忪。"不行，被你妈妈发现了怎么办？"

我们还从未做过爱。我之前也从未和任何人做过爱。

格雷戈尔的双手缓缓地抚过我的嘴唇，他先是沿着我嘴唇边缘滑了一圈，然后手指慢慢用力，摸到了我的牙齿，他的两根手指伸进了我的嘴巴。我的舌头感觉它们干干的。只要我想，我就可以收紧牙关咬伤他。格雷戈尔显然根本没有想过这种可能性。他总是信任我。

那个晚上我没有再坚持，我上了阁楼，自己打开了门。格雷戈尔睡着了。我将我的双唇贴上他的，交换着我们的气息，终于将他弄醒了。"你想知道我梦里的味道吗？"他朝我微笑道。我把一根手指塞进他的嘴里，然后加到了三根，我感到他的嘴巴被慢慢撑大，我的手指被他的口水浸湿了。这就是爱：不会咬伤人的嘴巴，或者是背叛来临时的撕咬，就像反抗主人的狗一样。

在回家的旅途中，有一次他用手抓住了我的后颈，我那时候戴着一串红色石头制成的项链。当时不是在他父母家的干草房里，而是在一间没有舷窗的小屋里。

1　4月20号是希特勒的生日。——译者注

　　　　　　　　　　　　　　　希特勒的试毒者

"我得出去。"莱妮喃喃道。只有我听见了。

莱妮身边棕色头发的女人颧骨很突出，头发光亮，眼神没有一丝闪烁。

"嘘。"我安慰地搓了搓莱妮的手腕，这次莱妮没有躲开，"只剩二十分钟我们就能出去了。就快结束了。"

"我必须得出去。"她坚持着。

棕色头发的女人这次瞪了莱妮一眼，怒道："你还真不知道保持安静啊？"

"你干什么呀？"我几乎失声叫道。

党卫军扭头朝我们这儿看："发生什么了？"

所有女人都朝我们这边看过来。

"求您了。"莱妮说着。

一个党卫军走过来，拉起莱妮的一只胳膊在她耳边说了句什么，我听不到他说话的内容，但是他揉搓着莱妮的脸，把她的脸都弄变形了。

"你不舒服吗？"另一个看守问道。

那个穿着巴伐利亚紧身裙的妇人又一次从椅子上跳起来："是毒药！"

其他人也纷纷起身，莱妮犯了一阵恶心，那个在她面前的党卫军急忙避开，莱妮吐了一地。

看守们连忙跑出去找厨师质询，元首说得一点没错，英国人想要毒死他。女人们互相抱着慰藉，有几个对着墙抽泣，棕色头发的女人双手叉腰在房间里前后踱步，鼻子里不停地发出一种怪声音。我走到莱妮身边，扶起她的额头。

有的女人开始用手托着肚子，不是因为肚子疼，只是饿了太久，一下子吃饱了不适应。

他们把我们留在食堂里几个小时。地板已经用报纸和一块又湿又厚的抹布清理干净了，只有空气中还飘浮着呕吐物的味道。莱妮没有死，她只是不断地颤抖。渐渐地她靠着餐桌睡着了，她的脸枕着胳膊，手还被我握着。她还是一个小孩子啊。我感觉到我的胃里也一阵翻江倒海，但是我太累了，累到都没有力气再去感受不安。格雷戈尔已经应征入伍了。

他不是纳粹，我们从来都不是纳粹。我还是个小女孩的时候就一点也不愿意加入德国少女联盟[1]，我不喜欢在白衬衫高领下飘动着的黑色围领巾。我从来不是一个好德国人。

当我们消化着食物，渐渐对时间没了概念的时候，警报声又响了起来，看守们过来叫醒了莱妮，让我们排队上车回家。我的胃不再翻腾：它刚才很是忙碌了一阵。我的身体吸收了元首的食物，元首的食物在我的血液里循环。希特勒安全了。而我又一次感到了饥饿。

---

1 1936年12月之后，纳粹德国的所有德意志种族，且为德国国民的身体无残疾的14—18岁少女均须加入德国少女联盟。联盟宗旨是通过各种活动培养女孩的国家社会主义思想，训练她们在德国社会中担任妻子、母亲和家庭妇女的角色。该联盟是当时世界上最大的少女团体。统一制服为白色衬衫、黑色领巾和深蓝色裙子。——译者注

希特勒的试毒者

第二章

我被食堂白色的墙壁环绕着，从那一天起我成了希特勒的试毒员。

1943年的秋天，我二十六岁，足足跋涉了七百多公里、花了五十多个小时才从柏林来到东普鲁士。这是格雷戈尔的家乡，但格雷戈尔不在，他去参加战争了。而我为了躲避战争来到了格罗斯－帕特斯奇，如今已经一周了。

我到公婆家的第一天，党卫军就毫无征兆地出现了，他们说找罗莎·绍尔。我当时正在后院，没有听见。我自然也没有听见他们的吉普车停在家门口时发出的刺耳噪声，只是看见母鸡们争先恐后地跑回了鸡舍。

"他们找你。"赫塔说。

"谁？"

她转身走了，没有回答我。我喊了一下扎特，但是它没有过来。扎特是一只天性自由的猫，它早晨总会去田野里溜达。我一边跟着赫塔往屋里走，一边充满疑惑：我刚来这里，又没有人认识我。哦，我的天哪，难道是格雷戈尔回来了吗？"是我丈夫回来了吗？"我问她的时候已经走进了厨房，我只能望见入口处她遮住了阳光的背影。而约瑟夫也在那儿，一只手扶着桌子，看上去站立不稳，像要摔倒一样。

"希特勒万岁！"两道黑色的身影朝我挥出了右臂。

我一边跨过门槛，一边也挥起了右手。阴影随着他们的贴近而从他们的脸上褪去。厨房里站着两个身着灰绿色军服的男人。其中一个见了我说道："你是罗莎·绍尔？"

我点点头。

"元首需要你。"

元首从来都没有见过我。但是他需要我。

赫塔用围裙擦干手，党卫军继续在说话，他们看向我，独独盯着我一个，像是要仔细检查我是不是一个身体强健的人。长期的饥饿的确让我有一些虚弱；无数个夜晚响起的警报声也让我缺乏睡眠；我失去了一切，失去了身边所有人；我的眼睛也有所损伤。但是我浑圆的脸庞、茂密而金黄的头发无一不透露着我是一名被战争驯服的年轻的雅利安女性。他们试着相信，我是一个百分之百的民族的产物，他们终于得出了这样一个完美的结论。

党卫军向我走来。

"我可以给你们准备点什么吗？"赫塔到了这时候才想起来问这句话，简直是迟钝得有些不可原谅了。乡下人不知道该怎么去招待重要的来宾。约瑟夫终于站直了身子。

"明天早晨八点我们还会再来，我们希望你已经准备好了。"

整个过程中我始终一言不发，但党卫军根本就没有顾及我的意见。

党卫军说了一些恭喜的话，又说他们不喜欢烤橡果咖啡。也许可以用那瓶储藏在地窖里等格雷戈尔回来时再开的红酒招待他们，但他们依旧没有领情：赫塔的反应太慢了，必须得承认这一点。又或许是因为他们从不向饮酒的恶习屈服，他们不断锤炼着自己，直到有一天远离恶习，获得了强大的精神意志。他们振臂高呼"希特勒万岁"——向着我。

他们的吉普车开走之后，我来到了窗边。路面上轮胎碾过的痕迹指引着我即将面临的道路。我转身来到了另一间房间的窗边，在屋里来回踱步。我急切地想要呼吸新鲜的空气，想找到一条可以逃离的路。赫塔和约瑟夫亦步亦趋地跟在我的身后。拜托了，让我一个人好好想一想，让我一个人好好呼吸吧。

是镇长把我的事情告诉党卫军的。一个小镇的镇长永远认识镇上的每一个人，即使是新来的人，他也不会不知道。

"我们得想个办法。"约瑟夫的手紧紧地攥着胡子，好像生怕手一松，解决问题的办法就会从他手上溜走一样。

为希特勒工作，为希特勒卖命，难道不是每一个德国人眼下都在做的事情吗？但是因为吃了被下毒的食物而送命，这算什么？！不是被枪弹击中，也不是在爆炸中牺牲，约瑟夫不能接受这一点。就这么悄无声息地死去，上不了一点台面，老鼠才会这么死呢，英雄般的死法从来都不会这么不堪。然而女人从来就不会像英雄那样死去。

"我要离开这里。"

我把脸贴在玻璃上，试着深吸一口气。可是胸口处传来的剧痛让我无法用力呼吸。我换了一扇窗户，这次我的呼吸又被肋骨处传来的疼痛打断了，我失去了呼吸的自由。

"我搬到这儿是为了生活得好一些，没想到我反而要被毒死了。"我笑中带恨，暗暗将矛头直指我的公公婆婆，虽然根本不是他们招来党卫军的。

"你应该藏起来，"约瑟夫说道，"你得逃到一个地方去。"

"到树林里去吧。"赫塔建议道。

"哪里的树林？我在那儿只会又冷又饿。"

"我们可以给你带吃的。"

"很明显，"约瑟夫赞同道，"我们不会抛弃你的。"

"那如果他们到处搜查我呢？"

赫塔问她的丈夫："你觉得他们会到处找她吗？"

"他们不会给她好果子吃的，但应该不会找她吧……"约瑟夫有些语无伦次。

真可笑，我是一个没有军队的逃兵。

"要不，你回柏林吧？"他建议。

"对啊，你可以回到柏林去啊，"赫塔跟着附和，"他们肯定不会追到柏林去找你的。"

"可是我在柏林已经没有家了，你记得吗？如果不是走投无路，我也不会到这里来。"

赫塔脸上一僵。我一下子把我们之间一直蒙着的遮羞布扯开了：虽然我们是婆媳，但是我们都不了解对方。

"对不起，我不是那个意思……"

"都过去了。"她急促地打断了我。

刚才我对她的不敬却在冥冥之中打开了我们互相信任的门，我第一次有了和她亲近的想法，我甚至想上去抱抱她，她会抱住我，她在担心我。

"那你们呢？"我问，"如果党卫军来了我不在，他们找你们麻烦怎么办？"

"我们会有办法的。"赫塔说着，走开了。

"你自己有什么打算吗？"约瑟夫撵着胡子的手已经松开了。那里根本就没有解决的办法。

我宁愿死在一个陌生的地方，也不愿意死在自己的家乡，因为在我的家乡已经没有亲人了。

成为试毒员的第二天，天刚蒙蒙亮我就起床了。公鸡一打鸣，恼人的青蛙们就像突然间都困得瘫睡过去似的，一下子就停止了它们持续一整夜的呱呱声。我一夜无眠，充满了孤独。窗户玻璃上反射出一双有着黑眼圈的眼睛，我认出了我自己。我的黑眼圈与失眠或战事无关，它从小就跟着我了。妈妈曾经对爸爸说："你快别看书了，看看你女儿的眼睛是怎么了？"爸爸问医生："她是不是缺铁？"而我的弟弟会用他的额头贴着我的额头，因为皮肤接触时那种滑滑的像丝一样的触感总是能让他很快入睡。在窗户上的倒影里我看见了我小时候的眼睛，我知道这是一种预兆。

我出门去找扎特，它蜷成一团，像母鸡看守员一样睡在鸡舍的栅栏边上。再怎么说，让姑娘们单独待着是不谨慎的。扎特作为一只保有良好绅士习惯的公猫，深谙这个道理。格雷戈尔却离开了我，他想要做一个好德国人，而不是一个好丈夫。

格雷戈尔把我们第一次约会地点定在主教堂边上的咖啡馆，他迟到了。我们坐在咖啡馆户外的餐桌旁，尽管那天阳光很好，风还是吹得人有点冷。我当时完全沉浸于破译天空中小鸟的歌声之中，它们的歌声好像乐曲，飞翔的路线又像精心为我编排好的舞蹈。就在这时，他匆匆赶到了，看上去就像我从少女时期就憧憬着的真爱一样。有一只离群的小鸟既孤单又英勇，一个猛子俯冲下来，几乎要扎进施普雷河[1]，它用直直地伸展着的翅膀溅起水花，又迅速地朝天上飞去了：那是它即兴的表演、无意识的离群，像醉酒后不由自主的欢愉行为。我感到我的小腿肚为这种欢愉传来咝咝的喜悦声。我面前这位年轻的工程师正和我一起坐在咖啡馆约会，我满心欢喜。幸福才刚刚开始。

我点了一块苹果蛋糕，但一口也没吃。格雷戈尔察觉到了："你不喜欢吗？"我笑了笑："我也不知道。"我把盘子向他那边推了推好让他吃。他咬下一口蛋糕，那快速又娴熟的咀嚼的样子让我也想吃了。于是最后我们吃着同一个盘子里的东西，漫无边际地闲聊着，却始终没有看对方的眼睛，好像这种亲密已经过了火。突然有一瞬间，我们的叉子不经意地交叉在了一起，我们都顿住了。我们双双抬起头，绵长而持久地对视着。鸟儿仍在天空中不知疲倦地盘旋，偶尔有一些累了的，或是歇在树枝上，或是栖在栏杆旁，或是停在路灯边。谁知道呢？也许它们中还有的会噘着尖嘴，埋到水里再也不想飞上来了呢？然后，格雷戈尔主动拿起他的叉子拦住了我的叉子，就好像他触碰到我的身体一样。

赫塔起床拿鸡蛋的时间比平常晚，也许昨天她也度过了一个不

1　德国东北部河流，最终汇入易北河支流哈弗尔河。——译者注

　　　　　　　　　　　　　　希特勒的试毒者

眠之夜，所以今天早晨实在困得起不来。她看见我一动不动地坐在一把生锈的椅子上，而扎特趴在我的脚上。她也在我身边坐下来，完全忘记了还要做早餐的事。

大门吱嘎作响。"他们来了？"赫塔问道。

约瑟夫靠在门框上，摇了摇头。他用手指了指打谷场："我去拿鸡蛋。"扎特摇摇晃晃地跟着他走了。我的双脚因为它的离开感到一凉。

晨光是如此耀眼，就像一阵巨浪打来，撕开了早晨苍白而毫无血色的天空。母鸡们纷纷拍打翅膀，小鸟们唱着歌，蜜蜂们围着人们头上的太阳光柱嗡嗡鸣叫，但汽车尖锐的刹车声掩盖了它们的声响。

"快起来，罗莎·绍尔！"我们听见了叫喊声。

我和赫塔都站了起来，约瑟夫拿着鸡蛋走了回来。他没有注意到，有一只鸡蛋因为他抓得太紧已经破了。发亮的橙黄色液体从他手指间滴落。我全神贯注地盯着液体，看着它从约瑟夫的手里掉到地上，不发出一点声音。

"快点，罗莎·绍尔！"党卫军步步紧逼。

赫塔贴在我的背上，我心下一阵触动。

我愿意在这里等着格雷戈尔回来。我愿意去相信战争会结束。我愿意去吃东西。

一上巴士，我就迅速地张望了一眼，便坐在最前面空着的位置上，和其他的女人保持一定距离。车上已经坐了四个女人，其中两个坐得很近，另外两个互不理睬。我记不得她们的名字，我只记住了莱妮，当时她还没有上车。

没人回应我上车时打的招呼，于是我透过已经被雨水打得满是污迹的车窗玻璃看向赫塔和约瑟夫。他们站在家门口，虽然赫塔患有严重的关节炎，但她还是朝我挥了挥手，而那只破了的鸡蛋还拿在约瑟夫的手中。我又看了一眼屋子——长满苔藓的瓦片看起来黑黑的，墙面上的灰泥泛着粉色，缬草花在光秃秃的土地上一簇一簇开得正旺。直到一个急转弯之后，他们都消失在我的视线里。以后的每个早晨，我都要这么看着他们，就像再也见不到他们一样，免得留有遗憾。

拉斯腾堡[1]的军事区离格罗斯－帕特斯奇只有三公里，它藏在茂密的森林里，从高处根本发现不了它。约瑟夫说，工人们开始建造它的时候，当地居民对每天进进出出的卡车和货车颇有揣测。苏联人的飞机从来没有找到过它的位置，但是我们都知道，希特勒就在那里，就在不远处睡着。也许夏天的时候他也会在床上辗转反侧，绞尽脑汁地想要杀死那些打搅他好梦的蚊子。也许难忍的瘙痒也会让他在皮肤上挠出许多的红点：无论你多厌恶你皮肤上群岛似的红肿小包，总有一块皮肤你希望它永远都好不了，因为抓痒带来的放松是什么也比不上的。

他们把这里叫作沃尔弗尚采——狼穴。狼是希特勒的代名词。我是被掠走的小红帽，最终死在了狼的肚子里。一大群猎人正在搜寻他。抓住了他，他们就会把我放出来。

1　现在为波兰的肯琴，"二战"时期曾经是希特勒的军事指挥部"狼穴"所在地。——译者注

第三章

我们到达了克劳森多夫[1]，面前是一座用红色砖墙砌成的学校，现在已经被征用作军营了。我们整齐地排着队，一个接一个地穿过入口，温顺得就像母牛一样。党卫军在走廊里拦住我们，对我们搜身。感觉到他们的手在我们的脸颊、腋下停留是一件非常可怕的事，但我们除了屏住呼吸什么也做不了。

他们在本子上点名记录我们的出勤情况，我们一一答"到"。我注意到昨天对莱妮很不客气的那个棕色头发女人叫艾尔弗里德·库恩。

他们让我们两人一组进入一间充满酒精味道的房间，而其余没有被叫到的女人只能在门外等着。我把手肘靠在一张课桌上，一个穿着白大褂的男人用一根止血带绑紧了我的胳膊，食指和中指在上面拍打着。抽血这个举动很明显意味着他们把我们当成了一种实验品，如果第一天我们只是被当作一种尝试，那么从这一刻起，我们试毒员的身份已经不可改变了。

当针头扎进我的静脉时，我把头扭向了另一边。艾尔弗里德就

---

1 拉斯腾堡的一个县。——译者注

在我边上，她专注地盯着注射器不断地抽着她的血，很快针管就被越来越暗的红色填满了。我从来没有办法去看我自己的血，一旦我意识到那深色的液体是从我的身体里流出来的，我就会感到一阵头晕目眩。所以我只能朝艾尔弗里德那边看，看她那笔直得就像笛卡儿坐标一样的姿态，看她毫无波澜的神情。我直觉地意识到了艾尔弗里德的美貌，虽然我尚未亲眼见识到——但她的美如同一个数学定理，只待被人证实。

在我反应过来之前，她已经一脸严肃地盯着我了。她鼻孔张开，似乎空气不够的样子，我张开嘴吸了吸气。我什么也没说。

"按住这儿。"那个穿白大褂的男人边提醒我，边用一根棉签按住我的皮肤。

我听到艾尔弗里德胳膊上的止血带倏地放开的声音。接着她的椅子在地板上"吱呀"一声，那是她站起来的声音。我也跟着站起来。

到了食堂，我先等着别人坐下去。大部分的人都坐在昨天的位置上，莱妮对面的位置空着，那就是我的位置。

早餐是牛奶和水果。到了中午，他们又给我们端来了午餐。我的面前摆着一盘芦笋馅饼。后来，随着试毒次数的增加，我渐渐知道他们将不同的食物进行各种排列组合，以此来进一步控制食物的安全。

我观察了一下食堂的样子——窗户带着铁栅栏，通往院子的出口一直有守卫看守，墙壁上没有绘画——我们就好像在一个完全陌生的环境里学习一样。我上学的第一天，妈妈送我去学校，当她要离开的时候，我担心我会在妈妈不知情的情况下发生危险，这个念头让我满是悲伤。不是因为这个世界充满威胁，而是因为母亲在危险发生时无能为力，这让我深受触动。我没有办法接受，当我的生命可能在一点点地流逝时，她却置身事外。不在身边虽然不是有意为之，却也可以视为一种背叛。我曾经在教室的墙面上寻找裂缝和蜘蛛网，让它们成为我的秘密发现。我的视线不断地在看起来很大的教室里逡巡，直到我终于看见墙上一块破裂的踢脚线的痕迹，我的心才平静下来。

但是克劳森多夫的食堂墙壁上的踢脚线都是完整的。格雷戈尔不在，我独自一人。党卫军的靴子随着他们的踱步打着节奏，在为我们可能面临的死亡倒计时。这些芦笋是多么美味啊！难道毒药不是苦的吗？我一口咽下去，感觉心跳因此停止了。

艾尔弗里德吃的也是芦笋，她盯着我看，而我一杯接一杯地喝水，以期能淡化我的痛苦。也许是我的衣服吸引了她。也许赫塔说得对，我的棋盘格花纹的衣服在这里显得格格不入，我又不是要去办公室，我已经不在柏林工作了。"把你原来城市的那些作风都改了吧，"我的婆婆这么跟我说过，"不然她们会用异样的眼光看你的。"然而艾尔弗里德并不是在用一种我穿错了衣服的眼光看我，又或许就是？但我穿的是我觉得最舒服、最日常的衣服——制服，格雷戈尔这么喊它们。尽管它不会给我带来好运和金钱，我还是会毫无疑问地穿上它，它是我的庇护所；我能用它抵挡住艾尔弗里德毫不掩饰的审视目光。她看我的目光是如此热切，在我衣服的棋盘格子上来回移动，像是能把衣服的车线都磨损了，像是要把我的高跟鞋都盯得散了架，像是要把我两鬓的碎发压下去一样。我一杯杯地灌着水，感到膀胱要胀开了。

我不知道在午餐结束前我们是否可以离开餐桌。但是我的膀胱实在胀得难受，就像那时每当夜晚的警报声响起，我和妈妈还有公寓里的很多人都躲在不登格斯的地窖里时感受到的那样。但是食堂的角落里并没有木桶，我实在忍得受不了了，起身要求去洗手间。党卫军同意了，他们中的一个高个子大脚看守跟着我，在走廊里时，我听见了艾尔弗里德的声音："我也要去洗手间。"

洗手间的瓷砖已经有些磨损了，带着黑色的细缝。里面有两个洗手池和四个带门的便池。进去后，我就进了其中的一扇门。可是我没有听见其他门关上的声音，也没有听到水流声。艾尔弗里德像是消失了。难道她躲在一旁偷听吗？只有我的小便在一片寂静中发出流动的声音，这让我羞愤难当。当我打开门准备出来时，她用脚尖抵住了门，一只手放在我的肩上，把我按在墙边。瓷砖闻起来有消毒剂的味道，而她轻轻地、几近温柔地靠近我的脸。

"你想要干吗？"她问我。

"我？"

"为什么抽血的时候你一直盯着我看？"

我试着挣脱她的束缚，但她毫不费力地阻止了我。

"我劝你还是管好你自己的事。毕竟在这种地方每个人最好还是好好管住自己。"

"我盯着你看只是因为我受不了看自己的血。"

"那其他人的血你反而受得了了？"

一声金属碰到木头的声音让我们都吓了一跳：艾尔弗里德往后退了一步。

　　　　　　　　　希特勒的试毒者

"你们在做什么？"门外的看守说着走了进来。我感到背上的瓷砖又湿又冷，又或许是我的汗水在作祟。"聊天吗？"他穿着巨大的靴子，用它来碾压蛇头实在是太适合不过了。

"对，可能是因为刚刚抽过血，所以我有些头晕。"我嘟囔道，用手抚摸着臂弯静脉上的那个红点，"她刚刚帮了我，我现在觉得好多了。"

看守警告我们说，如果下次他再抓到我们举止亲密的话，会给我们一个教训的。不，不是教训，他会好好利用这一点的，然后他以一种意想不到的方式笑了起来。

我们回到食堂，一路上每一步高个子都紧盯着我们。

他说错了，我和艾尔弗里德并不是举止亲密，刚才在我们之间弥漫的，是恐惧。我们探测着和身边人的距离，就像刚来到这个世界上的人对这世上的一切心怀恐惧一样。

晚上我回到家，上厕所时闻到了尿液中飘出的芦笋的气味，我想到，也许艾尔弗里德也正坐在马桶上，和我闻到了同样的气味。甚至，希特勒在狼穴那坚不可摧的掩体中，在这个晚上，他的尿闻起来和我的一样。

第四章

　　我出生于1917年12月27日，第一次世界大战结束前的十一个月。我是一份圣诞节后的礼物，妈妈说圣诞老人一定是忘了我，我被毛毯裹着，所以他没看见，谁知他在雪橇上突然听见了我的尖叫声。于是他只能不情不愿地又去了柏林，他的假期刚刚开始，要额外再送一趟礼物对他来说实在算不上一件高兴的事。"还好他最后还是发现你了，"爸爸说，"你是我们那一年唯一的礼物。"

　　我爸爸是一名铁道工人，妈妈是一名裁缝。我家里客厅的地板上永远都散落着各种颜色的线轴和线头。妈妈总是习惯舔一舔线头，这样线更容易穿过针孔。而我有样学样地舔着线头，把它完全吸到嘴巴里，用舌头抵着上腭，搓弄它，感受它的存在，直到它变成湿湿的一团。我总是无法控制自己不去幻想，如果我不当心把它吞进了肚子，它就会进到我的身体里，我会死掉的。在接下来的几分钟里，我就会不断地猜测我那近在眼前的死亡是否会有什么预兆。但因为我毕竟没有死掉，于是我又慢慢地把这个可怕的念头忘了。我很能藏住秘密。每到晚上我又想了起来，确定我的死期到了。这种对死亡的幻想游戏在我很小的时候就开始了，但我从来没和任何人提起。

晚上的时候，爸爸总是习惯听广播，妈妈打扫完地上的线头后会躺在床上打开《德意志汇报》，一脸期待地阅读她喜爱的小说的最新章节。我的童年就是这样度过的：被蒸汽模糊了的朝向不登格斯的玻璃窗，提前背诵乘法口诀，上学路上穿着嫌大、后来又嫌小的鞋子，被我斩首的蚂蚁，还有周日爸爸妈妈在讲道台上讲诵《圣经》，妈妈会念《诗篇》，而爸爸则会念《哥林多前书》。我就坐在长凳子上听他们讲道，有时候我觉得很骄傲，有时候我又会觉得很无聊。我的嘴巴里总是藏着一块芬尼[1]，金属咸咸的，有点扎人。我半闭着眼睛，用舌头把硬币推到喉咙最深处，越往后推越不安，直到发现它快滚下去了，我才赶紧把它吐出来。我的童年，是枕头底下的书本，是广场上盲目乱飞的苍蝇，是圣诞节的蛋糕[2]，是在蒂尔加滕公园[3]里的玩乐。有一次我到弗朗茨的摇篮边，把他的小手塞进我的牙齿间狠狠地咬了一口，弟弟立刻就哭了起来，可是那哭声和新生儿刚睡醒时的哭声一样，没有人知道我对他做了什么。

我的童年做过这样那样的坏事，细细数来都是秘密，我尽量保守这些秘密，不让别人发现，就像我从来没有问过我的父母是从哪儿搞来牛奶的。牛奶太贵了，要花很多马克才能买到，去食品店抢也不现实，有那么多警察盯着呢。甚至几年之后，我也没有问过他们是不是也会为《凡尔赛条约》感到屈辱，他们是不是和所有人一样憎恨美国，他们是不是觉得我父亲参与过的一场战争被判为有罪

1　德国旧式货币单位，100芬尼等于1马克。——译者注
2　这里指德式圣诞蛋糕，是德国的一种传统圣诞食物，更像加了水果干和果仁的面包。——译者注
3　位于今德国首都柏林米特区下辖蒂尔加滕区的一座城市公园，是德国第三大、柏林第二大市内公园。——译者注

是有失公正的。我的父亲曾经在一个夜晚和一个法国人一起穿过一个山洞，最后他们在一具尸体边睡着了。

在我的童年时代，整个德国满是伤痕。妈妈在舔线头时嘴唇后缩，看上去像一只乌龟的样子让我发笑。爸爸结束工作后一边吸着朱诺牌的香烟，一边收听广播。弗朗茨在他的摇篮里睡着了，他手臂弯曲，手掌贴着耳朵，他小小的手指都藏在他柔软又肉嘟嘟的手掌中。

而我在自己的房间里，把我的罪行和秘密都一一罗列出来，不带一点悔意。

　　　　　　　　　　　　　　希特勒的试毒者

第五章

"我一点也看不懂。"莱妮呻吟道。晚饭后我们坐在打扫干净的食堂餐桌边,桌上放着打开的书本和看守们发给我们的铅笔。"好多词都太难了。"

"比如说?"

"营养素,嗯,不是营养素,等一下,"莱妮翻了一页书念道,"唾液淀粉酶,还有那个,百事,嗯,不,胃蛋白酶原。"

我们到食堂一周后,厨师来食堂给我们发了一些营养学的文章,要求我们学习。他说,我们的工作是一项严肃的任务,需要有足够的技巧和知识。他说他叫奥托·京特,但我们知道党卫军都叫他"克鲁梅尔",就是面包屑的意思。党卫军这么喊他大概是因为他又矮又瘦小。每天我们到基地的时候,他已经在那里和助手们准备早餐了。我们一大早就要吃早饭,而希特勒每天会在收到前线消息后的十点左右吃早餐。每天十一点的时候我们就要开始吃他午饭要吃的东西。吃完后经过一个小时的观察等待,他们就会送我们回家,在下午五点的时候再来家里把我们接去吃晚饭。

早晨的时候,克鲁梅尔给我们发了书,其中一个女人翻了几页就耸了耸肩,冷哼了一声。这个女人的肩又方又宽,和她黑色裙子盖住的细长脚踝完全不成比例。她叫奥古斯丁。莱妮却脸色煞白，好像已经确定，要是问她问题，她一个也答不上来。我却觉得这些书对我来说是一种安慰，不是因为我觉得死记硬背这些消化过程有用，也不是因为我觉得把书本上的内容都记住就能给别人留下好印象，而是这些东西对我来说是一种消遣，我可以重拾我读书时的学习方式，重新找回自己，以一种自欺欺人的方式来告诉自己，不要把真正的自己给弄丢了。

"我真的做不来。"莱妮说，"你觉得他们会问我们什么问题？"

"别担心，"我对她笑笑，"你真以为看守们会坐到讲台上给我们一个一个打分吗？"

莱妮还是没办法换个话题："也许是医生下次给我们抽血的时候，突然问我们一个特别难的问题。"

"那不还挺有意思？"

"这有什么意思？"

"我倒是觉得，我们现在学的东西就好像在偷看希特勒的消化器官一样，"我用一种难以理解的喜悦说道，"如果我们做一个类似的计算，我们就可以推断出他的括约肌会在什么时候扩张了。"

"咦，怪恶心的！"

这并不恶心，他也是人。阿道夫·希特勒也是一个需要消化的人类。

"教授的课上完了吗？不，我就问问，好等你开完研讨会之后给你鼓鼓掌。"

这是奥古斯丁的声音，就是那个一身黑、方肩膀的女人。看守们没有让我们必须保持安静。因为厨师给了我们书本，这座食

希特勒的试毒者

堂又恢复了它最初教室的样子，大家尊重厨师的意志，相互讨论，好不热闹。

"我很抱歉，"我低下头，"我不是故意要打扰你的。"

"我们都知道你可是在城里读的书。"

"她在哪里读的书和你有什么关系？"乌拉忍不住插嘴道，"她现在不还是和我们在这里吃东西吗？好吧，是，饭都很好吃，还加了毒药当佐料呢。"她说完，自己笑了。

乌拉有着纤细的腰、高耸的乳房，党卫军称她是块宝贝。她从杂志上剪下一张张女演员的照片贴在本子上，有时候如数家珍地翻看着：嫁给拳击手马克斯·施梅林的安妮·奥德拉那瓷器般的脸蛋啦；伊尔莎·维内尔的嘴唇是多么丰润多汁，尤其是当她在电影里对着广播噘起嘴吹出《当你悲伤时唱起一首歌》的副歌时——是啊，一首歌就能驱走你的悲伤与孤独，应该有人去告诉德国士兵的；但乌拉的最爱还是札瑞·朗德尔[1]在《哈巴涅拉》里海鸥翅膀一样的眉形和两颊边卷曲的刘海儿。

"你这么优雅地来军营多好啊。"她对我说。我今天穿了一条酒红色长裙，法式的领口，袖口蓬松。是妈妈给我缝的。"如果你死了，至少你穿得体面，他们也不需要另外给你准备一件寿衣。"

"你们为什么总是讲这些吓人的事情？"莱妮抗议道。

赫塔说得对，我的穿着让姑娘们无法不注意我。艾尔弗里德第二天就已经迷失在我裙子的棋盘格花纹里，现在她正背靠着墙看书，嘴里叼着的铅笔看起来就像一根灭了的烟。她似乎一直在斟酌

1　瑞典女演员，作品有《士兵的假期》《女王之心》等电影。——译者注

是站起来走开还是继续坐着不动。

"你喜欢这条裙子吗？"

乌拉犹豫了一下，回答说："裙子当然好看，就是剪裁太巴黎式了。不过总比戈培尔夫人[1]让我们穿的荣誉裙强多了。"她压低声音，指了指我边上的位置，那是那个第一天午饭之后站起来的女人的位置——格特鲁德没有听见乌拉说的话。

"天哪，听听你们都在说些什么呀！"奥古斯丁一巴掌拍在桌子上，转身离开了。她不知道怎样才能不去理会我们对话中的"不可理喻"，只能假装接近艾尔弗里德。不过艾尔弗里德一直在专心看书，根本不赏脸。

"所以你到底喜不喜欢这条裙子？"我又问了乌拉一遍。

乌拉挣扎再三，终于承认："喜欢。"

"那好，这条裙子我送你了。"

一个微弱的"砰"的声音让我转过头，艾尔弗里德合上书，双臂交叉在胸前，嘴里仍叼着那根铅笔。

"你准备怎么给她？学圣方济各[2]当众脱了衣服给她？"奥古斯丁听罢咧嘴笑了，轻捶了一下艾尔弗里德的肩。但是艾尔弗里德没理她。

我对乌拉说："要是你想要的话，我明天带给你，这样我今天回家有时间把它洗一下。"

大厅里一时议论纷纷，艾尔弗里德终于离开了她靠着的墙，坐

1　纳粹德国宣传部部长的妻子，也是希特勒的亲密盟友。——译者注

2　天主教圣人，出身富贵，曾当众将身上的华丽衣物脱下还给自己的父亲，自愿过上清贫的生活。——译者注

到我面前。她故意让书重重地落到桌上，接着，她把手指放在书上，不住地敲着封面。她在观察我。奥古斯丁也有样学样地跟着这么做了。我敢肯定，到了某个时刻她就要给我宣判了。但是艾尔弗里德最终还是保持了沉默，她手指的动作也停了。

"柏林来的姑娘要给我们施舍呢。"奥古斯丁还是不肯放过我，"看来不光是生物学得好，教会的精神也掌握得很牢呢。不就是想显摆她比我们强吗？"

"我想要这条裙子。"乌拉说。

"它会是你的。"我回答她。

奥古斯丁的舌头啧啧作响，我发现她每次气急败坏的时候都会这么做。"真他妈的……"

"排队了！"看守们大声喝道。"时间到了！"

女人们纷纷迅速站起来。奥古斯丁虽然明显很享受戏剧冲突，不过离开食堂的欲望还是战胜了一切。今天也能安全地回家，真是太好了。

我朝队伍走去的时候，乌拉用手肘碰了碰我："谢谢。"她说完跑到前面去了。

艾尔弗里德在我后面说："这里不是什么柏林的女子学校，这里是军营。"

"你管好你自己的事情就行了。"我惊讶地发现，我脑子一热居然回击了她，"这还是你教过我的呢，对吧？"我知道我只是想找一个借口，我并不想挑衅她。

我希望取悦艾尔弗里德，而不是击败她，我自己都不知道为什么这么想。

"总之，"她说道，"那个小女孩说得没错。除非你真的喜欢接受各种中毒症状的教育，否则这些书没有一点意思。为自己的死亡做准备，你觉得有趣吗？"

我继续朝前走着，没有回答她。

当天晚上我就洗干净了要送给乌拉的酒红色长裙。送裙子给她并不是因为我慷慨，也不是想博得她的欢心。看着她穿上我的衣服，就像终于放下了柏林的生活，接受了格罗斯－帕特斯奇一样，我终于可以删除柏林在我身上的印记，这是我向柏林递交的辞呈。

三天之后，裙子干了，也熨平整了，我把它裹在报纸里带给了乌拉。我从没有见过她在食堂穿这条裙子。

赫塔量了我的尺寸，把她衣柜里的一些衣服改了改给我穿。她把衣服两侧改窄了，在我的坚持下她又把背后那里改短了一些。我向她解释说这是柏林的时尚。她重复着我的话，把线抿在她的嘴唇中间，就像我妈妈做的那样，只是这乡下家中的地上没有一点线头。

我把那件棋盘格花纹的衣服连同我在柏林做雇员时的所有衣服放进了格雷戈尔的衣柜。我还是坚持穿着原来的鞋子。赫塔警告我："你穿这些高跟鞋去哪儿都不方便啊。"但是只有穿着这些鞋子，我才能认清楚我自己的脚步。它们现在已渐渐变得模糊不清了。每一个迷雾蒙蒙的清晨，它们都会生气地拦住我的去路。但是，到底为什么要把我和其他的试毒员联系到一起呢？我和她们一点关系都没有，为什么我要接受这一切？

我在镜子中看见了自己的黑眼圈，我的愤怒在绝望中萎靡不振。我把棋盘格花纹的衣服关进了漆黑一片、深不见底的衣柜。我的黑眼圈一直是对我的一种警告，但是我没有提前做好准备，眼下

　　　　　　　　　　　　　希特勒的试毒者

我一直害怕的事情终于来临了。我突然清楚地意识到，这个世界上已经容不下那个在合唱团唱歌的小女孩了，她曾经在下午的时候和女伴出门溜达，辛苦地做着几何作业；也再没有那个忙得焦头烂额的秘书了，现在这个世界上只剩下一个因为战争而一夜变老的女人，这一切的命运已在她的血液里写就。

1943年3月的一个晚上，我的命运就在那夜被操纵。警报像往常一样呻吟起来，一开始声音不大，但紧接着就刺得人耳膜疼。妈妈从床上跳下来。"快起来，罗莎，"她喊道，"他们开始轰炸了！"

爸爸去世后，我就一直陪在她的身边睡觉。我们身上的体温是如此接近，我们都是成年的女人，我们都曾有过婚姻生活然后又失去了它，在被褥下我总是会想起那些床榻间的缠绵。但是我仍愿意陪在她身边，纵使警笛声不响，她从梦中惊醒时也有我的陪伴。又或许是我自己害怕一个人睡觉。格雷戈尔离开之后我就搬出了我们在奥特美斯维格租住的公寓，搬到了我的父母家。我本来还在练习怎样成为一个好妻子，然而现在我又不得不回归女儿的身份。

"快跑啊！"她见我正在找衣服，就不由自主地催我，她自己拿了一件大衣披在睡衣外面，穿着拖鞋跑下楼。

警报声和之前的没有什么不同：长时间的哀嚎总是让你以为它会持续一辈子，然而每到第十一秒的时候它就会逐渐减弱直至消失，过不了一会儿它又卷土重来。

一直以来我们只收到过假警报，每次我们都手持火把手忙脚乱地跑下楼，尽管早就对黑暗中的逃亡做了规划，我们还是会在黑暗中跌倒，或者撞到公寓里其他跑向地窖的居民。有的地窖里备有毛毯、瓶装水，孩子们都被安置在里面。有的什么都没有，大家惊慌失色。有时候，我们找到一个狭窄的地方，坐在地上，天花板裸露的灯管照射下的地面寒冷无比，人们互相挤压着，潮湿的空气直钻入骨头。

我们这些住在不登格斯78号的居民一个挨一个地挤在一起，哭泣着、乞求着、呼号着寻求帮助。我们不得不在大家视线可及的一个木桶里方便，要不就必须忍着膀胱的胀痛；一个男孩子咬了一口苹果，另一个立刻把它夺走了，在被一把夺回之前他必须多咬几口才行。我们饥肠辘辘，说不出话来，或者干脆睡觉。黎明终于来临时，我们的脸上都已出现了皱巴巴的纹路。

新的一天就会来临的承诺很快就会被推翻：所谓的柏林郊区这座典雅的建筑即将在新一天的蓝天白云下重见光明，但是我们这些建筑物内的居民并不能够感觉到太多的亮光。我们也绝对不会去相信这个承诺。

那天晚上我搂着我的母亲跑下楼。我自问：防空警报到底是哪个音调？从孩童时期开始，我就在学校的合唱团唱歌，老师赞扬我的音调和音色。但是我从来没有学过音乐，根本就不知道怎么把音符一个一个拆开来念。当我被安顿在头戴棕色头巾的莱纳赫夫人身边的时候；当我看着普雷斯女士因为拇指外翻而变形的鞋子、霍勒先生耳后翻起的死皮、施密特夫妇的儿子安东发达的肌肉的时候；当我听到母亲呢喃着"冷吗，披上这件衣服吧"，她身上的味道成了附着在我身上的唯一熟悉的气味的时候，我只想知道，防空警报到底是哪个音调。

飞机的轰鸣声驱赶了每一个想法。妈妈攥紧我的手，她的指甲刺破了我的皮肤。一个三岁的孩子——保利娜——站了起来。她的妈妈安妮·朗汉斯试着把她拉回自己的身边，但是孩子凭着仅仅90厘米的身高，固执地挣扎着，抬起头向后仰，转着圈子用眼睛在空中寻找那噪声的来源，追寻着飞机的轨迹。

随着天花板的颤抖，保利娜摔在了地上。而地面在不断震动，一阵刺耳的哨声淹了其他所有声音，甚至包括我们的尖叫声和保利娜的哭声。灯倏地灭了，只剩下轰隆声充斥着整个地窖，墙壁开始弯曲，强烈的气流把我们从这一头冲向那一头。在爆炸的轰鸣声中，我们的身体互相碰撞、扭曲，甚至摔落在地上。墙壁已经震碎了，瓦砾纷纷掉落下来。

轰炸结束之后，大家的抽泣声和尖叫声直把我们的耳膜都震得发闷，有些人开始撞地窖的门，但是门被锁上了。女人们尖叫起来，仅有的几个男人一遍遍地踢着门。

我们个个又聋又瞎，爆炸的粉末布满了我们的身体，我们无法辨认出彼此，就算是父母也认不出来了。我只看得到滚滚的浓烟，接着我看见了保利娜。她一侧的太阳穴流血了，我用牙齿撕碎裙子替她止血，然后用布条围住了她整个头部。我在找她的妈妈，也在找我的妈妈。但是我一个人都认不出来。

太阳出来的时候，大家都已经被拖出去了。我们的房子没有完全坍塌，但是屋顶上已经有了一个巨大的窟窿。我们对面的那座建筑物已经完全被掀开了顶，大街上躺着一排伤员和尸体，大家都走投无路了。人们试图呼吸，但是被喉咙里的灰尘烧得火辣辣的，鼻子都塞住了。莱纳赫夫人的头巾不见了，她的头发因为爆炸中的黑色浓烟，都已经结成了一块一块的，好像肿瘤一样。霍勒先生一瘸一拐的。保利娜的血已经止住了。我毫发无损，没受任何伤。但我的妈妈死了。

第六章

"我要把我的生命献给元首。"格特鲁德说道，她的眼睛眯了起来，十分严肃地对待她的这个声明。她的姐妹扎比内点点头，由于她难以捉摸的轮廓，我并不能判断扎比内到底比格特鲁德年纪大还是小。餐厅里的餐桌已经收拾干净，再过半个小时我们就能回家了。在映衬出铅灰色天空的窗户边，站着另外一位试毒员——西奥多拉。

"我也会向他献出生命。"扎比内肯定地说，"对我来说他就像一个哥哥，是我们死去的哥哥戈蒂的化身。"

"我倒是觉得，"西奥多拉开玩笑般说道，"他更像我的丈夫。"

扎比内皱了皱眉头，似乎是因西奥多拉对元首的不尊重而感到不满。奥古斯丁靠到窗上，窗户震了震："你们把他看得跟你们关系很紧密，他是你们伟大的安慰者，"她说道，"是他把你们的兄弟、父亲还有丈夫派去杀人的。所以，如果他们死了，你们总是可以假装他是你们的兄弟是吧？又或者可以做做嫁给他的白日梦？"奥古斯丁将食指和拇指放到她的嘴边，抹去了嘴角因激动而溅出的白色唾沫，"你们太荒谬了。"

"上帝保佑你刚才说的话没有被别人听见。"格特鲁德话锋一转，"哦，难不成你还想把党卫军招过来？"

"如果有办法的话，"西奥多拉说，"元首肯定会尽量避免战争的。他也是迫于无奈。"

"真是不好意思，你们可不仅仅是荒谬了，你们是完全被洗脑了！"

那时我还不知道，从那天起格特鲁德的那个小团体就被起了"洗脑党"的绰号。奥古斯丁这么喊她们纯粹是为了发泄自己的愤怒，她的丈夫在前线阵亡了，这就是她永远一身黑色的原因。莱妮告诉了我这件事情。

除了艾尔弗里德以外，女人们都互相认识，她们都是从小在格罗斯－帕特斯奇或者周边地区长大的。莱妮告诉我，她在成为试毒员前从来没有见过艾尔弗里德。所以艾尔弗里德也是一个外乡人。但是从没有人因此招惹过她。奥古斯丁根本就不敢去打扰她，她之所以针对我，并不是因为我从首都来，而是因为她从我的眼中看出了我对适应这个环境的渴望。我或者其他人从来都没有问过艾尔弗里德她是从哪个城市来的，她也从来没有向我们提起。她的这种距离感激发了我们对她的敬畏。

我很想知道艾尔弗里德是否也是为了寻找和平而逃到乡下的，是不是和我一样刚一抵达就立刻被选中来当试毒员，他们到底是基于什么原因而选择了我们。我第一次上巴士的时候，还以为会在车上看到一窝积极的纳粹分子，个个高唱纳粹歌曲，挥舞着纳粹军旗。但我很快就发现，对纳粹的信仰不是他们的选择标准。那几个"洗脑党"除外。他们招募的是不是那些最穷的、最有需要的人呢？比如那些有更多的孩子需要去喂饱的人呢？除了莱妮和乌拉这两个年轻姑娘，还有艾尔弗里德以外，其他的女人一直都在讨论着她们的孩子。那三个人没有孩子。我也没有孩子。但是她们手上都没有戴婚戒，而我已经结婚四年了。

我刚到家赫塔就让我帮她一起叠床单。她都没有和我打个招呼，看上去十分地不耐烦，就好像她已经等了好几个小时要整理这些刚晒好的床单，而我一回家她就一分一秒也等不了了。"拿一下篮子。"通常她会问我当天的工作怎么样，然后会让我去躺下休息一会儿，或者给我准备一些茶。今天她这样的冷漠举动让我感到十分地不自在。

我把篮子拿到了厨房，放在桌上。"用力，"赫塔对我说，"咱们快一点。"

我拉出一张床单的一角，小心翼翼地将它从相互纠缠的床单中解开，并注意不打翻篮子。我有些手忙脚乱，赫塔实在是太着急了，这给我带来了压力。我终于用力把这张床单一抽，一个长方形的白色东西从床单中飞了出来，我以为那是一块手帕。要是它掉到地上，我的婆婆说不定要勃然大怒呢。但是，就在它掉到地上的那一刻，我才发现它不是一块手帕，而是一个信封。我看向赫塔。

"你总算做到了，"她笑了，"我还以为你找不到它呢。"

我也笑了，又惊喜又感激。

"怎么，你还不赶快把它拿起来？"

当我弯腰的时候，她又低声说道："如果你愿意的话，你也可以到那边去看信，但是你得赶快回来告诉我我儿子怎么样了。"

我亲爱的罗莎：

　　我终于可以给你回信了，我们行军很久，大多数时间都睡在卡车上。我们已经有一个礼拜没脱下过制服了。我在这个国家的各个村庄和街道穿行越久，就越清楚地发现这里只剩下贫穷。人们没有工作，住的都是简易的茅草棚，根本就没有什么布尔什维克的天堂、劳动者的天堂……现在我们将驻扎一段时间，在信的最底下你会看到我的新地址，你可以给我寄信。谢谢你，给我写了这么多信，很抱歉，我给你回的信太少了。但是我每天结束行军的时候都精疲力竭、头晕目眩。昨天，我整个早上都在战壕里面铲雪，晚上我站了四个小时的岗（我的制服下面穿了两件毛衣），战壕里又堆满了雪。

　　我把自己埋在稻草袋子里的时候梦见了你，你在我们奥特美斯维格的公寓里睡着，我的意思是，尽管房间有一些不同，但我知道就是那间公寓。奇怪的是，地毯上有一只狗，像是一条牧羊犬，它也睡着了。我没有去考虑为什么咱们家里会有一条狗，我只知道如果它是你养的，我应该注意不要把它弄醒，因为它挺危险的。我只是想躺在你的身边。所以我慢慢地走近，注意不打扰到狗，但它还是醒了，冲我咆哮，而你什么都没有感觉到，还在睡觉。我叫着你的名字，很害怕狗会咬你。突然间，狗大叫一声跳了起来，就在那个时候，我醒了过来。醒来之后很长一段时间里我心绪不宁。也许我只是因为和你分离而感到痛苦。但是，现在知道你在格罗斯－帕特斯奇，我安心了，我的父母会照顾好你的。

　　当我知道你一个人在柏林的时候，你所遭遇的一切都狠狠地折磨着我。我又想起三年前我决定参军的时候我们之间爆发的无数次争吵，加入战争是一个生死攸关的问题，但我告诉你，人不可以太自私，不可以太胆怯。我还记得战争开始之后的那段时间，你那时还太年轻，应该不记得了，但是那种痛苦我一直都记得，我们的人民都太天真了，我们被狠狠地羞辱了。现如今是时候让我们变得强硬了，我必须尽我所能，即使这意味着要离开你。但是现在我不知道到底应该怎么想了。

接下来的段落被删除了，那些纸上画着的线让我看不清楚他写的字，也让我感到不安，我试着辨认他的字，但是一切都是徒劳。"但是现在我不知道到底应该怎么想了"这句话是格雷戈尔写的。通常他会尽量避免写一些会让他受到制裁的句子，因为害怕邮局会打开信审查内容，他的信总是很短，有的时候甚至会让我觉得冷冰冰的。这次的信应该是他那个梦导致的，如果他没有办法控制住自己写出那样的文字，之后他就不得不用暴力把信的内容删除。在有的段落，甚至纸都被划破了。

格雷戈尔曾经告诉过我他从来不做梦，而且因为我重视自己的梦境，觉得梦会影响生活而取笑过我。但是，他因为我而感到的痛苦促使他写了这样一封忧郁的信。有那么一瞬间，我觉得前线的战争会还给我一个不同的男人。我只能问自己：我可以接受吗？我被关进了他从小睡觉做梦的那个房间，但是他儿时的那些梦我从来都不知晓。被那些属于他的东西环绕着并不能让我觉得我和他之间在距离上更近，这一切都比不上我们一起躺在我们租住的那个公寓里，他睡在我旁边，伸出手臂抓着我的手腕。而我躺在床上用另一只手翻着书页，免得我的身体从他的怀抱中离开。有时候他睡着了，手指像弹簧一样，一会儿紧贴在我的手腕上，一会儿又放开，他现在又能抓住谁呢？

有一个晚上，我在睡梦中觉得手有些发麻，想换一个姿势。我轻手轻脚地注意不弄醒他，从他握着的手中挣脱出来。我看见他的手指在空气中抓了抓，然后便握紧了。我对他的爱几乎一下子就涌到了喉咙。

想到我不在家而你却在我父母家时，我心里有一种难以言表的感觉，这种感觉十分奇怪。我不是一个会经常感动的人，但是这些天我一直都有这样的感觉，当我想着你在房间里面四处走动，触摸着那些从我小时候起就在的家具，想着你和我的妈妈做着果酱（感谢她也给我寄了一些果酱过来，请替我给妈妈一个吻吧。再替我问候一下爸爸）。

现在我得走了，明天五点钟我就得起床。管风琴演奏的《喀秋莎》从来没有停歇过，不过我们现在已经习惯了。生存下去，罗莎。这是最后一切的结果，不要感到害怕。现在光是听着子弹的呼啸声，我就已经可以猜到它们到底是落在近处还是远处了。我在俄国还学到了一种迷信，他们说，只有你的女人对你忠诚，你这个士兵才永远不会死。意思是，我可以靠你活着！

为了让你原谅我长时间的沉默，我写了很多，请你不要抱怨我。告诉我你最近过得怎么样，我真的无法想象像你这样的人在乡村生活。当然，最后你肯定会习惯的，你看着吧，你会喜欢那里的。你也跟我说说你现在的这份工作吧，拜托了。你曾经说过你想当面告诉我，因为信里不太方便。你知道我有多担心吗？

最后的最后，我要给你一个惊喜，圣诞节的时候我会休假，我会在家里待上十天左右，我们可以一起庆祝圣诞节，这将是我们第一次在我长大的地方庆祝。我实在是迫不及待想吻你。

我拿着信下了床。我又看了一遍，我没有搞错，他真的写了——格雷戈尔要回格罗斯－帕特斯奇了！

我每天都在看你的照片，我把它放在了我的口袋里，可是没过多久它就变得皱巴巴的了，褶皱已经形成，好像皱纹爬上了你的脸一样。等我回来的时候你再给我一张照片吧，我手里这张照片中的脸已经显得你比实际要老了。但你知道我想告诉你什么吗？你就算年纪大了也一样漂亮。

格雷戈尔

"赫塔！"我挥舞着信走出房间，把它交到我婆婆的手上，"快看这儿。"我指着格雷戈尔写他要休假回来的那一段。我只给赫塔看了这一段，其他的部分都是属于我和我丈夫的小秘密。

"他圣诞节要回来。"我婆婆也几乎不敢相信地喃喃自语。她简直迫不及待地要等约瑟夫回来和他分享这个好消息了。

几分钟前我经历的那些不安已经完全地消散了，幸福充斥着我的所有感官。我会好好照顾他的。我们要再次躺在一起了，我会紧紧地抱住他，这世上再也没有能让我害怕的事了。

第七章

约瑟夫回到家后，我们坐在壁炉旁，畅想着格雷戈尔回来时的场景。

约瑟夫计划着圣诞晚餐杀一只公鸡吃。我很想知道圣诞节那天我是否还要去食堂吃饭。当我在营房的时候，格雷戈尔会做什么呢？他的父母在这儿，他会留在他们身边吧。我很忌妒赫塔和约瑟夫，他们可以在没有我的情况下跟他一起度过时光。

"说不定他可以去克劳森多夫啊，再怎么说，他也是一名德军士兵啊。"

"不，"约瑟夫否定道，"党卫军是不会放他进去的。"

我们慢慢聊到了格雷戈尔的童年。我们总是聊着聊着就会回到这个话题。婆婆告诉我，格雷戈尔在十六岁之前一直都是个有点超重的小男孩。

"他的脸总是红红的，就算他不跑步也看起来像喝了酒一样。"

"嗯，没错儿。"约瑟夫补充道，"有一次他还真喝醉了。"

"对！"赫塔喊道，"你提醒我了……罗莎，你听我说，那时候他大概七岁，嗯，反正不会更大了，是个夏天，我们从田里回来看到他就躺在那个箱子上面，就是那儿。"她指了指靠着墙的一个木箱子，"'我好开心啊，妈妈，'他说，'你做的果汁好喝极了。'"

"桌子上有一瓶打开的葡萄酒，"约瑟夫解释着，"他几乎喝了一半，我问他：'我的老天爷，你怎么喝这个呀？'他说：'因为我太渴啦。'"约瑟夫笑起来。

赫塔也笑起来，笑得眼泪都出来了，我看见她用因关节炎而变形的手擦拭着眼泪。我想象着它们在清晨抚摸着格雷戈尔以唤醒他的场景，我想到它们在他吃早饭的时候滑过他额头上的头发的场景；还有在所有那些他疲惫地从沼泽地回来的夜晚，它们擦拭他身上一道道的污泥，而弹弓从他短裤的口袋里掉出来的场景。我想到，赫塔每一次打了他就把自己关在房间里，因为震惊而几欲砍掉自己的手，震惊是因为一旦打了人就觉得自己变得不像自己了。

"然后他长得太快了。"约瑟夫说，"他蹿得特别高，从早到晚都在长个儿，我看他也没把脚泡在水里呀。"

我把格雷戈尔想象成一棵长得很高的杨树，和通向克劳森多夫那条路两旁的杨树一样，粗壮笔直，树干闪亮，树皮上布满了小孔，让人看了就想一把抱住。

我开始在日历上画十字，一天天地数着日子，每一个十字都会缩短一次等待。为了填满这些寂寞，我强迫自己养成了一系列的习惯。

每天下午上巴士之前，我都会和赫塔一起去井边打水。每天回家之后我都会去喂鸡。我把饲料留在鸡舍里，它们就都会神经质地扑扇着翅膀啄食。总是有一只鸡无法挤入那个吃饭的小集体里面，它左右摇晃着脑袋，不知道要干些什么，也许它被它的伙伴们惊呆了。这只可爱瘦弱的小东西给我留下了深刻的印象。这只小母鸡总是努力往最里面跑，好半天才能给自己找到一个位置。

它必须得闯进两个同伴之间，然后努力把其中一只挤出去。但是很快地，小鸡间的平衡会又一次被打破。其实食物够分，但是母鸡们从来不相信。

我看过它在巢穴当中下鸡蛋的样子，它几乎要被自己震动的嘴巴催眠了，它高昂的颈部从一侧倾向另外一侧，这是发生撕裂的先兆。突然间它的喉咙里发出呻吟，它圆形的祖母绿的眼睛好像突然就要裂开了。我很想知道它是否因为痛苦而呻吟。难道它也被上帝定下了生孩子必须受罪的惩罚吗？又是以什么罪名呢？还是相反，它是为它的生产而欢呼？母鸡每天都在见证自己创造生命的奇迹，而我连一次都没有。

有一次，我很惊讶地看到那只最年轻的母鸡用嘴去啄它刚刚下的鸡蛋，我威胁着要踢它，但是我的动作不够快，它已经把蛋吃掉了。

"它吃了自己的孩子。"我一脸震惊地向赫塔报告。

她向我解释说这是有可能发生的。有时候母鸡会不小心弄破一个鸡蛋，出于本能它会吃它。因为鸡蛋很美味，所以它会全部吃完。

在食堂，扎比内告诉自己的姐妹格特鲁德和西奥多拉，她的儿子从广播里听到希特勒的声音会害怕。孩子下巴发颤，脸都皱了，还会突然哭起来。"这是我们的元首啊，"他妈妈问，"你为什么要哭呢？""孩子们可都是特别喜欢元首的。"西奥多拉评论道。

德国人都喜爱孩子。母鸡会吃它们的孩子。我从来就不是一个好德国人。母鸡会让我感到害怕，而有的人也会让我感到害怕。

一个星期天，我和约瑟夫一起到树林里面去收集木材。我们在树林间欢快地吹着口哨，用独轮车运输原木和树枝，把它们堆放在曾经的动物饲料架上。格雷戈尔的祖父母曾经在这片土地上耕作，他们饲养奶牛和耕牛，就像他的曾祖父母做的那样。后来约瑟夫把一切都卖了，供格雷戈尔去学习，自己则在米尔登哈根城堡里找了一份园丁的工作。"你为什么要这样做呢？"他的儿子问他。"哎，反正我们也老了，"他回答道，"只需要一点钱就可以过日子。"格雷戈尔没有兄弟姐妹，他的母亲曾经生下过另外两个孩子，但是他们都夭折了，他甚至都没有见过他们。他是意外出生的，本来他的父母都认了命，准备孤独终老了。

当格雷戈尔告诉他们他希望去柏林读书的时候，他的爸爸很失望，这个意外得来的孩子不仅一下子长大了，现在甚至决定抛弃他们了。

"我们吵了一架，"约瑟夫向我坦白，"我不明白，我很生气。我向他赌咒说我永远不会放他离开。我不会允许的。"

"那后来呢？"格雷戈尔从没告诉过我他这段历史，"他没有离家出走吗？"

"他不会这么做的。"约瑟夫停下了手推车。他皱了皱脸，揉揉自己的背。

"您不太舒服吗？您松开手吧，我来推车。"

"我是老了，"他反驳道，"但也没那么老。"说着他又朝前走，"有一个教授来找我们，他和我还有赫塔坐在桌子旁。他告诉我们，格雷戈尔非常优秀，不去柏林学习可惜了。怎么说呢，看到一个陌生人比我更了解我的儿子，让我像被雷劈了一样。我心里有怨气，所以我对那个教授也不怎么礼貌。但是后来在马厩里面，赫塔和我讲了讲道理。我突然觉得自己简直是个白痴。"

在老师到访之后，约瑟夫决定，除了母鸡之外，卖掉所有动物，于是格雷戈尔去了柏林。

"格雷戈尔为了得到自己想要的东西一直很努力，他终于有了一份出色的职业。"

我仿佛看见格雷戈尔在书房里的样子。他摇摇晃晃地坐在椅子上摆弄着制图仪：他用尺子不停地在纸上移动，时不时用铅笔挠挠自己的后背。我很喜欢在他工作的时候偷窥他。我喜欢看他忘记周围的环境，也忘记我的存在的样子。我真想知道，我不在他身边的时候，他是不是还是这样。

"真希望他没有去参加战争……"约瑟夫又一次停下了脚步，但这次不是为了揉背。他目光向前没有说话，好像他需要再次审视一下整件事情。他为他的儿子做了一些正确的事情，但是这么做还不够。

我们在安静中整理好了干草房里的木材。这不是一种悲伤的安静，我们经常谈论格雷戈尔，因为他是我们共同拥有的全部。但每次谈完他后我们就必须保持一段时间的沉默。

我们刚进屋，赫塔就告诉我们牛奶已经都喝完了。我告诉她，第二天下午我会自己去拿牛奶，我现在已经认路了。

我还没有看到那些手拿着空瓶子排队的女人，粪便的味道就已经向我证实我已到了取牛奶的地方。我带了一个装满蔬菜的篮子，用来换牛奶。

奶牛的哞声在乡间响起，那是求助声，和空袭警报一样绝望，我是唯一一个因此激动的人。其他的妇女排着队慢慢向前，有的聊着天，有的默默抓着孩子的手，如果他们走远了，就把他们喊回来。

这时，我看见两个女孩从队伍里走了出来，看起来很眼熟。等她们走近，我才意识到她们是两个试毒员。其中一个皮肤干燥、发型像男孩子的叫贝雅特。另外一个女人宽阔的乳房和臀部被挤压在一件棕色夹克和一条乡下妇女的裙子里，她的五官非常立体，像浮雕一样，她叫海克。我一时冲动，冲她们挥了挥手，但是我立刻停下了，因为我不知道我们的工作算不算秘密，是不是需要我们装作不认识。我不是这个小镇的人，除了在这个马厩，我也从来没见过她们，在食堂以外的地方，我们还没有进行过真正意义上的对话。也许对她们打招呼有些太过了。也许她们并不会回应我。

当她们从我身边经过时，没有人做任何表示。贝雅特眼睛发红，海克说："我们分一分牛奶吧。下一次你再把你的还给我一些就好。"

偷听她们谈话让我多少有一些尴尬。贝雅特买不起牛奶。他们还没有把第一份工资给我们，不过党卫军说过我们的工作是有报酬的，虽然他们并没有告诉我们具体有多少钱。有一瞬间，虽然我就在近处看她们，我还是有些怀疑我是不是看走眼了。她们怎么会不认识我呢？我的目光继续跟着她们，希望她们能转身，但是她们并没有。她们渐渐地消失在我的视线里。很快队伍就排到了我。

回家的路上，天空中飘起了雨，雨水将我的头发打湿黏在了太阳穴上，我的大衣湿透了，我在寒冷中不住颤抖。赫塔提醒过我带件披风出门，但是我忘了。我穿着从城里带来的鞋子，一不小心就可能在泥水里摔倒。猛烈落下的水滴让我视线模糊，我害怕迷路，

　　　　　　　　　　　　　　希特勒的试毒者

尽管穿着高跟鞋，我还是飞速地跑了起来。当跑到一个离教堂不远的地方时，我突然看见了两个女人手臂的轮廓。我通过海克的裙子认出了她，或许是从我每天在食堂里排队时盯着的那个后背认出了她。如果她们两个都带了披风，那我们三个应该可以挤一挤的。我喊了她们。但是一阵雷声盖过了我的声音，于是我又一次喊了她们的名字。她们还是没有转过身来，也许是我搞错了，那并不是她们。我慢慢地停下来，静静地站在瓢泼大雨里。

第二天在食堂里，我不住地打着喷嚏。

"祝你早日康复。"我右边有人说道。

我惊奇地发现这是海克的声音，她越过坐在我们中间的乌拉问我：

"昨天你也着凉了，是吗？"

那她是见过我了。

"是啊，"我回答说，"我感冒了。"

难道她们没有听到我昨天喊她们吗？

"喝点热牛奶兑蜂蜜吧，"像是得到了海克的允许，贝雅特对我说道，"反正他们每天要浪费这么多牛奶，这可是一种万能药呢。"

几个星期过去了，我们对食物的怀疑已经渐渐变淡，就好像变成了一个越来越有信心的求婚者一样。我们这些婢女现在吃东西越来越贪婪了，但是不一会儿，我腹中的肿胀感就拖慢了我的热情，食物在我肚子里的重量就像压在我心脏上的重量。每吃一顿盛宴，我都怀有一种连续不断又模糊的绝望。

我们仍然担心会中毒。也许是在一天正午，当乌云遮住太阳的时候；也许是在一个黄昏，当一切都将渐渐消失在黑暗中的时候。尽管如此，没有人可以掩饰饺子汤带给我们的喜悦，那些由粗面粉粒做成的小饺子在我们的嘴里慢慢融化；也没有人可以否认对大锅炖菜的喜爱，即使我们吃不到牛肉和猪肉，也吃不到鸡肉，因为希特勒拒绝吃肉。他在广播中提倡市民每周至少吃一次炖蔬菜，他以为，在战争期间，城市里是很容易找到蔬菜的。或许他根本就没有考虑过这个问题：德国人是不会饿死的，如果他饿死了，他就是一个糟糕的德国人。

我想念格雷戈尔，我抚摸着我的肚子，它已经满满的，装不下东西了。我与毒药的斗争事关重大，只有我的胃有了饱腹感，我的双腿才会停止颤抖，它们的防御性才会下降。我要支撑到圣诞节，至少要到圣诞节。我暗自对自己说，用食指在我食道的尽头处悄悄地画了一个十字。至少我得这么相信。我幻想着我身体里面是一堆灰色的碎片，就像我在克鲁梅尔给我们的书上看到的那样。

我渐渐觉得眼泪会让我们显得很可怜，对莱妮来说尤其如此。如果她感到恐惧，我会握着她的手，抚摸她因酒糟鼻而变得不那么好看的脸颊；艾尔弗里德从来都不哭，在等待的时间里，我经常听到她粗重的呼吸声，而当她因为什么事情而分心的时候，她的眼睛总是会忘记那原有的冷酷，因此变得美丽。贝雅特吃东西的时候总是拿出洗床单式的激情，用力地咀嚼。海克坐在她的对面，莱妮告诉我她们从孩提时代起就是邻居了。莱妮切黄油欧芹烧鳟鱼时支起的手肘撞到了乌拉的手臂，然而乌拉丝毫没有察觉，她还在舔着自己的嘴角。正是她这个下意识的孩子气的习惯动作让党卫军喜出望外。我观察着其他人的饭菜，以及当天和我吃同样食物的女人，这

　　　　　　　　　　　　希特勒的试毒者

总是让我觉得我跟她之间有很深的关系。我会对她脸上突然冒出的痘痘表示一种温和的关心，不知道她是因为早晨洗脸太用力还是太懒了。我还会关心她腿上穿着的起了毛球的旧袜子，可能是她前一天晚上睡觉前就已经穿在脚上了。她的存活对我来说就像我活下来了一样，因为我们拥有同样的命运。

随着时间一天天过去，就连党卫军也慢慢变得轻松了。如果他们心情好，午饭期间他们聊天时就不太注意我们，也不会警告我们闭嘴。但要是他们有时候兽性大发，就会把女人们拉到他们身边，好好地打量一番。他们看我们的神情和我们看食物的眼神一样，仿佛他们准备把我们吃了。有时候，党卫军在我们中间穿梭，用包裹在皮套中的武器轻点我们的背，让我们惊得跳起来。有的时候，他们只会重点对待我们中的某一个，从背后突然袭击：通常是乌拉，她是他们的宝贝，他们会伸出一根手指，抚到她的胸上，喃喃道："你变脏了。"乌拉就会突然停止吃饭，而我们所有人也都会停下来。

然而他们最喜欢的还是莱妮，因为她有一双闪闪发亮的绿眼睛、透明的皮肤，她是那么弱小，那么无助，不会掩饰自己的忧郁。有的看守会上前捏她的脸，把她的脸弄得皱皱的，然后说："瞧你这对大眼睛。"莱妮只能尽量不尴尬地笑着，因为她相信她的温柔会让别人来保护她。她注定要为她的脆弱付出代价，党卫军早就察觉到了这一点。

在克劳森多夫的营房里，我们每一个人都有可能随时丧命——活着也没有比死去好到哪里。在这件事情上我母亲说得对。我边想边嚼着嘎吱作响的菊苣，菜花那令人放心的家的味道浸满了整个墙壁。

第八章

一天早晨，克鲁梅尔向我们宣布，他会好好呵护我们。他就直接这么说了——呵护。我们这些人可再也不相信什么"呵护"了。他说，过会儿要给我们尝一下他做的脆面包片。他刚才为了给他的上司一个惊喜，特意去烤了一些。他说道："元首可喜欢吃脆面包片了，打仗的时候他还在战壕里做过呢。"

"那当然啦，反正在前线什么食材都有。"奥古斯丁又发出了啧啧声，"黄油啊，蜂蜜啊，酵母啊，他直接在那儿就可以生产了。嗯，还汗流浃背的呢。"还好看守们都没有听见她说什么，克鲁梅尔也已经和助手们一起回后厨了。

艾尔弗里德的鼻子里却传出了一种声音，那是笑声。我可从来没有听过艾尔弗里德笑，这种意外惊喜让我也跟着笑了起来。我倒是想控制自己，可艾尔弗里德的声音一传到我耳朵里，我就忍不住爆发出了笑声。"喂，你这个柏林人能不能控制一下自己啊？"她冲我不满道。但是，我听见整个食堂里出现了越来越多的憋笑声和抽气声，声音越来越大，最后大家都爆发了，在党卫军怀疑的目光里，所有人都哈哈大笑。

"你们笑什么笑？"他们的手指在枪套上面画着，"到底怎么了？"

有一个看守直接用手砸了桌子一拳。"还要我让你们停下来吗？"

我们艰难地止住了笑声。"守点规矩！"高个子喊道，我们的欢乐逐渐稀释。

这是我们第一次集体欢笑。

烤面包片又脆又香，我细细品尝着这份工作的特权带来的美味。克鲁梅尔十分满意，随着认识他的时间越来越长，我发现他对自己厨师的职业由衷地自豪。

他也是柏林人，最初在米托帕公司工作，那是一家参与卧铺车厢和餐饮车厢管理的欧洲公司。1937年他被元首雇用，负责他专列中的饮食。专列设有轻型防空炮，能够对低空攻击做出迅速的反应，而且拥有典雅的套房。克鲁梅尔说，希特勒曾开玩笑地把他的专列称作"狂热的帝国总理酒店"。美国还没有参战的时候，这辆专列的代号就叫作"美国"。后来它就被降级成了"勃兰登堡"，这个名字在我听来就没有那么豪迈了，但我不会告诉克鲁梅尔。现在，元首在狼穴长居，克鲁梅尔每天要煮两百多份，同时也"呵护"着我们这些试毒员。

我们从来不被允许进入厨房，他也只在有事情要告诉我们的时候才会走出来，或者在警卫向他报告情况的时候。比如，海克指出当天水的味道有点奇怪，接着贝雅特也同样提出这个问题，女人们会接二连三地跳起来，头疼啦，恶心啦，反胃啦，痛苦啦之类的。这可是圣涛乐矿泉水[1]啊，元首的最爱！他可是把它叫作"幸福之

1　德国产天然矿泉水，碳酸氢盐含量较高，有助于中和过量的胃酸。——译者注

水"的，怎么会喝了不适呢？

一个星期二，两个帮厨因为发烧没有来，克鲁梅尔来到食堂请我帮忙。我也不知道为什么他会找我，也许是因为只有我一个人研究了所有那些很快就被其他人厌倦的营养书，又或许是因为我和他一样都来自柏林。

看到他的选择，"洗脑党"的那些姑娘都气歪了鼻子，要说谁最有资格进厨房，应该是她们吧，她们是完美的家庭主妇啊。有一次，我听见格特鲁德跟她的姐妹说："你看到那篇报道了吗？那个年轻的女人进了一家犹太人的商店，然后马上就被囚禁起来了。""没有，在哪儿发生的？"扎比内问她。格特鲁德自顾自地继续说："那女人发现商店后面有一条地下通道，她从那里经过时，店主联合了其他犹太人，把她带到犹太教堂里轮奸了。"扎比内惊恐地闭上了眼睛，就好像她正目睹整个过程一样。"是真的吗，格蒂[1]？""当然啦，"她的姐妹重申道，"在把女人献祭之前，犹太人总会先强奸她。""你是在《先锋报》[2]里读到这则消息的吗？"西奥多拉问她。"你只要知道我知道这事儿就行了。"格特鲁德回答。"现在我们这些家庭妇女就算是去商店买个东西也不安全了。""这倒是真的，"西奥多拉说，"幸好那些商店已经关门了。"

一个理想的德国母亲、德国妻子和德国家庭主妇，是会用一切去捍卫自己的。正因为西奥多拉是有资格的代表，所以她被批准与克鲁梅尔谈话。她告诉厨师，战前她的家庭就经营着一家餐厅，她

1　格特鲁德的昵称。——译者注
2　纳粹德国反犹周报。——译者注

在厨房方面是有经验的，她可以证明。厨师同意了。

他给了我们一人一条围裙和一大盒蔬菜。我在大水槽里面冲洗蔬菜，西奥多拉则负责把它们切成方形或者圆形。除了有时候菜上还沾了泥土，或者我不小心在地板上弄出了泥点，她会因此责备我之外，她一整天都不会和我说上一句话。作为一名打杂的临时工，她花了大量的时间窥视其他助手，站在他们后面，阻碍他们的行动。"你快让开！"克鲁梅尔在几乎要被她绊倒时命令道。西奥多拉向他道了歉，但是又解释道："工作是靠机灵抢过来的。我几乎不能相信可以和您这样重要的厨师在一起并肩工作呢。""并肩工作？我告诉过你，快让开！"

不过，在接下来的日子里，由于她相信她已经是这个团队里面表现良好的成员了，出于职业道德的考虑，她也开始认真思考起我的存在。我也是这个团队的帮手，但是由于我在厨房的无能，我显然只算是她的手下罢了。于是她向我讲起她父母的小餐馆，那是一家小馆子，不到十张桌子："但是那里很迷人，你应该去看一看的。"战争迫使他们关闭了餐馆。她一直计划着等战争结束就重新开业，并且扩大餐馆的规模。她两边眼角的皱纹看起来像两条小鱼的鳍外部线条。开餐厅的梦让她充满活力，她眉飞色舞地讲着，鱼鳍也在她的脸上闪烁。我觉得我几乎可以预见它们跳起来，抛物线般落入装满沸水的锅子。

"但是，如果布尔什维克的人来了，就没有办法了。"她说，"我们什么餐馆也开不成，那就是世界末日了。"鱼儿停了下来，游不动了，她的眼睛突然就像千年的化石一样，数不清有多少岁。她多大岁数了？

"我希望那不是世界末日。"我冒着险说，"因为我不知道我们是否会赢得这场战争。"

"还是不要去想了，如果俄国人赢了，我们要么死，要么被奴役，男人们都会被赶到西伯利亚的苔原，你听说过吗？"

"不，我没有听说过。"

我还记得格雷戈尔在我们奥特美斯维格家的客厅里，从我们在旧货店买的扶手椅上站起来的场景。他走向窗口，叹了一口气说："俄国人的时间。"他向我解释，这是德军的一种形容词，意指即使在最严峻的气候条件之下，俄国人还在攻击，"他们什么苦都能吃。"

有时候他会跟我讲前线的故事，比如说"早安音乐会"，红军用爆炸袭击了音乐会，起这个名字，旨在让德国人从梦里醒过来。

有一天晚上，我们裹在被子里，他跟我说："如果俄国人来了，他们不会对我们有任何怜悯。"

"你为什么这么想？"

"因为德国人对苏联的战俘和对其他人不一样。英国和法国的战俘都可以接受红十字会的帮助，甚至可以在下午的时候去踢球。但是苏联人的战俘要在他们自己人的监视下挖战壕。"

"在他们自己人的监视之下？"

"对，那些被许诺有一片面包吃或者被多余的肉汤所诱惑的苏联人，"他一边关灯一边说道，"如果他们也对我们做同样的事情，那会很可怕的。"

我在床上辗转反侧了很久，无法入睡。格雷戈尔抱住了我：

　　　　　　　　　　　　　希特勒的试毒者

"对不起，我不应该告诉你这些事情的。你不该听到这些事情的。这种事情谁又需要知道呢？"

后来他渐渐沉入梦乡，我仍然醒着。

"俄国人对我们做什么都是我们应得的。"我说道。

西奥多拉一脸鄙视地看着我，继而无视我。她的鄙夷让我心情更加低落了。为了她忧郁并不值，她不是那个我想要与之分享内心的人。实际上，我和别人也没什么好分享的。即使是同奥古斯丁，即使她逗我"你冒犯了你的新朋友吗？"。我也不会和莱妮分享，她总是毫不吝啬地在我面前赞美食物，就好像是我弄出了这一桌佳肴。我和这些女人没有一点可以分享的东西。如果不是因为这个工作，我从来没有想过会和她们在一起。你长大之后想做什么？希特勒的试毒员。

尽管这样，"洗脑党"对我的敌意还是让我感到很不舒服。我在厨房里比平常更笨拙了。有一天，我心不在焉地烧到了手腕，立刻尖叫起来。

在我烧伤皮肤的可怖情景之下，西奥多拉突然放弃了对我的不闻不问，她一把抓过我的手臂，打开了水龙头。"先用冷水冲一下。"在其他厨师还埋头于他们的活计的时候，她削了一块土豆，用抹布擦干我的手，在伤口上敷了一片土豆。"疼痛会慢慢减轻的，你能感觉到。"她如母亲一般的照顾使我软化了。

我一只手按着手腕上的土豆片，站在厨房的一角。我看见克鲁梅尔朝汤里扔了一种食材后一个人窃笑。他注意到了我惊奇的眼光，用食指在嘴边比了比："完全不吃肉是不健康的。你也学到这个知识了，对吧？还是我给你的书里写的呢，不是吗？大老板完全不听我和他讲道理，所以我就偷偷地把猪油放进汤里。你不知道他发现后会多么生气吧？但他基本上不可能发现得了。"他开始捧腹大笑，"只要他觉得自己变胖了，我就没法劝他吃下任何东西。"

西奥多拉本来正在往碗里倒面粉，听到这话，她向我们走近了一些。

"相信我，他一口都不吃。"厨师一边瞥了一眼西奥多拉，一边跟我说，"奶渣拌意大利面？多好消化啊……虽然他一点都不想吃。巴伐利亚苹果蛋糕，他的最爱：你们想一想，上一次的会议结束之后，每天晚茶我都会给他上这道点心，但是我发誓，如果他要节食的话，他一块都不会吃的，两周之内他就能瘦七千克。"

"什么是晚茶？""洗脑党"问。

"就是晚上和朋友的小聚会。元首会喝点茶或者热巧克力，他可少不了巧克力啊。至于其他人，灌杜松子酒的可能性比较大。他也不喜欢他们喝酒，只能说他是在忍受他们吧。只有一次对霍夫曼——那个摄影师，他特别不高兴，喊人家'大醉汉'。但总的来说，头儿不在乎。他一向爱闭着眼睛听《特里斯坦与伊索尔德》[1]，他总是说：'如果我立刻死掉，我希望它成为我耳朵里最后听到的声音。'"

西奥多拉已经听得入了迷，我从手腕上取下土豆片，红肿已经

---

1 瓦格纳创作的三幕歌剧，灵感来自13世纪德国诗人戈特弗列特·冯·施特拉斯布格的同名叙事诗。故事讲述了英格兰武士特里斯坦和爱尔兰公主伊索尔德的悲剧爱情故事。——译者注

　　　　　　　　　　　　　　　　　　希特勒的试毒者

蔓延开来。我希望她能大叫一声赶到我的面前，把土豆片重新放回它该在的位置，并让我紧紧地按住那里，不要自作主张。我突然想起了我的妈妈。

但是"洗脑党"显然已经被克鲁梅尔的故事深深吸引，她再也不关注我了。从厨师谈论希特勒的方式来看，很明显他十分关心希特勒，理所当然，他对我们、对我也是很关心的。从某种角度来说，我们现在已经是随时为元首去死的人了。每一天我们的盘子——我们十个人的盘子——都整整齐齐地摆在一起，也变相表明了元首还活着。永生的承诺是不存在的：每个月的两百马克就是对我们的补偿。

钱是在几天前的晚上装在信封里，在出口处给我们的，我们都把信封塞进了口袋或钱包里，不敢在巴士上打开它。我在房间里关上门数了一下钱，才惊讶地发现这个数字比我在柏林的工资还要高。

我把土豆片扔进了垃圾桶里。

"头儿说，如果吃肉或者喝酒的话，他就会出汗。我告诉过他，他出汗是因为他实在是太辛苦、太激动了，"克鲁梅尔一说起元首就没完，"'看看那些马儿，'他这么跟我说，'看看那些牛，它们是食草动物，强壮，耐力也够。再看看狗，只要跑一小会儿，它们的舌头就耷拉下来了。'"

"这倒是真的，"西奥多拉赞同道，"我从没这么想过呢。他说得可真有道理。"

"好吧，他是不是有道理我不知道。他还说过他受不了屠宰场杀牲畜的场景，太残酷了。"现在，克鲁梅尔只对着西奥多拉一个人说话了。

我从一个大篮子里拿出了一块面包，把面包皮从上面掰下来。

"有一次在晚餐的时候，头儿告诉他的客人，他曾经在一家屠宰场里面待过。他还记得胶鞋踩在新鲜血液上那种搅动的感觉。你想想，可怜的迪特里希[1]听完不得不放弃吃那盘肉……他是一个很容易受影响的人。"

"洗脑党"笑得十分开心，而我揉捏着面包，直到把它们捏出了各式各样的形状：有圆圈样的，有麻花样的，还有花瓣样的。克鲁梅尔责备我浪费粮食。

"我可是为了您才做的呢，"我说，"它们就像您一样呀，面包屑大人。"

他搅动菜汤，不再理我，并让西奥多拉去检查烤箱里的萝卜有没有熟。

"这里的所有事情都在浪费，"我接着说道，"我们这些女人在这儿就是浪费。这么严密的检查机制下谁能毒死他？太荒谬了。"

"你什么时候成了检查机制方面的专家？""洗脑党"问道，"还是说你是军事战略家呀？"

"你们都别说了。"克鲁梅尔警告我们。他就像夹在两个吵架的女儿中间的父亲一样无奈。

"我们来之前他是怎么做的呢？难道他以前就不怕会被毒死吗？"

就在这个时候，一个看守进来了，他让我们回到餐桌那儿。面包渣被留在大理石架子上，渐渐变干。

1　应指希特勒的亲密好友约瑟夫·迪特里希。——译者注

第二天，当我被厨房伙计们无可挑剔的工作配合以及"洗脑党"的勤奋专注包围时，克鲁梅尔给了我们一份意想不到的礼物。他悄悄地给了我和西奥多拉一些水果和奶酪。他亲手把这些东西放进了我以前在柏林时拎着去上班的皮包里。"为什么？"我问他。"这是你应得的。"他对我说。

　　我全都带回了家。当赫塔发现克鲁梅尔给我的东西时，她简直不敢相信自己的眼睛。多亏了我，晚上她才吃到了好东西。多亏了希特勒。

第九章

奥古斯丁飞速地穿过巴士的过道，她深色裙子的下摆好像泡沫一样飞舞起来。她把手放在莱妮的背后触摸着她的头发，然后说："我们换个位置吧，就今天。"

外面天已经黑了，莱妮困惑地看了看我，站了起来，坐到一个空位上。于是奥古斯丁占据了我边上的那个位置。

"你的包里装了东西。"她说。

所有人都扭头看着我们，不仅仅是莱妮，贝雅特和艾尔弗里德也转过头来。只有"洗脑党"们没有，她们坐在最前面，就在司机的后面。

我们自发地分成了好几个小组。也不是说每个小组里面的人真的多么互相喜爱，就像地球的板块移动不可避免一样，我们只是单纯地和一些人更加亲密，对有些人敬而远之。对我来说，莱妮每次眨眼睛需要保护的时候，我都觉得自己肩负着保护她的责任。还有艾尔弗里德这个把我推进厕所的女孩。从她的举动中，我推断出她和我有同样的恐惧，那是她接触人的一种方式。亲密，对的。也许高个子没有说错，艾尔弗里德曾经试图挑起战争，但就像男孩子们一样，只有通过打一架才能清楚到底应该相信谁。我们的剑拔弩张最后被看守的介入打破了，所以我们的战斗悬而未决，她和我之间产生的这种磁场使我们不由自主地吸引彼此。

"它里面有东西吗？回答我。"

西奥多拉回过头来，这是她对奥古斯丁嘶哑声音的本能反应。

几个星期前，她曾经说，元首有时不够理性，他都是在凭本能干事情。"对对，他用的是大脑。"格特鲁德一边用牙齿交叉咬着两个发钗，一边附和着，根本没有意识到她跟自己朋友说的话矛盾了，"你知道他们瞒了他多少东西吗？"格特鲁德终于把发钗紧紧插进一侧编起的辫子之后继续说，"他并不知道身边所有发生的事，所以这并不总是他的错。"而奥古斯丁听完她的这番言论，做了一个朝她吐口水的动作。

现在她跷着二郎腿坐在我边上，一只膝盖顶着前排的座位："从几天前开始，厨师就给你额外的报酬让你带回家。"

"是的。"

"那好，我们也要。"

"我们"？谁？我不知道该说什么。试毒员中从来没有团结一致的说法，我们是漂浮和碰撞的板块，一会儿漂得近些，一会儿又漂远了。

"你也不想自私吧。既然他对你这么好，你让他多给你一些呗。"

"你从这里面拿吧。"我把包递给她。

"这对我们来说可不够，我们想要牛奶，至少几瓶吧，我们的孩子需要喝牛奶。"

但她们的工资也比普通工人的高啊。这根本不是她们孩子需不需要的问题，这是她们在给自己讨公道呢。奥古斯丁会这么辩解的。如果问她为什么要这么做，她一定会反问："既然你能拿，凭什么我们就不能拿呢？""那你去问西奥多拉拿呀。"我真想挑衅。可她也一定知道西奥多拉会毫不客气地拒绝她的。出于什么原因，她觉得我会接受她的条件呢？我不是她的朋友，但是她察觉到了我对获得认同的焦虑，她从一开始就察觉到了。

如何能成为朋友呢？现在我明白了她们的意思。我甚至可以说，我这些伙伴的面孔似乎已经与我第一天看到的不同了。

在学校里或者在工作中，在每一个你必须待很长时间的地方，都会发生这样的事，你被胁迫成为某些人的朋友。

"好，奥古斯丁。我明天试着问问他。"

第二天早晨克鲁梅尔告诉我们，生病的帮厨们都回来了，他不需要我们两个人帮忙了。我向奥古斯丁和其他几个被选出来做代表的人解释了这件事情，但是海克和贝雅特并不甘心。"这不公平，你享受了额外的东西，我们却没有。我们还有孩子呢，你有什么？"

我没有孩子。每次我跟我丈夫提起，他都告诉我，现在还不是时候。因为他要去参加战争，我没办法一个人抚养孩子。他在婚后的第二年，也就是1940年的时候就离开了家。我一个人生活在没有格雷戈尔的公寓里面，家具是从旧货店买来的。我们喜欢周六的时候去旧货店。有的时候只是为了去趟附近的面包房吃早饭。那里有肉桂蜗牛小包[1]和加了罂粟种子的苹果馅饼。我们直接拿着袋子吃早餐，一边走路，一边每人吃一口。谁知，现在只剩下我一个人，

---

1 按德国传统，周六早晨要吃的一种甜面包，因形状像蜗牛而得名。——译者注

没有他也没有孩子地生活在一个满是旧物的公寓里。

德国人都喜欢孩子，元首在游行的时候也会抚摸孩子们的脸颊，并敦促女人们生更多的孩子。格雷戈尔虽然想成为一个优秀的德国人，但是他并没有让自己被这种思想影响，他说把一个人生到这个世界上就意味着要判这个人死刑。但战争会结束的，我不同意他的观点。"不是战争的问题，"他回答我说，"这就是人生啊，无论如何，所有人都会死的。""你的状态不对，"我指责他，"你自从参了军就变得很沮丧。"他为此生了我的气。

或许这个圣诞节在赫塔和约瑟夫的帮助之下，我可以说服他。

如果我怀孕了，我肚子里的孩子可以吸收食堂饭菜里的营养。孕妇并不是一个好的实验品，甚至可能会破坏这个实验。但是党卫军不会知道的，至少，只要我不去检查或者不显怀，我就能一直在食堂里吃饭。

我知道这样做会有毒死孩子的危险，我们两个当然可能一起死掉，但我们也可能都活下来。他粉状的骨头和柔软的肌肉都会由希特勒的食物供养。他会是帝国的孩子，甚至在称他是我的孩子之前，他先是帝国的孩子。更何况，人生下来就是背负了原罪的。

"你去偷点吧。"奥古斯丁说，"走进厨房和厨师聊天，分散一下他的注意力。你可以跟他讲讲柏林的事情啊，说说你上班的事，或者随便编点什么东西，只要他把头转到别的方向，你就把牛奶拿过来。"

"你疯了吗？我不能这么做。"

"那又不是他的东西，你又不是偷他的东西。"

"但这不公平，我不该让他受损失。"

"为什么，罗莎，难道我们就活该？"

光线使得帮厨们擦拭过的大理石架闪闪发亮。

"苏联迟早要屈服的，你就等着吧。"克鲁梅尔说道。

我们两个人单独在一起，他已经把帮厨们都派出去卸载刚运到狼穴火车站的粮草了。他告诉助手们他一会儿就去，因为我让他给我解释一个他让我们读的书里的问题，我实在是找不到其他更好的理由拖住他了。等他解释完，当老师的体验会让他很满意，这样我就可以问他要两瓶牛奶，虽然克鲁梅尔从来没有给过我牛奶，虽然我这样做会显得既粗鲁又没有教养。以前我是得到奖励，现在我是直接开口要东西。可是，我该怎么解释这些牛奶要给谁呢？我没有孩子啊，我从来不需要给人喂奶啊。

克鲁梅尔坐着和我聊天。几分钟后他站了起来，像往常一样用他滔滔不绝的话语淹没了我。他提到那年2月，斯大林格勒的挫败让所有人都士气低落。

"他们牺牲是为了让德国能够继续活下去。"

"元首是这么说的。"

"而我相信他，难道你不相信吗？"

除非我不想要我的特别待遇了，否则我不能激怒他。我只能不确定地点了点头。

"我们会赢的，这是真理。"

他跟我讲，希特勒晚上会对着一面挂着苏联国旗的墙壁就餐，那面国旗是他在巴巴罗莎计划[1]开始时缴获的。在那个房间里他向客人们展示了布尔什维克主义的危险，而其他的欧洲国家都低估了

---

1 纳粹德国在1940年制定的侵略苏联的计划，以德军失败告终。——译者注

　　　　　　　　　　　　　　　　　　　　希特勒的试毒者

它。难道他们没有意识到苏联人有多么阴暗诡谲、神秘莫测、令人不安，就像瓦格纳作品里面的那艘幽灵之船[1]一样吗？只有像他这样坚定不移的人才能成功地击沉这艘船，即使要追到世界末日[2]，他也在所不惜。

"只有他可以。"克鲁梅尔看了眼手表，说道："哎，我得走了。还有什么问题吗？"

我想问您要一些牛奶，为了几个不是我自己的孩子。"不，不用了。谢谢。不过我能做什么帮您、报答您吗？您对我实在太好了。"

"你真贴心。有一个忙你可以帮我，这里有好几千克的豆子需要去皮，你可以先做起来吗？我负责告诉那些看守在我们回来前你会一直留在厨房里。"

他让我一个人待在他的厨房里，我是有可能在食物里下毒的，但是克鲁梅尔压根就没有想过这个可能性。我是希特勒的试毒员啊，我和他是一个团队的，我和他一样是柏林人，他十分地信任我。

排队上巴士时，我把包紧紧地贴在肚子上，我相信我听见了玻璃瓶的晃动声，我试着用手去捂住它们。我走得很慢，但也不能太明显，否则会被党卫军发现。艾尔弗里德就在我的后面，她总是习惯排在我的后面，我们永远都是走在最后的两个人。我们不是懒散，只是还没有办法适应。尽管我们已经愿意遵守规矩，但是适应的过程仍困难重重，就像不兼容的材料或者尺寸不匹配

1　源自瓦格纳歌剧《漂泊的荷兰人》，讲述一个荷兰的航行者被魔鬼判罚的故事：除非找到一个真心爱他的女子，否则他将永远在海上漂泊。——译者注
2　原文为"审判日"，是基督教中，世界将结束，决定人类命运的那天。——译者注

的两片东西一样。但是我们必须建立起自己的堡垒，找到方法去适应环境。

她的呼气声萦绕在我的脑后："喂，柏林人，你是卡住了吗？"

"不许说话。"一个看守心不在焉地说。

我隔着包紧紧抓住瓶子继续慢慢走，注意不让它们发出一点声响。

"我还以为你明白了什么叫'不要多管闲事'。"艾尔弗里德的呼气声对我来说简直是一种折磨。

我看见那个高个子已经不急不缓地朝我走过来了。他一靠近我就对我仔细打量。我仍然走在其他女人后面，他突然抓住了我的胳膊，我的手松开了皮包。我以为玻璃瓶碰撞的声音会响起，但是我放对了位置，它们老老实实、安安静静地待在我的包里。我做到了。

"又看见你们聊天了。"

艾尔弗里德停了下来。

高个子守卫也拦下了艾尔弗里德："我上次警告过你们吧，要是再被我抓到，我可要从你们这儿捞点好处了。"

冰冷的玻璃瓶直贴着我的胯骨，他只要不经意打开我的包就会发现我的秘密。但是他放开了我的胳膊，用食指和拇指合上我的下巴，俯身朝我看来，我吓得下巴直打战，不断用目光找着艾尔弗里德。

"你今天闻起来像颗西兰花啊，真遗憾，看来我得下次再找你讨好处了。"高个子哈哈大笑起来，他笑了很久，根本没考虑到他的同僚们都站在他的后面。等他们一同调笑的兴致淡去，高个子才说道："瞧把你吓的，我就是开个玩笑。我们在里面时对你们不也挺好的吗？你还要怎么样啊？"

交易是在巴士上偷偷进行的。奥古斯丁带来了一个小帆布包。我的下巴仍然在不住地颤抖，我的脸颊里面有一条神经在不停地拉扯。

"你做得很好，很慷慨。"她对我露出感激的笑容，看上去很真诚。

如何能成为朋友呢？

我们和他们。这是奥古斯丁放在我面前的解释。我们是受害者，是年轻而别无选择的女人；他们是敌人，是滥用职权的居上位者。奥古斯丁的意思是，克鲁梅尔不是我们中的一员。他是一个纳粹党。而我们从来都不是纳粹分子。

唯一没有给我笑脸的人就是艾尔弗里德，她把视线投向窗外正连续展开的一望无垠的田野，还有干草房。我每天都会乘坐巴士，途经八公里回到格罗斯-帕特斯奇，那里，是我的避风港。

第十章

　　我躺在格雷戈尔的床上仔细端详着一张照片。这张照片是我从床头柜上的镜框里抽出来的。照片中的格雷戈尔四五岁，我看不出他具体的年龄，他穿着厚厚的雪地靴，眼睛因为太阳光而半眯着。

　　自从来到格罗斯-帕特斯奇，我就患上了失眠症。其实，在柏林的地窖里和老鼠为伍的时候，我就开始难以入睡。霍勒先生说，当我们把猫和麻雀都吃完的时候，我们就会把它们也吃了。它们的消亡得不到任何值得纪念的荣耀。霍勒先生还说过，他一紧张，肠胃里就翻江倒海，而如果他退到我们放着木桶的角落里，他就只能在那里留下令人难以忍受的恶臭了。

　　我们的行李一直都是准备好的，就是为了发生意外时可以立刻逃走。

　　不登格斯爆炸之后，我又上楼去了我们的房间。屋子全被淹了，水管被炸坏了，所以水没过了膝盖。我打开了床垫上放着的行李箱，在一堆衣服中找到了一本相册，它没有被弄湿。我又打开了妈妈的那只箱子，嗅着她的衣服。它们闻起来就像我的一样，现在她已经去世了，而我还活着。我是这个味道的接管者了，我是她唯一的继承人。这种感觉让我觉得更不适了。我在她的行李箱里找到了一张弗朗茨的照片，那是1938年他到美国几个月之后寄过来的。

从那之后，我们再也没有见过他——我的弟弟。这些相册里面没有我的照片，如果早知道要流离失所，我们一定会在一起拍一张照片的。妈妈一定会这么做的，只是现在她已经死了。

轰炸结束后，我安葬了妈妈的遗体。而我进了好多间空无一人的房子，翻找出橱柜里能吃的东西，狼吞虎咽，并且偷走了所有我能够拿走的杯子和茶壶，把它们与妈妈曾放在玻璃展示柜里的一套瓷器一起在黑市上卖了。

安妮·朗汉斯收留了我。我们躺在一张床上，小保利娜睡在我们中间，有时候我会假装认为她是我从未有过的孩子，她的呼吸声让我感到安慰，它现在已经比我母亲的呼吸声更让我熟悉了。我相信，有一天格雷戈尔会从战场上回来，我们会把家里的水管重新修好，然后我们会生一个孩子，或者两个。在睡梦中，他们会像保利娜一样张开嘴巴缓慢地呼吸。

当格雷戈尔陪着我在菩提树下大街[1]散步的时候，他显得尤其高大。道路两旁的椴树都不见了踪影：那时，人们都争先恐后地想要看清阅兵式中的元首，所以两旁的椴树都被砍去了。我将将够得到格雷戈尔的肩膀，在整个散步的过程中他都牵着我的手。

我问他："难道你不觉得秘书和老板这样的爱情故事太老套了吗？"

他反问我："哦，那要是我把你开除了，我就可以吻你了吗？"

我被他逗笑了。他停了下来，靠在一家商店的橱窗上，慢慢把我拉向他。我把脸埋在他的羊毛衫里，止住了笑。我抬起头看着橱

1　柏林著名林荫大道。——译者注

窗中贴着的肖像：他头上的光晕是黄色的，明明已经把犹太商人都赶走了，他的眼神还是那么凶狠。我们在他的眼皮子底下亲吻。阿道夫·希特勒祝福了我们的爱情。

我打开床头柜的抽屉，掏出格雷戈尔写给我的所有的信。我一封接一封地重读着，就好像能够听见他的声音，假装他就在我旁边一样。日历上钢笔标记的十字告诉我，我的梦很快就会成真。

他离开我的那个早晨，我在卧室的门槛上摔倒了，额头撞上了门框。"你怎么样？"我没有回答。

我似乎是在遇见他之后才知道什么叫幸福。我以前从来没有想过我也可以获得幸福，我眼睛周围的黑眼圈就像命运。然而命运却是那般耀眼和饱满，而且，这是我的命运，是格雷戈尔带给我的幸福，就好像幸福是这世界上最容易的事情。这是他的使命。

但是，他抛下了他的职责，他有了更重要的事情。"我很快就会回来的。"他对我说道，抚摸着我的太阳穴、我的脸颊、我的嘴唇，并试图像往常一样，将他的手指塞进我的嘴巴。这是我们之间的默契——他信任我，我相信他爱我，我爱他，我们做爱——但是我牙关紧闭，他只得把手从我的嘴里抽出来。

我幻想着他在战壕中快速地移动，他的呼吸在寒冷的空气中凝结成一团蒸气。"这世界上有两个不明白俄国到底有多冷的人，"他曾在信中写道，"一个是拿破仑。"另一个是谁，出于谨慎他没有提。当我问起他们军队的行动时，他告诉我，这是军事机密，不能说。也许这只是为了不让我担心而找的一个借口罢了，也许他正在火堆前用餐，每个士兵的膝盖上都放着肉罐头，他们的制服已经变得越来越宽，因为每个人都消瘦了许多。我知道，格雷戈尔一定不会埋怨吃得不好，这样他的同伴就不会认为他是个负担。相反，他总是需要有一种别人都依靠着他的感觉，这样他才能觉得自己是坚强的。

一开始他曾写信告诉我，和陌生人睡在一起让他感觉很不舒服。每个人都有武器，任何时候任何人都有可能开枪打死他，或许只是因为打牌引起的争执，因为一个太过真实的噩梦，因为行军途中的一场误会。他不信任他们，格雷戈尔只信任我。但现在他已经开始喜欢他的同伴了，他为自己曾经的那些想法感到羞愧。

格雷戈尔的一位战友曾经是一名画家，他在战争中失去了两根指骨，而且不知道以后是不是还能画画。画家公平地憎恨纳粹和犹太人。而对于那些热切的纳粹党来说，他们一点都不关心犹太人的死活，他们确信希特勒根本不会担心得睡不着觉，他们说，因为元首不允许，所以柏林永远不会遭到轰炸。然而我父母的房子被炸弹炸毁了，我不知道这是不是足以毁掉他们的这种笃定。有个士兵说，希特勒已经计算好了一切。我丈夫与他在同一个支队，所以听见了他的这番话。在战争中，虽然他是一个孤独的个体，但是他感受到他是属于一个群体的，他的每一个战友都是他的投射物，一面镜子照出了无数个自己。是他们，不是我，与他生死与共。

还有一个叫莱因哈德的战友，他什么都怕，连看见虱子都会吓得跳到格雷戈尔的身上，就像三岁的孩子紧紧抱着父亲一样。我默默腹诽他是个胆小鬼[1]。我在柏林接到的格雷戈尔的最后一封信里，

---

1 原文中"胆小鬼"这个词与"粪便"发音接近。——译者注

他写道，他觉得粪便即上帝不存在的证明。在工作室的时候，每个人都知道格雷戈尔是一个特别喜欢说一些挑战性话题的人。但是这种大逆不道的话我真是闻所未闻。"在这儿我们每个人都经常腹泻，"他写道，"有的是因为食物的原因，有的是因为严酷的天气，还有的是因为担惊受怕。"莱因哈德在一次战斗中拉了一身。这可和当天的作战计划完全不同，而莱茵哈德面临的就是降级的悲剧。

"如果人类真的是由上帝所创造的，"我的丈夫写道，"你相信上帝会发明一些像粪便这样粗俗的东西吗？他就不会想另外一种不令人厌恶的消化方法吗？粪便就是一种不正常的发明啊。要么上帝实在是太乖僻了，要么他就根本不存在。"

就连元首也在和自己的消化问题做斗争，克鲁梅尔曾经抱怨元首的饮食已经严格按照健康标准执行了，但是元首还在额外服用莫雷尔教授给他开的益生菌[1]。最近，连他的这位私人医生都已经不知道该怎么治疗他了。医生试图开一些消炎药片，可是患者每天居然要吃十五六片。希特勒的确设计了一个防止被敌人毒害的复杂系统，但是他毫无节制地依赖药片，无疑是在自掘坟墓。

"我其实不应该和你讲这些的，我真是太八卦了。"克鲁梅尔哑然失笑，"但是你会替我保守这个秘密的，对吗？"

午饭后我在厨房里面剥他留给我的一堆豆子。西奥多拉提出来要帮助我，在她看来厨房是她的领地，她看不惯我在没有她的时候

---

1 希特勒饱受肠胃病的折磨，他的私人医生莫雷尔曾给他开出一种叫Mutaflor的药物，使他的病情好转，莫雷尔也因此得到希特勒的信任。后来，希特勒病情加重，Mutaflor不再管用，莫雷尔只能给希特勒开一些能让人产生愉悦感但极易成瘾的药物来缓解他的痛苦。——译者注

也能胜任工作。我告诉她没有这个必要，况且克鲁梅尔太忙了，根本没有时间听她说，他和他的帮厨们一起去火车站拿军需品了，留下我独自一人待在厨房里。

我慢慢地从椅子上下来——为什么不直接在地板上爬？我悄无声息地往前挪动，尽量不发出任何噪音，以免引起门外守卫的注意——我在厨房里飞速拿起了两瓶牛奶。当我带上它们离开时，我感到我皮肤下的神经一抽一抽的。总之我很满意我的大胆行为，我也并不太相信克鲁梅尔会发现少了两瓶甚至四瓶牛奶，或者至少我愿意相信他不会发现这件事情。当然，我知道厨房里进出的每一件物品都被清点过，而且他肯定列过清单，但是他怎么就能马上想到我呢？还有这么多帮厨在呢，也可能是他们拿走的呀。

排队的时候，高个子守卫走到我的面前打开了我的包。

他原本并不想检查我的，谁知我的包的搭扣松了，两个玻璃瓶因此冒了出来。西奥多拉说："嚯，露出尾巴来了吧。"高个子守卫马上转身让她住嘴："我可不想听见苍蝇乱飞。"我的所有同伴都惊恐万分，如临大敌。

有人去狼穴喊厨师了，党卫军们让我们站在长廊里等。厨师终于来了，当他站到我面前的时候，我觉得他看起来更瘦更虚弱了。

"牛奶是我给她的。"他说道。

我感到我的小腹一阵疼痛，这不是被一个孩子踢了一脚的感觉，而是感觉连上帝都从天堂坠落了。

"这只是我对她在厨房里工作的小小回报而已。罗莎·绍尔在厨房帮工没有工钱，你们只付了她试毒的工钱。帮厨们都回来后，她还一直留下来帮忙，所以我觉得奖励她也没错。我想这算不上什么大问题吧。"

我的肚子又是一阵抽痛。没有人值得他这么做，我又何德何能？

"如果您坚持这么说，那当然没有什么问题。但是下一次请不要这么做了。"高个子瞥了一眼西奥多拉。西奥多拉正盯着我看，她没有向我道歉的意思，而是一脸鄙夷。

"那我们就到此为止吧。"另一个守卫说。他指什么？给罗莎·绍尔喂食就到此为止吧；监视罗莎·绍尔这件事就到此为止吧；还是，我的老天，罗莎·绍尔，你别再像个筛子一样抖个不停了，到此为止吧。"快点！往前走！"

我的耳朵烧得发烫，泪水模糊了我的视线，就像干涸的地面上一下子注满了水。只要我不眨眼睛，它们就会藏在我的眼窝里慢慢蒸发，即使在巴士上，我也没有掉下一滴泪。

奥古斯丁没有向我递来她的帆布包，两个玻璃瓶一直随着我回到了家。车刚开走我就把牛奶都倒在了地上。

这是给她们的孩子准备的牛奶？不，这是给希特勒准备的牛奶，我怎么好意思浪费由钙、铁、维生素、蛋白质、糖和氨基酸组成的贵重浓缩物呢？克鲁梅尔给我们的书里写道，牛奶中的脂肪不同于其他脂肪，它更容易被人体吸收，使身体迅速而有效地利用它。我应该把瓶子放在阴凉的酒窖里面，邀请奥古斯丁、海克和贝雅特过来。拿着吧，亲爱的，这是最后两升牛奶了。真是很抱歉，这活儿我没能干下去。但是一切都是值得的，不是吗？可是我更愿意在赫塔的厨房里面用茶水去招待她们。怎样才能交上朋友呢？她们让我替她们偷东西。

其实我可以把瓶子交给赫塔和约瑟夫，向他们隐瞒我是用什么方法拿到牛奶的。克鲁梅尔是如此慷慨，他真的特别喜爱我。喏，喝吧，新鲜的牛奶充满营养，都是我应得的。

然而我在这里弯着腰，呆呆地看着它们滴溅在石子路上。我想挥霍它们，没有人配喝这些牛奶，我不想把这牛奶给海克、贝雅特或奥古斯丁的孩子，我不想把牛奶让给任何一个不是我的孩子的孩子。我毫无悔意。

直到瓶子全部都倒空，我才抬起头，看见赫塔站在窗边。我用手背擦了擦脸。

第二天早晨，我鼓足勇气又打开了厨房的门："我来帮忙剥豆子了。"我这么说道。我仔细练习了句子，尤其是语气的部分，轻松又不过分，如果仔细听，还带有一点点乞求的意思。但每个单词都是逐字念出来的。

克鲁梅尔背对着我："谢谢，这儿不再需要帮忙了。"

角落里的木箱子都空了，堆叠在一起。冰箱在另一角，我已没有任何勇气朝那儿看了。我只能盯着自己的手指甲，看到它们因为这几天的劳动变得发黄了。如今什么都结束了，它们会回到以前的样子，重新变回秘书的指甲。

我朝克鲁梅尔靠近些："谢谢您，我请求您的原谅。"这句话我没有带一点修饰，只是说出口时才发现有些断断续续的。

"请你不要再让我在我的厨房里看见你了。"他说着转过了身。

我没有勇气去看他的眼睛。

我垂下了头，又抬起来，告诉他我会遵守的，然后就出去了。我忘了跟他道别。

第十一章

已经进入12月了，战争开始之后，尤其是当格雷戈尔离开之后，圣诞节对我来说已经失去了原来的欢乐气氛。但今年不一样，我像小时候那样不耐烦地等待着圣诞节到来。我的丈夫就是我的圣诞节礼物。

早晨出门时，我戴了一顶赫塔织的羊毛帽子。接着我上了车，巴士穿过堆满积雪的道路来到克劳森多夫，我与其他年轻的德国姑娘一起在那里参加食堂的仪式，我们这些忠实的信徒准备接受舌头上并没有办法救赎我们的圣餐。

谁会希望在这个地球上永生呢？我当然不会。我大口地吞下可能毒死我的食物，就好像吞下一朵小花一样。在圣神降临的九日[1]之前，我每天要吃下三朵这样的花。把你觉得很困难的事情都交给耶和华，比如你断了的冰刀或者你的重感冒，我的爸爸曾经在和我一起做晚祷的时候这么告诉我。那请看看吧上帝，您看看吧，我用我对死亡的害怕，以及我与死亡那延迟却不会取消的约会，和您交换，我用它换取他的到来，我的父，我要格雷戈尔回来。我的恐惧

1　西方民间在圣诞节前九日有祷告的活动。——译者注

每天都会出现三次，它永远不用敲门就能坐到我身边，如果我站起来，它就跟着我，现在它已经和我如影随形了。

人们总是会慢慢习惯所有事情，比如，从煤矿的隧道中挖取煤炭需要习惯缺氧的痛苦，走在悬空的建筑横梁上需要习惯高空的眩晕，习惯了警报声就会穿着衣服睡觉，这样警报声响起的时候就可以快速地逃跑。我们习惯了饥饿，习惯了口渴，当然，我也习惯了吃饭还有钱拿。它看起来像一种优待，但其实和别的工作没有什么两样。

圣诞夜那天，约瑟夫抓住一只公鸡的爪子，把它倒着拎了起来，他的手腕微微用力，就拧断了公鸡的脖子，干枯而短暂的一声，它的生命便结束了。赫塔在火上放上锅，水煮沸后，她将鸡放到水里面浸了三四次，一开始是抓着头往下放，后来又抓着腿往下放。最后她熄了火，用手拔掉鸡毛。这一系列凶狠的动作都是为了即将回来的格雷戈尔。幸运的是，希特勒这两天不在狼穴，我可以和我的丈夫还有他的父母一起自由地吃饭。

上一次格雷戈尔休假的时候还是在柏林，当时他在我们不登格斯家的起居室里听收音机，我靠近他并且爱抚他。他虽然接受了我的爱抚，但是并没有做出回应。这对他来说似乎是个挑战，他有点分心。我什么都没有说，我不想毁掉我们在一起的仅有的几个小时的时间。我睡着的时候，他疯狂地压在我的身上，一言不发。半睡半醒中，我没有抗拒他，也没有迎合他。后来我告诉自己，他需要黑暗，他需要在黑暗中与我做爱，就好像我不在那里一样。这个想法让我感到害怕。

圣诞夜那一天，他的信来了。信很短，格雷戈尔说他正在营地的一家医院里面住院。他没有告诉我究竟发生了什么事情，他只是要我们别担心。我们立刻给他回了封信，请他一定要告诉我们更多的信息。

"如果他还能给我们写信，"约瑟夫说，"至少说明他没有太严重的问题吧。"可赫塔还是将她的脸埋在了她患关节炎的手中，并且拒绝吃她准备好的鸡肉。

25日晚上，我像往常一样睡不着，我甚至不能够待在自己的房间里面。格雷戈尔五岁时的照片疯狂地折磨着我，几乎要把我撕碎。我从床上爬了下来，离开房间，在黑暗的屋子里散步。

突然间我撞到了一个人。

"不好意思，"我一边说着，一边认出了那个人是赫塔，"我睡不着。"

"不，应该是我要向你道歉。"她说道，"今天晚上，我们大概都只能梦游了。"

"我以梦游者的精准和自信追寻着我的方向。"希特勒攻占莱茵兰的时候这么说道。

她真是一个可怜的梦游者，我的弟弟曾因为我小时候总说梦话而这么评价我。

妈妈说我太喜欢说话了，就连睡觉的时候都说个没完。弗朗茨立即从餐桌边站起来，双臂张开，舌头伸在外面，像木偶一样喉咙里不停地发出声响。爸爸说："你快停下来吃饭吧。"

我小时候梦到过我在飞，有一种力量把我从地上拽起来，把我拉得越来越高。我的脚底空荡荡的。一阵风发出呼呼的声音带着我直冲到树上，又带着我直冲到高楼的墙上，我差一点就要撞上去时，我大声尖叫，耳膜几乎被自己的声音刺穿。我知道这只是个梦，我一旦念出那个咒语，梦境就会被打破，而我就能重新回到我的床上。但是我完全失去了我的声音，只能在喉咙口吐出一个包裹着的泡沫。就在我撞上墙的一瞬间，泡沫破了，伴随着我的尖叫声："弗朗茨！救命啊！"

起初，我弟弟睡眼惺忪地问我："怎么啦？是我对你做什么了吗？"然后他恹恹地醒了过来，只是为了问我："我能知道你到底在和谁过不去吗？"

我把这样的梦叫作"失魂"，我不是跟弗朗茨也不是跟我家里人过不去。我只有在独处的时候才会这么叫它。但是有一次，我和格雷戈尔在一起时"失魂"了，他在床上抱着我，而我全身是汗。我喃喃道："我已经好多年没有经历失魂了。"他没有问我，只是喃喃道："你只是在做梦而已。"

格但斯克[1]刚刚被占领了。

轰炸发生之后，我一直在想，我的失魂可能是一种前兆梦。归根结底，每一个生命都被强迫着不断地战斗。

12月27号是我的生日，雪已经停了。我渴望失魂将我带走，因为那会是一种解脱，所有痛苦都会被释放出来，而不必憋在心里，我也就不用去打扰已经憔悴不堪的赫塔，去让约瑟夫担心了。

1　现为波兰波美拉尼亚省的省会，是波罗的海的重要贸易港口城市。——译者注

但是失魂的情况再也没有出现过。我的丈夫没有来，他也再没有给我们写信。

两个半月之后，我们收到了另外一封信，信是从军属通知服务中心办公室发来的，信上说，格雷戈尔·绍尔，34岁，身高1.82米，体重75千克，胸围101厘米，金色头发，正常鼻子和下巴，身体健康，蓝色眼睛，皮肤白皙，牙齿健康，工程师，失踪。

他失踪了。那张纸上没有写，这个叫格雷戈尔·绍尔的男人小腿肚很瘦，大脚趾和其他的脚趾分得很开，像一个海湾的形状；他鞋底的内侧总是更容易磨损；他热爱音乐，但是从来不哼——事实上，他会恳求我"别唱了，求你"，因为我总是在不停地哼歌，至少在战前是这样的——他每天都要刮胡子（至少和平年代是如此），脸上的白色泡沫和他的嘴唇形成鲜明的对比，使他的嘴唇显得更红、更肉感了，虽然他的嘴唇并不是那样的；他每次开着那辆旧NSU汽车时，他的食指就会在他的薄唇下滑动。我一直很讨厌他这个小动作，因为我觉得这使他看起来优柔寡断。如果他看上去不够坚定，如果他把这个世界看成一个威胁，如果他不想给我一个孩子，我就不那么爱他了。我觉得他那根放在唇下的食指就像一个屏障，隔开了我和他。信上也没有写，他习惯很早就起床，一个人吃早饭，在我的喋喋不休中找一个清净的机会。虽然我们结婚才一年他就不得不前往前线，但是，只要我喝完茶之后假装睡着了，他就会坐在床沿，像亲吻孩子般亲吻着我的双手。

他们以为用一些数字就可以定义他的身份。但是，只要他们不说这个人是我的丈夫，那我就不觉得他们是在说他。

　　　　　　　　　　　　　　　　希特勒的试毒者

赫塔跌坐在椅子上，完全崩溃了。"赫塔。"我喊她，她不回答。我摇了摇她，她既僵硬又瘫软。我给她倒了一杯水，但她不喝。"赫塔，我求求你了。"我低头又朝她推了推杯子。赫塔望着天花板说道："我再也见不到他了。"

"他没有死。"我尖叫道。她的身体猛地一僵，终于看向我。"他没有死，他失踪了，信上说他失踪了，你明白吗？"她的身体渐渐变得平静，但是突然又扭曲起来："约瑟夫在哪里？""我马上去找他可以吗？你先喝点水吧。"我又朝她推了推杯子。"约瑟夫在哪里？"她又问了一次。

我穿过村庄，直奔米尔登哈根城堡。田间的树枝瘦弱纤细，枝干也都是细细长长的，到处都能看见脏得发霉的瓦片，许多栅栏后都养着呆头呆脑的鹅，一些女人在窗户后面看着，有一个骑自行车的男人见到我后向我脱帽致意。但是我只顾着跑，对他视而不见。一根电线杆顶上筑了一个巢，鹳的长嘴巴指向天空，仿佛在祈祷——它并不是为我祈祷。

我跑得浑身是汗，抓着大门喊约瑟夫。鹳今年来得这么早？春天马上就要到了，但格雷戈尔不会回来了。他是我的丈夫，是我的幸福所在。可我再也不能揉捏他的耳垂了，他再也不能把脸埋在我的胸前，蜷缩着身子躺在我身边，让我抚摸他的背了。如今他再也没有机会把他的脸贴到我变大的肚子上，我也再没有机会有一个他的孩子了。他不会有机会把孩子抱进自己的怀里，对儿子讲述自己小时候在田间的故事，那些整日在树林里玩耍的日子，或者俯身跳入湖里，被冰冷的水冻得嘴唇发紫的事了。我希望可以再次把手指伸进他的嘴里，获得安全感。

我把头伸进栅栏，大声地呼喊着。一个男人走过来，问我是谁，我支支吾吾地告诉他，我找园丁，我是他的儿媳妇。而他一打开门，我就冲了进去，我也不知道方向，但是我听见了约瑟夫的声音，终于循声找到了他。我把那张纸递给他。我向他解释了一下，他翻看了内容。

　　"请您回家吧，家里需要您。"一阵从台阶上传来的脚步声让我们回了头。

　　"约瑟夫。"一个红头发、奶油色圆润面庞的女人正提着她的裙子，看上去像是为了找我们而匆匆跑来。她披在肩上的外套已经滑落到一边，露出了她的勃艮第式衣袖。

　　"男爵夫人。"我的公公为产生的骚动向她道歉，他解释着发生的事，并且请求允许他离开。男爵夫人走近他并握住了他的手，在我看来像是担心我公公会突然摔倒。"我很抱歉。"她用闪着光的眼睛告诉他。就在这一刻，约瑟夫流下了眼泪。

　　我从来没见过一个上了年纪的男人哭，这种哭泣没有声音，只有吱吱作响的关节声，更多地表现为骨头松垮，走路摇摇晃晃，失去了一切对肌肉的控制，这是一个年老者的绝望表现。

　　男爵夫人试图安慰他，但随后她放弃了，只是等待他平静下来。"您是罗莎，对吧？"我点点头，不知道她怎么会知道我。"我很抱歉在这样伤心的场合与您见面，其实我还挺想认识您的，约瑟夫跟我讲过一些您的事情。"我没有时间去想为什么她会想要认识我，为什么约瑟夫会跟她讲我的事情，又为什么一位男爵夫人会认识一个园丁。我的公公将他粗糙的手从那女人的手中抽出来，擦了擦他稀疏的睫毛，恳请我和他一起离开。我记不清他到底向男爵夫人道了多少次歉，而在回家的路上又向我道了多少次歉。

我是一个寡妇了，不，我不是。格雷戈尔还没有死，只是我们现在不知道他在哪里、还会不会回来。从俄国一共回来过多少失踪的人？我甚至没有一个可以每周在上面摆鲜花的十字架。我只有那张他小时候的照片，他的眼睛因为刺眼的阳光眯起来，脸上没有微笑。

我想象着他躺在雪地里伸长了手臂，但是我的手腕根本不在那里，我离他太远了，所以他的手只能攥紧了空气。我想象着他因为支撑不住疲惫，睡着了，他的战友们不想再等他了，那个胆小鬼战友——真是没用的东西——也没有等他，于是他就在雪里冻僵了。当天气又变温暖的时候，盖在他身上的冰雪就会融化，也许，一个像套娃一样有着红扑扑的脸颊的俄国姑娘会亲吻他，将他唤醒，于是他和这个女孩一起开始崭新的生活，他们会生一个叫尤里或者伊莲娜的孩子，他们会在一栋达恰[1]里面过年，有时候在壁炉前，他会产生一种奇怪得自己都没有办法解释的感觉。"你在想什么呢？"那个套娃一样的姑娘会这么问他。"我好像忘了什么事情，确切点说，我可能忘了什么人，"他会这么回答她，"但我不记得那个人是谁了。"

又或者许多年之后，我会收到一封来自俄国的信。格雷戈尔·绍尔的尸体已经在一个群葬墓堆中发现。他们怎么能确定那就是他呢？我们又怎么知道他们没有弄错？但我们会相信的，因为我们别无选择。

1　一种俄式别墅。——译者注

第十二章

当党卫军的巴士来到门口时，我把床单拉起来盖住了脸。

"起床了！罗莎·绍尔。"门外传来了叫喊声。

前一天下午在克劳森多夫，我什么都没有说，我完全被那个消息震惊了，我的身体拒绝接受。只有艾尔弗里德问我："柏林人，你怎么了？""没什么。"我回答说。她严肃起来，认真地抓着我的肩膀问："罗莎，你确定一切都好吗？"我躲开了。她的触碰已经使我崩溃了。

"罗莎·绍尔。"他们又喊道。我听见引擎的嗡嗡声，然后听见它熄灭了。母鸡们没有咯咯叫，它们已经好几个月没咯咯叫了。是扎特对它们施加了压力，它的存在足以让它们安静下来。现在，它们已习惯了轮子摩擦石子的声音，我们都已习惯了。

我的房间门被敲了好几下，是赫塔在叫我。我没有理她。

"约瑟夫，你来。"她说，然后我听见她靠近我，掀开床单轻轻晃了晃我。赫塔是在确认躺在床上的是我、我还好好地活着。"你这是在做什么，罗莎？"我的身体在那里，它没有消失，但它已经没有反应了。

约瑟夫也问道："你怎么了？"与此同时我听到了他们敲门的声音。

　　　　　　　　　　　　　　　　　希特勒的试毒者

我的公公往门口走去。

我哀求道："请别让他们进来。"

"你说什么？"赫塔不满道。

"他们想对我怎么样就怎么样吧，我不在乎了，我累了。"

她的眉头中间出现了一道深沟，我从来没有注意到赫塔脸上有这样一道切口，她不是在恐惧，她是在怨恨我在她儿子可能真的已经死了的情况下还这么不在乎性命，把我自己置于危险之中，还波及他们夫妻二人。

"起来。"她说。

我知道，我每个月赚的那200马克让她过得不错。

"算我求你。"她在床单下摸索着找到了我的手腕，她隔着被子抚摸着，然而就在这个时候，一名党卫军冲进了房间。"绍尔。"我们一惊。

"希特勒万岁。"赫塔机械地喊道，然后她说，"昨天晚上我儿媳妇有点不太舒服，真是不好意思，现在她准备准备马上就出门。"

但是我起不来。我不想造反，可是我实在没有力气。

约瑟夫在党卫军的身后一直盯着我，赫塔起身走到穿着制服的客人面前说道："在她准备的时间里，您要喝点什么吗？"这次她倒是很快就想起了待客之道。"快点起来吧，罗莎。"

我望着天花板。

"罗莎。"赫塔恳求道。

"我叫不动她了，我发誓。约瑟夫，你和她说吧。"

"罗莎。"约瑟夫恳求道。

"我厌倦了。"我转过头看着党卫军，"尤其是对你们。"

那个男人越过赫塔，一把掀开被子，抓住我的一只胳膊把我从床上拖下来，扔到了地板上，他的另一只手始终紧紧抓着他的枪套。母鸡们没有呼叫，它们感觉不到任何的危险。

"穿上你的鞋。"党卫军命令道，松开了我的手臂，"要么你就赤脚吧。"

"请原谅她吧。她身体不太舒服。"约瑟夫试图解释道。

"闭嘴。不然我把你们三个都解决了。"

我做什么了？

我想去死，反正格雷戈尔也不在了。"失踪了，"我是这么告诉赫塔的，"他不是死了，你懂吗？"但是到了晚上，我也相信他抛弃我了，就像我的母亲一样。我根本没想过造反，难道我现在是在造反吗？我甚至不是一名军人，我又没有参军。格雷戈尔曾经说过："军人是德国的炮灰，我为德国战斗再也不是因为我相信它，也不是因为我爱它，我开枪是因为我感到害怕。"

我从来没有想过后果：立即判决，就地正法，我只想像他一样消失。

"我求求你了。"赫塔呻吟着，蜷缩着，"我儿媳妇只是有些胡言乱语罢了。我的儿子——我们才得到消息——他失踪了。今天就让我顶替她的位置吧，我去帮她吃……"

"我已经叫你们闭嘴了！"党卫军用枪托打了赫塔。我没有看见他打在了哪里，我只见到我的婆婆缩得更低了。她无力地瘫倒了，一只手放在肋骨上。约瑟夫抓着她，而我压抑着尖叫，抓过鞋子，浑身发抖地穿上了它们。我的心在喉咙口像金属一样突突地跳。我刚起身，党卫军就把我推向衣架，我抓起外套穿上。赫塔始终没有抬头，我喊着她的名字，想和她道歉，约瑟夫安静地抱着她。他们在等我出门，只有我出门了，他们才能发出呻吟，才可以因为吃痛而倒下，或者重新躺到床上，把门锁换了，再也不打开。我的所作所为配不上我现在的工作：我吃着希特勒的食物，我是在为德国吃东西，不是因为我爱它，也不是因为感到害怕，我吃希特勒的食物是因为我只配做这个，这就是我。

"小姑娘发脾气了吗？"当司机见到他的同事把我扔进巴士时，他讥笑着说。西奥多拉像往常一样坐在第一排，没有跟我打招呼，就连贝雅特和海克也都不敢向我问好。其他人都装作在睡觉，奥古斯丁坐在我前面两排的位子上，她轻轻地喊了我的名字。她的轮廓在我眼前轻晃着，看上去有一些不安。她在我的视野里是那么模糊不清，我没有回应她。

莱妮一上车就径直朝我走来，当她看见我外套披在睡袍上的样子时，她犹豫了一下。她一定是吓坏了，她不知道我的母亲死的时候也是同样的装束，对我来说，这身打扮和死亡相呼应。我穿着鞋子，但没穿袜子，我能感到腿上的寒意，脚指头已经在皮革当中冻僵了。这是我在柏林办公室里穿的鞋子。那时格雷戈尔是我的老板，我是他喜爱的甜心。"你穿着这双高跟鞋能去哪里呀？"赫塔曾经问过我。但是今天早晨她的肋骨断了，或者裂开了，她说不出话来。"你穿着这个高跟鞋能去哪里呀？"莱妮应该也会这么想吧，高跟鞋配着我的睡衣，衬得我像个疯子一样。她绿色的眼睛眨了好多次，但是最后她还是坐了下来。

我脚上大概会长出水泡来吧，我会用指甲挤它们，让它们爆开。有一种力量在我的身体里面酝酿，而且只有在我的身体里面有这种力量。直到莱妮握住我的手，我才意识到我正掐着自己的大腿。"罗莎，发生什么事了吗？"她问我。奥古斯丁也回过头来。在我眼前，她像一个小点、我视线里的一个障碍物。格雷戈尔曾跟我说过，他看到了许多蝴蝶、苍蝇，还有蜘蛛网。于是我说："你看我的时候得专心一点啊，亲爱的。"

"罗莎。"莱妮轻轻地握住我的手。她试图从奥古斯丁那里找到答案，但是奥古斯丁也摇着头。啊，这个小点正在跳舞呢，我的眼睛不得不做出让步，我感到浑身无力。

有的时候，人即使还活着，但已不复存在。格雷戈尔也许还活着，但是他已经不存在了，对我而言已经不存在了。帝国将继续它的战斗，它在谋划着奇迹武器[1]，他们相信奇迹，而我却从来不相信。在戈林[2]坐上戈培尔的位置之前，仗会继续打下去，约瑟夫说过。战争看起来将永远进行下去，但是我已经决定不再战斗了，我叛变了，不是对党卫军，而是对生命。我坐在巴士上，但已经不再存在。巴士带着我前往克劳森多夫，那是王国的食堂。

司机再次刹车，透过窗户我看见艾尔弗里德站在路边等待。她的一只手插进外套的口袋里，另一只手拿着一根烟。我们的视线交汇了，而她的颧骨抖动了一下。她用鞋底碾碎了烟头，整个过程中

---

1 "二战"期间，德国宣传部致力于吹捧一系列高性能武器，其中一部分已经被研发出来，大部分只是停留在图纸上的幻想。——译者注

2 指赫尔曼·威廉·戈林，和希特勒关系极为亲密，担任过纳粹党内许多重要职务，"二战"结束后被判处绞刑，但他在行刑前一天服毒自杀了。——译者注

她的目光始终没有离开过我，然后她上了车。

她朝我们走来，我不知道是莱妮对她使了什么眼色还是奥古斯丁说了什么，也许单纯是因为我的眼神，她直接坐到了莱妮边上，她们之间仅隔着一条狭窄的过道。她对莱妮说："早上好。"

莱妮支支吾吾又有些尴尬地回了一句"早上好"。但是今天早上一点也不好，艾尔弗里德又怎么会看不出来呢？

"她怎么了？"

"我不知道。"莱妮回答她。

"他们对她做了什么吗？"

莱妮沉默了，毕竟最后这句话她已经不是在和莱妮说了，她是在问我，但是我已经不存在了。

艾尔弗里德清了清嗓子，说道："柏林人，你今天早晨是为了庆祝没拉警报，所以做了个发型吗？"

女孩子们开始咯咯地笑，只有莱妮没有笑。

我笑不出来，艾尔弗里德。我向你发誓，我笑不出来。

"乌拉，你觉得她这个发型怎么样？你喜欢吗？"

"我觉得比麻花辫要好看。"乌拉羞涩地回答道。

"一定是柏林的时尚吧。"

"艾尔弗里德。"莱妮责备道。

"今天就连穿衣也特别大胆呢，柏林人。札瑞·朗德尔也不敢这么穿。"

奥古斯丁大声地咳嗽，大概是警告艾尔弗里德，不要再说下去了，不要太过分。也许她反应过来了。她在战争中失去了丈夫，并决定永远穿代表悲伤的黑色。

"你想知道什么呢，奥古斯丁？你就是个乡下女人，奥古斯丁。柏林人正在以时尚的名义向寒冷发起挑战。柏林人，你还不教训教训她？"

我只是抬头看着巴士的车顶，希望它可以砸到我头上。

"看起来她都懒得理我们呢。"

她为什么要这么做？为什么要这么折磨我，还拿衣服这件事情来说我？她自己不是曾经说过，"我建议你管好自己的事情"吗？但是今天她为什么就是不肯放过我呢？

"莱妮，你有没有读过《倔强的头颅》这本书啊？"

"是……我小时候读过。"

"那本书写得还挺好的，对吧？我想，从今天开始我们就可以叫罗莎'倔强的头颅'了。"

"你别说了。"莱妮恳求道，她抓住了我的手，我一把抽了回来。我把指甲深嵌进大腿里，直到感觉有些疼痛。

"啊，没错，戈培尔说过，敌人在监听我们的话。"

我转头看向艾尔弗里德："你到底想干什么？"

莱妮用食指和拇指捏住了鼻子，就像要去潜水一样。这是她特有的缓解焦虑的方式。"让开。"我对她说。

她为我腾出空间，我走出来，站到艾尔弗里德面前，俯身问道："你到底想干吗？"

艾尔弗里德抚摸着我的膝盖说："你起鸡皮疙瘩了。"

我冲她就是一个巴掌，她猛地站起来推了我一把。而我又把她扑倒在地上压住，她脖子上的青筋像绳索一样紧绷、暴起，我不知道我想对这个女人做什么。恨，我的高中老师曾经说过，一个德国女人必须知道如何去恨。艾尔弗里德咬紧牙关，试图挣脱并推翻我。我累得喘不过气来，她也气喘吁吁的。

突然她问我："你发泄够了吗？"我松开了抓住她的手。

还没等我回答她，看守就拎住了我的衣领，把我拖到了公交车的过道上，他在我家里已经这么做过一次了。他朝我身体两侧踢来，也踢在我光着的大腿上。他命令我站起来坐到前面，坐到司机后面的西奥多拉旁边，同一排还坐着格特鲁德和扎比内。西奥多拉紧紧地捂着她的耳朵，她从没想过党卫军居然可以打我们。我们可是希特勒的试毒员啊，多么重要的工作，掌握着生死的问题呢。长官先生，给我们点尊重啊。又说不定，她早就习惯了她的丈夫不饮酒时也频繁地殴打她。男人越伟大，女人就越不重要，希特勒也这么说过。所以，被洗脑的，记住你自己的地位，不要自以为是。

教训了我之后，轮到了艾尔弗里德，我听见靴子踢在她骨头上的声音，但是她一声不吭。

在食堂里，我几乎吃不下任何东西。我只能强迫自己咽下去，我不是害怕党卫军，我只是希望饭菜里有毒。我只要吃一口，就可以把我的生命交给死亡，再不用担心任何事情，至少可以从这个令人作呕的职责当中解脱出来了。但是食物是干净的，我没有死。

我的女伴们有好几个月没有见到自己的丈夫或未婚夫了，如果说奥古斯丁是唯一一个真正的寡妇，从另外一个角度来说，我们所有人都孤苦一人过了很久，我的痛苦不是独一无二的，她们不会同情我。也许正因为如此，我什么都没有说，甚至没有对莱妮说，也没有对艾尔弗里德讲，虽然她们两个还没有结婚或者订婚。

莱妮每每谈起爱情总是有一种梦幻般的天真，她讲述着在连载小说里面看到的那种感情，但是她并不知道爱情到底指的是什么，她不知道什么叫情感上依赖着一个男人，这不是你自己一个人就可以产生的，你出生的时候并没有带着这样的情感来到世界上。她还从来没有离开过父母，与一个陌生人结合。

奥古斯丁有一次说，莱妮盼望战争可以早点结束，因为她害怕不能及时结婚。她还在寻找那种伟大的爱情。为了等待真爱来临，她一直守身如玉呢。

"你别取笑我呀。"莱妮捅了她一下。

"但是战争爆发了，"奥古斯丁继续说，"男人们都蒸发了。"

莱妮为自己辩护道："我不是唯一一个老处女。"

"你才不是什么老处女呢，"我向她保证道，"你多年轻啊。"

"艾尔弗里德也没有结婚啊，"莱妮说，"而且她好像一直都只靠自己。"

艾尔弗里德听见了。她举起拳头放到自己的嘴边，好像要刹住这些话一样，然而她的嘴唇碰到了她那光秃秃的无名指。

独自一人活在这个世界上，不需要等任何人，也不会失去任何人。艾尔弗里德吃了一口又一口，吃完之后她要求去洗手间。高个子不在，那个在巴士上教训了我们的党卫军也不在，当一个看守陪着她去洗手间的时候，我示意说我也需要去洗手间。我看见艾尔弗里德顿了一下。

她进了一个隔间，关上门。我靠近了那扇门。"都是我的错。"我把头贴在漆着白漆的木门上，"对不起。"我没听见她小便的声音，也没有听见她移动的声音，什么声音都没有。"格雷戈尔被通报失踪了，我就是因为这件事情难过。也许他已经死了，艾尔弗里德。"

钥匙转动，门开了，我站在那里一动不动，等着它完全打开。艾尔弗里德走了出来，她的眼神还是那么坚毅，颧骨还是那么突出，但是她走向了我，我一动不动，她拥抱了我。

她从来没有对我这么做过。她紧紧地把我圈在她满是棱角的怀抱里。她自己也没有想过她的身体可以给我这样大的安慰吧，它是这么温暖，这么舒适，以至于啜泣从我的胸腔中溢了出来。自我接到那封信以来，我还没有掉下过眼泪。我已经好几个月没有抱过谁了。

赫塔不再做面包了，也不再在早晨和约瑟夫一起收鸡蛋做早餐了，也不再边和我们聊天边织毛衣，她拆了为格雷戈尔织的围巾，把线团扔掉了。扎特在后院丢垃圾的篮子里面找到并翻出了它，然后满屋子地玩，它把线团拉开，有时把线缠在桌椅的腿上，线团的绒毛飘浮在空气中，以致到处都是。曾经，这样的小恶作剧会给我们带来一些乐趣。但现在，或许赫塔回想起了她儿子小时候曾经做过的那些恶作剧，为了消除这种回忆，她无情地把猫踢到了外面。

约瑟夫却没有改变晚饭后边抽烟斗边听广播的习惯，相反，他比以前更坚决地搜寻着国外的电台，就好像期待拦截到格雷戈尔的声音一样："我还活着，我在俄国，来接我吧。"但这不是一个寻宝游戏，我们没有地图，没有线索，只有越来越令人不安的消息。

我也不再和赫塔做果酱，不和约瑟夫去菜园了。自从来到这里，我总穿着一双格雷戈尔小时候穿的胶鞋去收集蔬菜，他的父亲在地窖里面发现了这双鞋子，我穿着它们只是觉得有一点紧而已。我丈夫还是一个男孩子的时候有着柔软的脚，那是我从来没有见过、从来没有触摸过的一双脚，这让我心底感动不已。但是现在它折磨着我。

我决定把我每天脑子里面想到的事情全部写下来，我要写下一本他不在时的日记，这样，当他回来的时候，我们就可以一起读这本日记了。他会为那些特别悲伤或者太过感性的句子逗弄我，而我会捶他的胸口，只是假装捶他而已。我试了，但是我什么都写不出来，我没有什么好说的。

我再也不去森林了，不去看鹳已经空掉的巢穴，不去莫伊湖边唱歌。我没有了唱歌的欲望。

莱妮用一种笨拙的方式照顾着我，她是唯一一个这么做的人。"我很确信他还活着。"她以一种令人难以忍受的乐观主义精神发表着声明，"他可能擅自离开了军队，现在正在回家的路上呢。"

即便实在的或潜在的守寡是一种普遍的现象，我也没有感到一丝安慰。我从来没有想过这件事会发生在我的身上。格雷戈尔从天而降，来到我的世界里，带给了我幸福，这就是他扮演的角色，无论出于什么原因他显露出了欺诈的行为，我都觉得我上当受骗了。

艾尔弗里德也许感受到了我的想法，所以她干脆都没有想过来安慰我。"你要不要抽根烟？"有一次她这么问我。"你知道我不抽的。""你看，你还是比我强的嘛。"然后她笑了。那一瞬间，这个只对我绽放的微笑让我了活过来。有一种慢慢复苏的宽慰在我的身体里蔓延开来。艾尔弗里德在被殴打后的那几天里甚至没有去检查

希特勒的试毒者

她身体上的青肿，不过我相信，即使它们消失了，她也会在脑子里面永远地记住它们。

而我却在每个清晨仔细地检查着这些青紫，我用手指按着它们，让它们跳动，就好像格雷戈尔并没有失踪一样，这些伤痕是我叛乱之后仍然活着的间谍。当有一天这些疼痛也从我身上消失的时候，我的皮肤上就再也不会有任何显示我丈夫存在于这个地球上的记号了。

有一天赫塔起床后，她的眼睛不像之前那么肿了。她决定相信格雷戈尔过得很好，有一天清晨，他会自己敲响房屋的门，那时的他会和入伍的时候没什么差别，只是胃口变得更大了。我也学她，试图说服自己。

我在相册里找到了他拍的最后一张照片，那张照片里的他身穿制服，我对着照片里的他说话，就好像每天晚上做祷告一样。相信他的存在对我来说是一个赌注，而这种相信将会渐渐地成为一种习惯。我们刚在一起的时候，我因为身体的每一个部位都被他的骨头和肉压到而崩溃得像个孩子，可是现在我的睡眠反而不规律了，身体经常会痉挛。格雷戈尔失踪了，或者已经死了，而我仍然爱着他。这份从年轻时开始的爱是独一无二的。我不需要得到任何的回应，只需要固执和自信地等待。

我按着弗朗茨留下的美国的旧地址写了一封很长的信，想和家人说话的渴望实在是太强烈了，我想和一个小时候追着我自行车跑的人、一个每周日做弥撒之前和我一起去游泳的人说话，这个人我从小就认识，当他还在摇篮里睡觉的时候，我咬了他的手，他哭得脸都紫了——他是我的弟弟。

我告诉他我失去了格雷戈尔的消息，就像我也失去了他的消息一样，这封信实际上是没有任何意义的。而就在写这封信的时候，我突然发现我再也没有办法清晰地记起弗朗茨的脸了。我只依稀看到他宽阔的背脊，他穿着一件布外套一瘸一拐地朝前走着，但是我就是想不起他的脸。他现在有胡子吗？他的嘴唇上还有那些疱疹吗？他需要买眼镜了吗？成年的弗朗茨对我而言是那么陌生。每当我在书上看见"兄弟"这个词，或者每当我听到别人说起个词的时候，我眼前都会立刻浮现他凸出的满是伤痕的膝盖、他腿上X状的划痕，正是这些伤疤激发起了我立刻去拥抱他的冲动。

我等了好几个月，想要得到一条他的消息，但是我没有收到弗朗茨的回信。再没有人会给我写信了。

关于等待中的这几个月，我什么都不记得了，只有其中一天我记得还算清楚。前往克劳森多夫的巴士的窗外，一片草地上长满了紫色的三叶草，这将我从修道院般的日常生活中唤醒。春天来了，但是一种没有缘由的感伤侵袭着我，格雷戈尔缺席了，生命也缺席了。

第二部分

第十三章

4月的一个下午，我和海克、奥古斯丁坐在军营院子里的一条长凳上，军营的院子被栏杆围着。随着气温渐渐升高，党卫军的看守们允许我们每顿饭后在他们的监视下出去走走。有一个看守会在窗户那儿张望，还有一个会仰着脑袋背着手在院子里巡视。

海克有些反胃，但是现在再也没有人会联想到毒药了。

艾尔弗里德来到我们面前："你是不是没吃饱？"

"也可能是你快来例假了。"莱妮补充道。她正走在水泥地上一个用白色油漆画出来的格子里，边走边计算一共要走多少步。油漆脱落得很严重，根本无法看清里面的小方框，所以莱妮没法跳格子，她不是因为这种行为看起来有些奇怪才不跳的。但她就喜欢待在那里，好像这样就可以把自己置于这个游戏的中心，可以使她免受任何可能外在的攻击。"我刚来例假。我们都知道，经常在一起的妇女到最后例假都会同步的。"

"你在说什么呢？"奥古斯丁又喷喷地弹起她的舌头，用来强调莱妮说的话多么愚蠢。"她说得没错，"乌拉坐在地上用力地点头，这使她棕色的卷发显得更加柔和了，"我也知道这事儿。"

我虽然和她们在一起，但是又好像我并不在那里一样。我无话可说。有的时候我的女伴们试图把我从麻木中弄醒，她们的方法有时甚至有一些笨拙，不过大多数时候她们已经习惯了我的沉默。

"这都是无稽之谈。"奥古斯丁有些不高兴了，"妇女的月经周期同步，这又是什么迷信？他们已经给我们带来了那么多的迷信，现在难道我们还要相信这种巫术？"

"我是相信的。"贝雅特从秋千上起身，她的离开使得秋千开始晃动，两根秋千绳缠绕在一起，又立刻解开，不停地转动。

一开始党卫军放我们去院子里的时候，我就想过，为什么党卫军没有拆掉秋千，是不是因为他们没有时间去考虑这些问题，有更多更重要的事情需要他们去想。或许他们也希望，当东面的战场获胜，共产主义的威胁被消除之后，总有一天这个营房会再次迎来学生。又或许，这些男人把这架秋千留下，是因为它让他们想起了他们留在某处的孩子，他们的孩子也在帝国的某一个城市里面慢慢长大，当他们休假回家的时候，孩子们都认不出他们了。

"我就是一个女巫，你们不知道吗？"贝雅特问，"我可以看星座、读手相，我还会看塔罗牌。"

"这个我可以做证。"海克说道，"她帮我算过好几次命了。"

莱妮走过已经褪色的油漆地来到贝雅特的面前："那你可以预见未来吗？"

"她怎么不能？而且她还清清楚楚地知道战争什么时候可以结束呢。"奥古斯丁说。"罗莎，你问问她你丈夫是不是还活着吧。"

我的心跳完全失去了节奏。

"你少说两句。"艾尔弗里德警告她道，"为什么你总是说话不过脑子？"

她转身离开了。我真想跟着她一起走，向她把我压在喉咙中的那一声"感谢"倾诉出来，但是我坐在了奥古斯丁的旁边，只是因为她没有给我压力。

"你可以给希特勒算一卦。"乌拉试图转换话题，女人们都笑起来，紧张的气氛被缓解了，而我笑不出来。

"那你——"莱妮现在已经十分兴奋了，"你能告诉我战争结束之后我可以找到白马王子吗？"

"你还真信啊？"奥古斯丁不屑道。

"来吧，试一试。"乌拉拍拍手。

贝雅特从口袋里掏出了一个黑色天鹅绒封口的袋子。她解开绳子，掏出了里面的塔罗牌。

"你一直带着这些牌吗？"莱妮问她。

"我要是不带着还算什么女巫呀？"贝雅特说着跪下来，把牌摊在地上，她按一种我们不知道的规律摆放着，动作缓慢而专注。她把其中的一些抽出来又调换了位置，最后她重新洗牌，把牌面都翻转了过去。奥古斯丁看起来很是怀疑。

"所以呢？"乌拉有点着急。莱妮现在也不敢再说话了，其余的女人都围成了一个圆圈，弓着背，除了正在一边走一边吸烟的艾尔弗里德，午餐过后几乎从不出门的"洗脑党"也还勤勤恳恳地留在她们的工作岗位上。而我仍然坐在长凳上。

"的确，我能看到一个男人。"

"哦，我的老天爷。"莱妮用双手捂住了脸。

"来吧，莱妮。"女孩们拉过她的一只胳膊，推搡着她，"至少问问他怎么样，长得英俊吗？"

这个问题至关重要，女人们的所有精力都只是为了得到这个答案，这是女孩子们会做的事情，而我已经再也没有这种能力了。

"我看不见他的长相。"贝雅特抱歉道，"但是我可以看出他很快就会来的。"

"那你的语气为什么这么沉重？"海克问。

"一定是因为他很丑，所以她不忍心告诉我。"莱妮啜泣着说。这下其他的女人又爆发了出一阵笑声。

贝雅特清了清嗓子，说道："你听我说——"突然院子响起了一个声音。

"都站起来！"

一个穿着制服的男人向我们走来，我们以前从未见过他。女人们都挺直了背，我也从长凳上站起来。贝雅特一把抓过纸牌，试图把它们重新放回天鹅绒袋子里，但是卡牌纠缠在一起，还是掉落了不少。那个男人又喊道："我叫你们都站起来！"

当他走近我们的时候，莱妮仍然用双手捂着自己的脸。

"这又是什么东西？"那个男人质问贝雅特，"还有你，把你的脸露出来。"他猛推了莱妮一把，莱妮双臂交叉在胸前，手指紧紧地抓着肩膀，也不知是为了让自己冷静下来还是在惩罚自己。

党卫军们走近了："齐格勒中尉，发生什么了？"

"你们刚才跑到哪里去了？"

看守们这才注意到有些不对劲，他们看向我们的眼神中带了一丝怨恨：因为我们，他们遇到了麻烦，他们中没有一个人回答中尉的问话。很明显，这个时候最好还是保持安静。

"不过是些消遣的卡牌罢了。他们没有说这里禁止玩牌，我们没干什么坏事。"

我打破了沉默。

我能感到许多惊讶的目光投到我的身上,不仅仅是我的女伴们,中尉也看着我。他有着一个小小的像小孩子一样的鼻子,他的眼距稍微有些近,眼睛是淡褐色的。这就是他的弱点,这双眼睛吓不到我。

艾尔弗里德紧紧地贴着墙,党卫军没有喊她过来,他们仍然在等待中尉给我们的判决。就在此刻,在这个荒废的学校的院子里,在整个军营,在克劳森多夫的农家房屋里,在一直通往格罗斯 – 帕特斯奇的森林里的橡树和冷杉中隐藏着的军事总部里,有着将要从东普鲁士一直扩张到这颗行星的边缘的第三帝国,还有阿道夫·希特勒的足足八米长的敏感肠道,现在全都集中在齐格勒中尉所掌握的这个世界的唯一焦点上,齐格勒中尉就是这个掌握我生死大权的人。

"那现在就让我来禁止你们。党卫军二级突击队中队长齐格勒。好好记住我的名字。因为我让你做什么你就得做什么。从今天开始,其他人也得照做。现在,用他们教你的方式问好。"当我机械地伸展开我的胳膊时,齐格勒抓住了贝雅特的包,那一瞬间,包掉了下来,卡片纷飞,被一阵风吹走了一些,落在了一米远处。他转向看守们:"让她们都上车。"

"是,中尉。都快走起来!"

贝雅特第一个朝巴士走去,莱妮紧紧跟着她,其他人也慢慢加入了。二级突击队中队长踩着绒布袋,命令他的下属:"把它们丢掉。"然后转身走开了。

在门口处,他看见了艾尔弗里德:"你刚才在干什么呢?躲着吗？"他边朝里走边命令道，"排队去。"

我走向艾尔弗里德。当我走到她面前时，她碰了碰我没来得及举起的胳膊，这个举动里满是她对我的担忧。我的确没有任何理由地冒了险。但从另一方面来看，我没有必须要去死的理由，如果我真的想死的话，正如我就没有理由继续活下去。这就是齐格勒并没有吓到我的原因。

他看到了我求死的心，所以他不得不将目光从我身上移开。

第十四章

举起手臂行纳粹礼，不是一件可以蒙混过关的事情。二级突击队中队长齐格勒在参加过的许多次会议中已经充分地学习过了。要让手臂利落而毫不迟疑地抬起来，就必须收紧身上的每一块肌肉，注意提臀收腹，胸腔起伏时要带着脚上的动作，伸展膝盖，横膈膜鼓起来，喊出"希特勒万岁"，每一根神经肌腱和神经纤维都必须参与到伸展手臂这个严肃的任务中。

有的人伸手不够有力，肩膀有些僵硬，和标准姿势要求的"放低手，远离耳朵"相差甚远。标准姿势要求身体对称，展现出不可打倒的运动员的姿态，至少，希望如此：这样才能成为不可战胜的人，才能拥有弥赛亚[1]一样的救世能力。还有些人，本应该是伸展成45度角的，却硬是做出了垂直的动作：你伸手的动作根本就没有展现出你的态度。这时候表达态度的方式只有一个，那就是好好敬礼。比如，手指不应该全部张开，你又不是准备涂指甲油。并拢它，伸展它！下巴也要挺起来，额头朝前，把所有力量、所有注意力都集中到手臂伸展的线条上，想象着可以用手掌粉碎那些不配赢

1　原为希伯来语，意为救世主。——译者注

　　　　　　　　　　　　　希特勒的试毒者

的人的头颅——人和人是不同的，种族是可以从外表上看出来的一种灵魂。把你的灵魂都灌注到手臂上，把它奉献给元首。他不会把这个灵魂还给你，你可以清空你身体里灵魂的重量。

当然，二级突击队中队长齐格勒是敬纳粹礼的专家，他练了很多年，也许他本身就很有天赋。我也有天赋，但是我没有努力练习。我的敬礼姿势经受过检验，虽然没有被羞辱，却也没有得到表扬。我从小就开始学习滑冰，所以对身体的控制力一向很好，当新学年开始，我们聚集在大礼堂行纳粹礼的时候，我甚至习惯性地跳了一下，我的动作趋于完美，自然不可能挨骂。但是，随后的几个月里我慢慢趋向平庸，我没有在意老师的失望。

当时，奥运圣火从希腊递出，经过索非亚、贝尔格莱德、布达佩斯、维也纳和布拉格，终于到了柏林，在欢迎游行上，我看见德国少年团的小男孩们穿着制服拍照。然而二十分钟后，他们就再也没有办法忍受一直站着不动了，他们有的把脚摇晃到了另外一边，有的把举着的右手甩到了左边，他们实在是太累了，无心去思考可能到来的惩罚。

无线电传送着比赛的进展。由于传输信号比较差，元首的声音有些嘈杂，不过十分洪亮。人们的齐声欢呼通过电波一直传到我的耳朵里。为了国家，人们毫不迟疑地奉献了一切，他们呼喊着他的名字，神奇又充满仪式感。这是一个拥有无上权力的名字，虽然国家折磨着它的人民，但是归属感让我们推翻了一旦出生在这里就会被限制的孤独感。我从来没有过对祖国的归属感，这是一种错觉，我想，我只是因为倦怠所以才习惯了它——这不是一种胜利的感觉，这只是为了保持同一性。

我的父亲气愤地关掉了收音机，他一直认为国家社会主义只是一种短暂的现象，就像有些叛逆的少年放荡不羁的一种形式，这是从意大利传来的精神病毒。然而，在工作上，他却被那些参加纳粹党的人取代了位置。和其他虔诚的天主教徒一样，他一直在给德国中央党[1]投票，谁想到，最后他眼睁睁看着中央党通过了准许希特勒获取全部权力的法律，促成了自身的瓦解。我的父亲忽略了那个转瞬即逝的"叛国"的欲望，而这个欲望却在我心里生根发芽。我想象着在节日的兴奋中吞食火腿肠和喝柠檬水的群众，终于相信无数个不同的、不可替代的个体是可以被单一的意识形态和命运同化的。那时我十八岁。

而那个时候齐格勒多大？二十三岁，或者二十五岁？我的父亲在战争开始一年半后死于心脏病。齐格勒那个时候应该已经在服兵役了。他知道怎么敬一个完美的纳粹礼，他知道规则并且牢牢遵守它。他随时准备着用他的军靴去践踏贝雅特的塔罗牌，保持着对我傲慢的眼神，他会践踏任何一个阻碍德国与他宏伟计划的人。

这就是那天下午我在遇到他几分钟之后所想的事情。他刚刚来到克劳森多夫，就已经向我们发出了这样的警告。这个地方的可怕程度要比从前更甚。曾经指挥着这个营房的军官如今去哪里了？我们有时候在走廊里碰到他，他甚至都不点一下头。他永远也不可能做出跑到院子里冲我们大发雷霆的事情。我们是十条消化道，他当然不会浪费时间去和消化道打交道。

1　德国具有天主教背景的政党，1870年成立，1920年左右成为德国主要执政党，1933年被纳粹党解散。——译者注

坐在巴士上，我又想起了格雷戈尔。也许他的军靴践踏的不是塔罗牌，而是尸体。我不知道他在失踪以前一共杀过多少人。齐格勒面对的是一个德国女人，而格雷戈尔是一个面对外国人的德国人。他需要更多的仇恨来结束一个生命，或者只需要保持冷漠。那一天，让我感到生气的根本就不是齐格勒——而是我失踪的丈夫。

不，其实是我自己。我的软弱唤醒了我内心的愧疚，我都记得的——小时候我就咬过弗朗茨的手。

第十五章

"那个女人在引火上身。"奥古斯丁指着食堂角落里正和高个子以及另一个警卫待在一起的乌拉。我们都在等着午餐送上来,克鲁梅尔今天迟到有一段时间了,我猜测是不是食物的供应出了问题。我没想过这场战争甚至会蔓延到我们这个人间天堂。

乌拉用手指扭动着她的一绺头发,接着又摆弄起一个长长的刚好可以停在她双乳之间的吊坠。没有人可以责备她,我们过了太久没有男人的日子,我们不缺性,我们缺的是男人的注意力。

"在权力面前屈服的女人都是脓疮。"奥古斯丁指责她。

乌拉大声地笑着,她歪过头,让头发滑到一边的肩上,这样她脖子另一边的一部分肌肤就裸露出来了,那个高个子看守肆无忌惮地看着她白皙的颈部。

"战争才是脓疮。"

奥古斯丁对我打破了我一直以来的冷漠没有感到丝毫的惊讶,毕竟我曾经和齐格勒对过话,那时候连她都沉默了。

"不,罗莎,你知道希特勒是怎么说的吗?他说,群众就像女人一样,他们需要的不是一个保护者,而是一个统治者。就像女人一样,他说。就是因为有像乌拉这样的女人,他才敢这么说。"

　　　　　　　　　　　　　　希特勒的试毒者

"乌拉只是想放松一下，有的时候轻浮也是一剂良药。"

"我看，是一种毒药吧。"

"说到毒药，已经准备好了。"艾尔弗里德边说边坐下，摊开放在腿上的餐巾，"午餐愉快，姑娘们，像往常一样，希望这不是咱们的最后一顿吧。"

"祝我们都能吃完！"奥古斯丁也坐了下来。

乌拉在她的对面坐下。"你想干吗？"乌拉问奥古斯丁，她感觉到了奥古斯丁的眼神。

"安静。"高个子说道。就在刚才，他还死死地盯着她的吊坠呢。"吃饭。"

"海克，你觉得不舒服吗？"贝雅特压低声音问道。

海克盯着她碗里还没碰过的燕麦粥。

"真的，你看起来脸色苍白。"莱妮说。

"怎么，难道不是因为你对她施了什么巫术吗？"

"奥古斯丁，"贝雅特说，"你今天和大家都有仇吗？"

"我觉得有一些恶心。"海克承认。

"又来了？你不会是发烧了吧？"莱妮从桌上探出身子，倾斜着试图去摸她的额头，但是海克没有凑过去，她仍笔直地坐在椅子上。"那就不是例假了，我们这次没有同步啊。"莱妮嘟囔着，有些因为她的姐妹关系的想法没有得到印证而感到失望。

海克没有回答。莱妮碰了个钉子，她咬着手指头。她一直有些自闭，孩童时期就一个人玩跳格子，现在长大成人了，即使格子不复存在，她还在跳。

"我搞错了。"过了至少五分钟她才喃喃道。

奥古斯丁丢下勺子，勺子落在亚琛产的瓷盘子上，发出"叮当"的响声。

"纪律！"警卫用目光扫射着我们。

随着一声我并不在意的"希特勒万岁"，一盘炸薯条送到了我的面前。党卫军们不断地在房间里进进出出，而我面对着炸薯条，已经馋得口水直流了，我根本不顾形象，迅速从盘子里面拿起一根，谁知十分烫手，我赶紧吹了吹我的手指肚。

"你不吃吗？"

我一下子就听出了这冰冷的语气来自谁。我抬起头。

"我觉得不舒服。"海克说道，"我应该是发烧了。"

莱妮似乎回过神来，她的脚在桌底下踢了踢我。

"把你的燕麦粥吃了！你来这儿就是干这个的。"齐格勒又一次出现在营房里。

在院子事件发生之后，我们有几个星期没有见过他了，也许他待在原来的住所和其他军官们闭关讨论，他需要一张书桌来搁他大号的脚，也许这几周他回到家人身边了。管他呢，谁知道他离开克劳森多夫是要做什么任务。

海克把勺子放进她的盘子里，舀了一勺不足一克的汤。她惴惴不安地、缓慢地把它举到唇边，双唇紧闭，虽然看起来她正醉心于勺子中的食物，但事实上她一点都没有办法喝进去。

齐格勒的手像钳子一样，紧紧地捏住了她的脸，逼迫她把嘴巴张开。"吃。"海克吞咽着，泪眼婆娑。我感到心跳加速。

"很好，这就对了。我们不需要一个不吃饭的试毒员，如果你发烧了，医生会给你建议的，明天我让医生来给你看病。"

"不用麻烦了，"她答得很快，"我只是有点发烧，没什么特别的。"

艾尔弗里德忧心忡忡地看了我一眼。

"那就好好吃你盘子里的东西。"齐格勒说，"明天我们再看。"他环顾四周，吩咐看守们好好看着海克，然后出去了。

第二天，海克像其他人一样吃完了饭，接着她要求看守们陪她去洗手间。她在那里待了一会儿，在确信守卫要交班之后，利用他们交班的空当，迅速地尽量不发出声音地呕吐起来。食物必须要停留在我们的胃里一段时间，用以确认它未被下毒，我们是被禁止故意把它吐掉的，但是我们知道她正在呕吐，她的双眼深陷在两个幽静的空洞当中，她的皮肤就像蜡一样发黄。没有人敢问一句：下次抽血是什么时候？

"她还有两个孩子要养，"贝雅特说，"她不能失去工作。"

"她怀孕了，"艾尔弗里德在我们排队的时候贴着我的耳朵告诉我，"你难道还不明白吗？"

不，我不明白，海克的丈夫正在前线打仗，她已经差不多一年没有见到他了，我们是没有男人的女人，男人正在为祖国而战斗——先是为了我们自己的民族，然后是为了所有民族！先是为了我的祖国，然后是为了全世界！——他们时不时地回来，但也时不时地死去，或者传来失踪的消息。

我们都需要被渴求，因为男人的渴求使你有更多的存在感。每个女人在十三四岁的时候就已经学习到了这些。当时处理这个问题为时尚早，但你会注意到这种力量，既然你还没有征服它，那么它就可能成为一个陷阱。它从你的身体中泉涌出来，对你而言，它仍然是一个未知数。你此前从来没有在镜子中看过自己的裸体，但它使你觉得好像其他人已经看过一样。你必须行使这种权利，否则它就会反噬。一旦你与谁发生了一些亲密关系，它就成了你的弱点。屈服比征服要容易得多。所以并不是群众像女人，这话应该反过来说。

海克肚子里的孩子的父亲是谁？我没有办法想象。然而，我想象着，她的头枕在枕头上，她另外两个孩子睡在她的身边，而她却醒着，用手抚摸着她的肚皮——她的错误。也许她是恋爱了。

到了晚上，我开始忌妒她。我可以想象到，她躺在床上，被她身体的变化吓坏了，她也因为恶心而无法休息，但是，我想到她的身体将带来新生：一个新的生命被点燃了，她的肚皮下方有一颗跳动的心脏。

第十六章

玛丽亚·冯·米尔登哈根男爵夫人的邀请函上盖了一个她家族的徽章。我要去上班的时候——我现在都是这么说的——一个跑腿的把信送到了家里。在身穿用人衣服的男孩子面前，赫塔为自己污迹斑斑的围裙感到尴尬。扎特居然起身迎接了那个男孩，而男仆试图从猫咪的娇嗔中脱身，只能耐心地哄着猫咪。他想快速又不失礼貌地完成任务。赫塔把密封着的信封放在碗柜上，她很好奇里面到底写了什么内容，但是这封信是写给我的，所以她得等我回家才能看。

我向她坦白，男爵夫人将在这周末举行一场招待会，她邀请我参加。

"但这个女人找罗莎干什么？"我的婆婆嘀咕道，"她从来没有邀请过我们啊。她都不认识罗莎。"

"她认识罗莎。"我公公纠正她，并没有说出究竟是在什么场合下我和她见过面，也许赫塔自己可以想出来，"我倒是觉得罗莎可以趁这个机会好好散散心。"

"我不觉得这是一个好主意。"我说。

任何的休闲活动都是对格雷戈尔的侮辱。我记得男爵夫人奶油一般的面容、她抓着约瑟夫的手的姿势。这样的记忆总让我想起一块挂在壁炉边的椅子上烘干的布，当你把它贴上自己的脸时，你感受到的就是与那同样的温暖。

我想，我可以穿从柏林带来的仅有的几件晚礼服中的一件去。"你带这些衣服来做什么？"赫塔曾在看见我把这些衣服挂进她为我腾出的衣柜里时这么问我。"没什么用，你说得没错。"我手里拿着一个衣架，回答道。她说："你一直都很虚荣。"

她说得一点没错。但是，我把晚礼服整齐地摆放在行李中，是因为它们是格雷戈尔送给我的。这些可以让我重温我跟他在一起的片段。比如年末的聚会上，他一直盯着我看，毫不在意第二天工作室里会传来怎样的八卦。也就在那个时候我才明白过来，原来他喜欢我。

"我们只缺这个了。"赫塔一边把盘子烘干一边喃喃地说。

她把它们放进橱柜时弄出了很多的噪声。已经是5月了。

我告诉莱妮我被冯·米尔登哈根男爵夫人邀请了。她尖叫了一声，引起了别人的注意，于是我不得不把这件事情也告诉了其他人。"反正我不会去的。"我宣布道，但是我的女伴们坚持说："难道你不想去参观城堡吗？你什么时候还有机会去参观呀？"

贝雅特说她曾经罕见地见到男爵夫人在乡间的道路上散步，与她同行的还有她的孩子和孩子们的家庭教师。大多数时候她都待在她的城堡里面，很多人说她得了忧郁症。"唉，你别扯了，"奥古斯丁反驳道，"什么忧郁症？那里面的那位办了多少宴会了？就是你没被邀请过罢了。""我觉得，我们总是见不到她，是因为她总是在旅游吧。"莱妮说，"她一定去了不少好地方。"

约瑟夫告诉我，男爵夫人总是会在花园里度过一整个下午，她不仅喜爱在春天和夏天轻嗅植物的香气，也喜欢柔软的土地的气息和秋天的色彩。她很喜欢我的公公，也就是她的园丁，因为是他让她喜爱的这些花茂密生长，并且悉心照看它们。在约瑟夫跟我说起这些的时候，我觉得男爵夫人一点也不忧郁，反而觉得她是一个爱做梦的人，一个被她的私人伊甸园好好保护着的小女人，没有人可以将她从那里驱逐出去。"她是个好人，"我说，"尤其是，对我公公很好。""瞧你说的，"奥古斯丁又开始下结论了，"她不过是个势利眼。你想想，她从来不让我们见到她，还不就是因为觉得自己比我们优越吗？"

乌拉打断她，说："她怎么想的对我们来说不重要，重要的是现在你要去她的招待会啊，罗莎。就算是为了我，求求你一定要去呀，这样你就可以告诉我她的宴会是什么样子了。"

"还有男爵夫人长得怎么样。"

"对，还有城堡长什么样子，这样的招待会又是什么样子的。参加这种活动要穿什么衣服啊……对了，你会穿什么呢？你要梳什么发型呀？"她建议我把头发别在耳朵后面，"我会给你弄好的。"

莱妮说她可以替乌拉打下手。这个新的游戏让她也兴奋起来。

"为什么她给你发了邀请函呢？你要和她分享什么呢？"奥古斯丁问，"你要去唱咏叹调吗？"

"我从来没有唱过咏叹调。"但她已经不听我的辩解了。

约瑟夫提出他可以做我的男伴，因为我也没有别人可以邀请，而赫塔却觉得我们俩都不应该去。约瑟夫辩解说我有权利去放松一下心情，但是我并不愿意放松心情，我一点都不在乎我的这种权利。几个月以来，我的痛苦已经让我忘了其他的一切。这种痛苦已经强大到超越了它本身，成为我性格的一部分。

周六晚上七点半左右，乌拉突然闯入了我家，她穿着我送给她的那件衣服，包里放着卷发棒。"你到底还是穿了这件衣服。"这是我能说出口的唯一一句话了。"今天可是招待会的日子呀，不是吗？"她冲我笑了。

同时来的还有莱妮和艾尔弗里德。不久前我们刚在巴士上道别，也许莱妮是为了给我惊喜，但是艾尔弗里德呢，她与这个刚被乌拉由厨房改造成的美容院有什么关系呢？她甚至没有对我被邀请参加招待会一事做出任何评论。这是她第一次来我家，我并没有准备好欢迎她。我们俩之间的亲密关系被框在一个极隐秘的地方，比如营房中的那些洗手间里。我们的关系是一条裂缝，一个漏洞，甚至连我们自己都没有办法承认。然而在我们作为试毒员用餐的时间之外，它突然失去了那种紧张感，这让我有一些困惑。

我犹豫地招待着女孩子们，害怕赫塔不欢迎她们来访。我们现在的日子已经完完全全奉献给了格雷戈尔。她生活在自己儿子迟早会回来的幻想中，丝毫的差异都是一种亵渎。她已经不能接受我去城堡这件事了，谁知道乌拉盛装到来会给她带来多大的焦虑。

果然我没有猜错，我的婆婆显示出了一种轻微的不适感，出于礼貌，她希望自己可以表现得好客，但是她又对自己能不能做好有所怀疑。

看着乌拉穿着我曾经穿过的衣服，我一阵恍惚。那段时光如今

　　　　　　　　　　　　　　希特勒的试毒者

回望起来已经十分遥远了。这种面料在这个季节穿其实有些重，它正滑落在另外一个女人的身上，它曾经是我的，述说着我的故事。

赫塔烧开了水准备泡茶，又从碗柜里面拿出上好的瓷杯。"我没有饼干，"她向大家道歉，"我要是知道你们会来，就给你们准备点吃的了。"

"我们有一些果酱，"约瑟夫进来帮忙，"还有一些赫塔做的面包，非常好吃。"

我们就着果酱吃面包，就像孩子们吃小点心一样。我们还从来没有在不是食堂的地方围着一张长桌吃东西呢。我的同伴们是不是也会和我一样，把食物放到嘴里时想起那些毒药呢？"当你吃东西的时候，你就在与死亡做斗争。"我的母亲曾经这么说过，但对我来说，只有在克劳森多夫，这句话才几乎成真。

莱妮吃完第一片面包后，心不在焉地舔了一下手指，又拿起了一片。"看来你真的很喜欢啊。"艾尔弗里德笑着说，莱妮脸红了。赫塔也跟着笑起来，她已经有好几个月没有笑过了。

乌拉却迫不及待地要给我梳头了，她站起来时杯子里还冒着热气。赫塔给她打了一盆水。她站到我的身后，用手搓揉着弄湿我的头发。"水太冷了！"我抱怨着。"得了，不要大惊小怪的。"她的嘴唇抿成了鹅喙，她绕着我的头发一圈一圈地绑着线，有的宽一些，有的窄一些。每隔一段时间我就会扭过头去看她——她非常认真——她推着我的脑袋："让我干活啦。"

刚和格雷戈尔订婚的那段时间，我每周都会去一次理发店，这样我就能确保，只要他带我出去吃饭，我就可以保持无可挑剔的样子。我总是对着镜子和其他女人交谈，而理发师们用刷子和热熨斗在我们的头发上摸索着。女人们看着自己挂满发叉和发夹的头发、梳子撩起头发露出的前额，或者被帘子遮住一半的脸，谈论起各种事情。已婚的女人们谈论着需要妥协才能继续下去的婚姻，或者像我这样的人谈论着让我自己都吃惊的恩爱。在那里，有一些上了年纪的女士曾经跟我说："亲爱的，我也不想做卡桑德拉[1]，但是你要知道，有些东西不可能永远持续下去。"

在我公婆的家里面想起这些事情让我感到有些陌生。这也许是因为我们现在这个荒唐的组合，莱妮、艾尔弗里德、乌拉，还有格雷戈尔的父母，聚集在他小时候住过的房子里面。和他们在一起的我也在这里，我曾经住在首都，每周花钱在理发师身上，而且由于我太天真和单纯，那些年老的妇女疯狂地想要让我一点点对爱情感到失望。

我试图从那种轻微的恐惧中分散注意力，我也不知道为什么，我的双手都被汗水浸湿了。

"约瑟夫，"我说，"不如你跟乌拉说说看城堡中的花园是什么样子的吧。"

"是的，是的，请您跟我说一说吧。"她催促着约瑟夫，"我真想去看一看啊！它有多大？有长凳、喷泉，还有凉亭吗？"

约瑟夫简直来不及回答她的问题，莱妮追着问："有没有迷宫？我可喜欢那种灌木丛迷宫了。"

我公公笑了："不，没有什么迷宫。"

艾尔弗里德开玩笑说："我们这个小姑娘，还以为自己生活在

---

1 希腊神话中不被人相信的女先知。——译者注

童话里面呢。”

"那又怎么了？"莱妮反问。

"要是你也一出生就住在离城堡很近的地方，"乌拉说，"这种幻想就是不可避免的，对不对？"

"你是在哪里出生的，艾尔弗里德？"赫塔问道。

艾尔弗里德犹豫了一下才回答我们："在格但斯克。"

所以她也是在城里长大的。我怎么会过了这么久还不知道她是从哪里来的呢？向她提任何问题都显得那么不合时宜，所以我从来没有这么做过。

1938年，我和格雷戈尔在去往索波特乘船时曾路过格但斯克，也许我们曾在路上擦肩而过。谁能想到，几年之后我们会在一张桌子前吃饭，我们的命运会从此交织在一起。

"那你应该也受了不少苦。"约瑟夫评论道。

艾尔弗里德点点头。

"你和谁住在这里呢？"

"我一个人住。不好意思，莱妮，你可以给我倒点茶吗？"

"你要多少？"赫塔不想多管闲事，她只是想表现得很热心罢了，但艾尔弗里德从鼻子里发出了些响声，听着像感冒了，不过这就是她的一种呼吸方式，冬天的某些下午，我觉得我总是能够听到她发出这种声音。

"好啦好啦，"乌拉大叫道，她在我头上放了一片绿色的东西，"现在请你不要去碰它。"

"但是它们绑得好紧……"我想抓抓头发。

"把你的手放下去。"乌拉轻拍了一下我的手掌。大家都笑了，就连艾尔弗里德也笑了。

所幸赫塔的提问并没有太多地打扰到她，她对自己的隐私防护得如同磐石，有时候甚至显得有些粗鲁，只有经过她的允许才可以进入她的世界，但是我并没有被她的拒绝冒犯。

赫塔提出的问题引起的不安很快就过去了，我们还是四个被"美丽"所困扰的年轻女性，然而仿佛命中注定，在这么一个时刻，莱妮发问了："我可以看看格雷戈尔长什么样子吗？"

赫塔立刻僵住了，沉默使我们仿佛都失去了知觉，我起身走进了房间，没有说一个字。

"真是抱歉，"莱妮喃喃道，"我不是想……"

"你脑子里到底在想什么？"我听到艾尔弗里德责骂她。

其他人都保持了沉默。

几分钟之后，我回到了厨房。我把茶杯推到桌子的一边，把相册放到桌子上。赫塔屏住了呼吸，约瑟夫也放下了烟斗，像在行脱帽礼一样。

我飞快地翻着相册的页面，每页都被一张薄纸盖着。终于，我找到了格雷戈尔。在第一张照片中，他坐在后院的躺椅上，没有穿夹克衫，不过戴着领带。在另外一张照片里，他躺在草地上，穿一条灯笼裤，上衣最上面几个纽扣松着，而我在他的身边，头上戴着条纹的头巾。这张照片就是在这里拍摄的，那是我们的第一次旅行。

"这就是他？"乌拉问我。

"是的。"赫塔低声说道。她的上唇鼓出来拉伸了鼻子下的皮肤，看起来就像我母亲抿线时的样子。

"你们看起来真是一对儿。"乌拉说。

"婚礼的照片呢？"莱妮还真是有些贪心。

我翻了一页："在这儿。"

在这儿，格雷戈尔的那双眼睛。在我前往工作室面试的那一天，他瞪着眼睛选中了我，好像它们想要翻找出我的核心，隔离它，摒弃其余部分，直接把我最重要的东西取走。

婚礼那天，我笨拙地抱着一束花，花柄刚好戳到了我的胃，我拿花的手摇摇晃晃的。一年之后，他就离开家去参加战争了。下一张照片里的他身穿制服，再然后，他就从相册中消失了。

约瑟夫把扎特从他的膝盖上放到了地上，什么都没有说就出去了，猫跟着他，门"砰"的一声关上，撞上了扎特的脸。

乌拉从我的头上摘下卷发器，用完发刷后，她把刷子也扔到桌上："好了，绍尔女士，我做得怎么样？"

赫塔毫无热情地点点头。"你现在得赶紧穿上衣服。"她快速地跟我说。

忧郁重新占据上风，这才是我熟悉的更为舒适的情况，赫塔终于解脱了，我了解她。在我的女伴们面前，格雷戈尔的照片已经和乌拉从杂志上剪下的那些明星照片没有多大的区别了，它们都是一些你从来没有碰到过的人的肖像，你没有和他们交谈过，所以他们可能根本就不存在。

我默不作声地穿着衣服，赫塔专注地坐在床边。她正盯着格雷戈尔五岁时的照片，那是她的儿子，从她身体里长出来的孩子，她怎么就失去他了呢？

"赫塔，你帮帮我好吗？"

赫塔站起来，慢慢地将扣子一个一个扣上："这件衣服露的地方太多了，"她边说边抚摸着我的背，"会很冷的。"

我走出房间，我的打扮表明我已经准备好去参加这场招待会了。但是我的心里还没有做出最终的决定。也许，甚至连赫塔都觉得她被骗了。我的女伴们激动地颤抖着，就像我婚礼上的伴娘一样，但是我已经结婚了，没有人会在最终的圣坛上等我。为什么我在结婚的那一天还会感到害怕呢？

"这件墨绿色连衣裙和你金色的头发很相称。还有你头发上的那个卷，不是我自夸，这个发型很凸显你的圆脸。"乌拉高兴地说着，好像是她被邀请参加招待会一样。

"玩得开心一点。"莱妮在门口对我说。

"就算你觉得没有意思，也都记下来吧，"乌拉提醒我，"我不想错过一个这么好的机会，你知道吗？"

艾尔弗里德已经走在路上了。

"你没有什么要对我说的吗？"

"柏林人，你想要我跟你说什么？和不同的人在一起是一件很危险的事情。但是有的时候，你别无选择。"

问候男爵夫人是我今晚出席的唯一目的，但是我不知道怎样才能完成这个目标。一进到宴会厅我就接过招待向我递来的高脚杯，这对我来说似乎是一个很好的解决方法。我谨慎地啜饮着酒，想在谈话的客人中间漫游，他们显然已经分成了很多小团体，我没有办法突破其中任何一个。所以我坐在沙发上的一群老太太旁边，或许她们比其他人更加感到疲倦或者无聊，她们会考虑与我进行一些交谈。她们中的一个称赞了我的绸缎礼服，背后露出的那一块使它显得更加漂亮了。另一个说，她喜欢肩上带着的那块刺绣。第三个说，她还没有看到过这种式样的衣服呢。"这是柏林一家裁缝店做的。"我回答她。但就在这个时候，又有人到了，女士们忙着问候他们而忘记了我。我离开了沙发。我把我光裸的背贴上了一面墙。我的酒已经喝完了。

我观察着天花板上的壁画，想象着可以把那些人物的解剖结构画在一张纸上。我用指尖在我的拇指腹上画画，当我意识到我正在这么做的时候，我停了下来。我在沙龙的一扇窗户前面立定，再次观察，注意到终于有接近男爵夫人的突破口了。她不断地被渴望向她问安的人们包围着。我也应该向她问好的，向她倾吐我已经备好的那些话，但是我却无法做到这一点。我妈妈曾经说我太喜欢聊天了，叽叽喳喳个不停，然而到了东普鲁士，我变得寡言少语。

最后，她终于注意到了我，彼时我正半藏在一面长长的窗帘里。她似乎很高兴见到我，朝我走近。

"冯·米尔登哈根男爵夫人，谢谢您邀请我，这是我的荣幸。"

"不客气，欢迎您，罗莎，"她笑着问，"我可以叫您罗莎吗？"

"当然了，男爵夫人。"

"来，我给您介绍我的丈夫。"

克莱门斯·冯·米尔登哈根男爵正吸着雪茄招待两位男客。如果不是因为这两人穿着制服，从背后看我根本看不出那是两名军官，他们姿势轻松——浑身的重量都压在其中一条腿上——这已经违背了军人的行为准则。其中的一个愤怒地打着手势，试图在说服对方同意他的意见。

"先生们，请允许我向你们介绍我柏林的朋友绍尔女士。"

军官们转过身，我面前站着的赫然是齐格勒中尉。

他皱起了眉头，仿佛正在计算一个很长的数字平方根。但他确实是在看我，也许他看到了我的惊讶，以及我延迟了一下才袭来的恐惧。这就像你的膝盖撞到了一个尖角，一开始并没有觉得受伤，但过不了一会儿，剧烈的疼痛就蹿上来了。

"这是我的丈夫克莱门斯·冯·米尔登哈根男爵，这是克劳斯·申克·冯·施陶芬贝格上校和阿尔贝特·齐格勒中尉。"男爵夫人一一介绍着。

阿尔贝特，这是他的名字。

"晚上好。"我尽量保持着声音的平稳。

"很高兴见到您来这里。"男爵说罢，亲吻了一下我的手，"我希望这个招待会能让您满意。"

"感谢您，这个招待会棒极了。"

施陶芬伯格弯了弯腰，我没有立刻注意到他的残肢，因为我完全被他左眼上缠绕的绷带吸引了，这给了他一种既充满威胁又很善意的海盗的气息。我在等着齐格勒也弯腰鞠躬，但他只是用下巴示意了一下。

"我看你们今晚都挺情绪高涨的，你们刚才在聊些什么呢？"玛丽亚有些不合时宜地发问，我越是接触她越是了解她的性格。

齐格勒还眯着眼睛上下打量我，有人已经替他做出了回答。不知是男爵还是上校，我什么都听不进去了，仿佛有一团雾气遮住了

希特勒的试毒者

我的视线，最后这团雾气沉积在我裸露的后背上。我不应该穿这件衣服的，我不应该来的。

男爵夫人对我的身份一无所知吗？齐格勒会给予理解而假装不认识我吗？我必须说实话还是假装什么都没有发生过呢？希特勒的试毒员到底是不是一个秘密？还是，如果我藏着掖着，反而成了问题呢？

齐格勒的眼睛——不，阿尔贝特的眼睛，他们是这么喊他的——的距离十分接近，当他加重呼吸的时候，他那像小猫一样的两个鼻孔也会张大，这使他看上去像因为刚刚输了一场球赛而生气的孩子，确切地说，他看起来像一个急于踢球但又没有皮球的孩子。

"唉，行啦，你们别再讨论什么军事战略了。"

她是认真的吗？战争造成的伤亡一日比一日多，她竟然建议男人们讨论轻松的更适合晚会的话题。这女人在想什么？他们说她得了忧郁症，在我看来根本不是。

"我们走吧，罗莎。"玛丽亚牵起我的手。

齐格勒看着她，好像这个手势有危险一样。

"有什么不对的吗，中尉？您今天很沉默，是不是我打扰到你们了？"

"您别这么说，男爵夫人。"齐格勒的声音听起来冷静而轻松，我从没听过他这样的声音，我想我一定要把这件事情告诉艾尔弗里德。

虽然我最终没有这么做。

"那我就先失陪了。"

玛丽亚拉着我一一向宾客们介绍，好像我真的是她柏林来的朋友一样。她不是那种碰到谁就和谁聊两句然后很快离开，以确保照顾到宴会厅里每个人的面面俱到的女主人。她不停地提问着，简直对什么都想聊聊。比如，她上一次去看的歌剧《乡村骑士》如何如何；我们的士兵虽然处在逆境中，却保持情绪高涨；她还评论了我斜着剪裁的裙子，在大家面前好好赞赏了一番，并宣布她将用蝉翼纱缝制一件相同的裙子，不过颜色是桃红色，也没有这么暴露。"所以那就不是相同的了。"我说得她笑了起来。

后来，她坐到琴凳上，手指按上琴键，弹唱道："军营前，大门前，路灯立着，它站在前面。"[1]她不时扭头看我，这种坚持让我不得不为了哄她高兴而机械地轻声哼起了歌，但是我的喉咙发干。其他人也渐渐加入我们，到最后，我们都沉浸在对莉莉玛莲的爱情的激动和惋惜之中。实际上，士兵们都知道，我们也都知道，很快她就会将这份爱抛诸脑后。

齐格勒现在在哪里？他也在唱歌吗？现在谁会在那里？我们齐声唱着询问莉莉玛莲，现在路灯下那个和你在一起的人是谁？我不断地想，对于中尉来说，那个离开了政党、远离了德国的女人，那个性感的白种女人，他是否喜欢玛莲娜·迪特里茜[2]呢？我又为什么要在意这些？

玛丽亚停了下来，她拉着我的胳膊迫使我坐到她边上，她说："让我们来猜猜她会不会唱这首歌。"我立刻听出了她指尖流动的是《薇罗妮卡，伦茨在这里》的音符。我第一次欣赏"六重唱"组合表演时还是一个小姑娘，当时我还没有见到格雷戈尔。整个柏林大

1　"二战"时两方阵营中都广为流传的歌曲《莉莉玛莲》的歌词。——译者注

2　德国女演员，人道主义者，拒绝纳粹德国的邀请，长期留在美国发展，她不是《莉莉玛莲》的原唱，不过她演唱的版本流传最广。——译者注

剧院座无虚席，现场观众毫无保留地赞扬了六名穿着燕尾服的年轻歌者。那时候还没有种族仇恨的法律。但是不久之后，因为组里有三名犹太人，表演被禁止了。

"现在轮到您了，罗莎。"玛丽亚说，"您的嗓音真好听。"

我甚至来不及反驳，两音节之后她停了下来，我不得不一个人唱完这首歌。我听见我的声音在高大的宴会厅里面回荡，仿佛它根本不属于我。

好几个月以来，我和我的行为之间似乎脱了节：我再也没有办法感知自己的存在。

但是我看得出来玛丽亚很满意，她选择了让我在城堡宽大的舞厅中唱歌。我紧闭着双眼，跟随着这个刚刚认识的年轻男爵夫人不太确定的伴奏唱歌。我们刚认识，她已经随心所欲地让我做她要求做的事情了。

格雷戈尔曾经说我整天都在唱歌："罗莎，别再唱了。"但是格雷戈尔，唱歌对我来说就像你去潜水。你想象一下，有一块大石头压住了你的胸口，而唱歌就像有人跑过来把那块石头移走了。我有多长时间没有深呼吸了？

我孤独地唱着"爱情它来了，然后又走了"，直到那雷鸣般的掌声将我惊醒，我睁开双眼，看见了阿尔贝特·齐格勒，他远离其他人，从大厅的尽头正直直地朝我跑来。他仍然用那一双没有皮球的孩子烦恼的眼睛看着我，但他现在已经失去了他的傲慢，这个孩子回到了家中，他投降了。

第十七章

1933年5月[1]，天气异常炎热。我担心柏林的街道会融化，岩浆将漫过我们。但是整个柏林城都在准备着庆祝而不是燃烧，大家的脚跟着乐队的演奏打着节拍，雨只在小范围内降落，牛车和人们经过宽敞的街道，赶向歌剧院广场。

一阵热浪和一股让人喉咙发干的烟味飘出了警戒线。书页慢慢卷缩，最后化为灰烬。戈培尔是一个瘦弱的男人，他声音微弱，但他知道如何激发别人的全力欢呼，如何看见眼睛中生命的冷酷无情，如何驳斥对死亡的恐惧。他们一共从图书馆抢夺了两万五千册图书，参加庆典的是一个由学生组成的联盟，他们渴望成为有品质的人，而不是糟糕的读书人。戈培尔说："犹太知识分子的时代结束了，我们必须重拾对死亡的敬重。"而我只听得头昏脑涨，我真的不明白他说的是什么意思。

一年后的数学课上，沃特曼教授在讲课，而我偷偷看向窗外，

---

1 1933年5月，戈培尔作为宣传部部长在柏林歌剧院做了一场演讲，其间，学生们将"非德国"的书籍即左翼知识分子和犹太人的书籍焚毁。——译者注

看着那些我不知道名字的树木那发育不良的枝叶，以及不知名的鸟儿扇动着翅膀。沃特曼教授头皮光滑，肩头凸起，厚厚的胡须平衡了他微凸的上颌。他一点都不像电影明星，但学生们都崇拜他。他有着严厉的眼神和犀利的讽刺，这使得他的课程从来不令人疲惫。

当门被打开时，我仍然开着小差，然而手铐的"咔嗒"声让我一下子回过神来。沃特曼双手被铐住，被冲锋队的人拖走了。黑板上的公式没有写完，所以是不正确的。粉笔掉在地上摔个粉碎。那是5月。

我花了很长时间从书桌边走到门口。沃特曼走在走廊里，身边是冲锋队的人。我大声喊着"亚当"——他的名字。教授试着停下来转身，但冲锋队的速度更快，他们阻止了他。我继续叫着他的名字，直到其他老师不得不威胁或安慰我不要再出声。

沃特曼被迫到一家工厂工作。他是犹太人，一个持不同政见者，一个读书人。但是我们德国人需要的是无所畏惧、尊重死亡的品质，也就是需要那些逆来顺受的人。

在1933年5月10日庆典的最后，戈培尔宣称他很满意。人群也累了，他们唱完了所有的歌。收音机里也不再传出任何声音。消防员把卡车停下来，扑灭火焰。但火焰继续在灰烬下蔓延，已经吞噬了几公里，最终来到这里。这是1944年的格罗斯 – 帕特斯奇。5月是一个没有宽恕的月份。

第十八章

  我不知道他在那里等了多久。那天晚上的青蛙似乎十分疯狂。我在睡梦中，感觉它们的叫声变成了公寓里的喧闹与嘈杂，人们几乎跌跌撞撞地往楼下跑着，手拿念珠祷告的年老妇人们却不知道应该走哪一条路。我妈妈不知道该如何说服爸爸去避难的地窖。当警报声响起的时候，他翻了个身，拧着枕头把脸埋了进去。这次的警报是一次误报，我们昏昏沉沉地重新走上楼梯。于是我爸爸说："根本没必要躲藏，我就算死也要死在床上，我不会去那个地窖的，我不想像一只老鼠那样死在里面。"我梦到了柏林，梦到了那座我在里面出生、成长的建筑，梦到了我们的避难所和那些挤在一起的人。青蛙的鸣叫声在我的睡眠中被继续放大。自从我来到格罗斯－帕特斯奇，除非我睡着了，不然这些青蛙会吵得我足足一个晚上不得安生。我不知道那时他是否已经在那里了。

  我梦见那些老妇人在哀叹，她们对着一串串的念珠祷告，她们身边的孩子都还在睡觉，有一个男人在打鼾，在妇人们无数次的祷告之后，他突然站起来咒骂道："你们让我好好休息一下吧！"老妇人们的脸"唰"地白了。我又梦见有个年轻人把一台留声机带进了地窖，放起《无尽春日》这首歌，并邀请女孩子们跳舞。我只是

          希特勒的试毒者

在一旁观望，妈妈却说这首歌是唱给我听的，她用一只手推着我，催促我赶快站起来，然后拉着我转圈，于是我放声歌唱："当你回来的时候，春天就会无穷无尽。"我旋转着，歌声盖过了留声机的声音，但是我再也见不到我的妈妈了。一阵风把我吹起来，用力推着我。是失魂！它已经来了，但是妈妈不在，而爸爸正在楼上睡觉或者假装睡觉。留声机已经被关了，我什么话都说不出来，也没有办法醒过来。突然我听到一声巨响，一颗炸弹爆炸了。

我睁开眼睛，浑身是汗，身上的每一个部位都感到疼痛。过了一会儿，我的身体才能移动，黑暗几乎让我窒息。我点燃了煤油灯。青蛙仍然在"呱呱"地叫，我站了起来，走到窗边。

他已经在那里了，我不知道他站了多久，在微弱的月光下，他看上去只是一个黑暗的轮廓、一个噩梦、一个鬼魂。如果这个身影是从战场上回来的格雷戈尔该有多好，但现在站在路边的是齐格勒。

我感到一阵害怕。他一看到我就向前迈了一步，我立刻感到了恐惧，这一次我的恐惧一秒都没延迟。他每向前一步，我就感到无数把尖刀刺中我的膝盖。我往后退，他停了下来。我熄灭了灯，躲在窗帘的后面。

这是一种恐吓：你跟男爵夫人说了什么？你向她承认了一切吗？不，中尉，我发誓。您没有看到，当她介绍我们的时候，我假装不认识您吗？

我紧握拳头，等他敲我的门。我应该立刻跑到约瑟夫和赫塔那里去告诉他们，有一名党卫军正半夜站在他们的房子外面。而这是我的错，因为我去参加了那个招待会。艾尔弗里德说的是对的：有的人只会给像我们这样的人带来麻烦。

齐格勒会进来的，他会把我们拖进厨房里。我婆婆的脸上一定还带着倦容，她的头发会从发卡中滑出来，她的头上可能还挂着一张蜘蛛网。她会按着太阳穴，感觉不太舒服。于是我的公公一定会去拉扯齐格勒，然后齐格勒会打他的肋骨，以此作为回击，约瑟夫就会摔倒在地上。而他一定会命令约瑟夫站起来，就像他对贝雅特做的那样，他会强迫我们站在熄了火的壁炉前，排成一排，保持沉默。他会按着他的枪套，让我发誓永远闭嘴。他还会冲着赫塔和约瑟夫大吼大叫，虽然他们跟这件事儿一点关系都没有，但这就是党卫军会做的事情。

几分钟过去了，齐格勒没有敲门。

他也没有闯进来，没有给我们下任何命令。他仍然在不耐烦地等着，他等的是谁，是我吗？于是我也莫名其妙地待在那里，没有寻求帮助。虽然我的心脏仍在怦怦直跳，但我已经明白这是我和他之间的事情，与他人无关。我对赫塔和约瑟夫感到十分羞愧，好像我邀请了他一样。我很快明白，这将成为一个新的秘密，他要被归进我的秘密清单里面了。

我拉了一下窗帘，透过窗户看出去，他还在那里。

他不是一名党卫军，他是一个声称在找皮球的孩子。他又迈了一步。这次我没有动，我在黑暗中看着他。他再次走近。我再次藏到窗帘后面，屏住了呼吸。四周一片寂静：所有人都睡着了。我又一次回到窗前，但街上已经空无一人。

第二天早晨我们吃早饭的时候，赫塔要求我详细说说招待会的情况，我心烦意乱又有些惊慌。

"又发生什么事情了吗？"约瑟夫问我。

"啊，我只是没有睡好。"

"可能是因为春天到了吧，"他说，"我有时候也会这样，不过我昨天晚上太累了，都没听到你回来的声音。"

"男爵夫人找人送我回来的。"

"所以，"赫塔用餐巾擦了擦自己的嘴，问道，"男爵夫人穿得怎么样？"

午饭的时候我保持警惕，每当听见靴子的声音我都会把头转向大厅门口。但出现的都不是他。我希望他听一听我的想法，我应该去他的办公室，就是这所学校曾经的校长办公室，让他晚上的时候不要再来我的窗前了，否则，否则什么呢？我的公公拿起霰弹枪就能让他打消念头吗？而我的婆婆会去叫警察吗？哪一个警察？齐格勒的权力高于这个村子里每一个人的权力，他的权力高于我的权力。

但如果我去找他谈话，我的女伴们会怎么想呢？我甚至无法告诉她们那场城堡的招待会如何，尽管莱妮还是很关心这件事情，包括那些枝形吊灯、那些地板、那些壁炉和窗帘，尽管乌拉坚持不懈地问我："是不是来了一些名人？男爵夫人穿了什么鞋？你后来有没有涂口红？我忘记带给你了。"如果我去找齐格勒谈话，艾尔弗里德一定会说："你总是在给自己找麻烦，柏林人。"还有奥古斯丁，她会说："你先是和富人交往，现在又和敌人交往。"但是齐格勒并不是敌人，他跟我们一样都是德国人。

鞋跟打在瓷砖上的声音响了起来，而完美的纳粹敬礼声也传了过来。奥古斯丁向我们通报："浑蛋来了。"

我转过身。

齐格勒和他的一些属下出现在我的面前。他一点都不像前一天晚上在招待会上与男爵谈笑风生的那个人，也一点不像出现在我窗前的那个人。

也许他有一种自我控制的分寸。也许他每个晚上都游走在不同的住所之间，观察着每一个试毒员的生活。你在胡思乱想什么？那都是你梦到的吧？那一定是失魂的效果，"你只是一个梦游者"，弗朗茨曾经准确地形容过。

齐格勒转向我们，他从远处扫了一眼桌子，检查我们是不是都在吃东西。我迅速地低下头，但是我能感觉到他的目光就停在我的脑后。我深吸一口气，又一次用眼神去寻找他，但是他背对着我：他并没有看我。

我早早地上床睡觉了。这是春天，约瑟夫说过，我困了。我在半梦半醒之间感觉恍惚：我刚闭上眼睛，堆积在一起的声音就在耳膜里展开了。妈妈的拳头打在一块桌布上："你是不是真的不想干了？"爸爸推开还没动过的餐盘，离开了桌子，"我不会拿那个证件的，你看着办吧。"屋外，整个乡村一片寂静，而我的脑海里有一台高音量的收音机，信号非常糟糕，所以它只能发出"吱啦吱啦"的声音，也许我听见的仍只是青蛙的叫声。我醒了过来，叹了口气。然而，这些声音又从我的骨髓里响起。

我走向窗户，只能看见一片漆黑，我盯着这片漆黑，直到月光雕刻出了树木的形状。你在干什么？你在等待，为什么？

我在床上辗转反侧，把床单掀开以保持警觉，直到身体都麻木了。我站起来又回到窗口，齐格勒不在，为什么我反而没有觉得轻松一些呢？

我仰卧在床上，观察着天花板上木头做的横梁，用手指在床单上画着几何形状。我突然发现，我正在描摹齐格勒的脸。我在画他小小的鼻子，像针眼一样的两个鼻孔，间距狭窄的双眼，画到这儿的时候我停了下来，翻过身，接着我又站了起来。

我从水壶里倒了一些水，喝了一口。我拿着杯子在书桌前徘徊，看到一块阴影遮蔽了惨白的月光。我感到一阵焦虑的刺痛，我的心剧烈地跳动起来。我放下杯子，用一块叠好的毛巾盖在水壶上。我走到窗前，没有再隐藏自己，只是用笨拙的手指把灯光调得更亮了一点。齐格勒看见我了，我就站在他的面前。我穿着一件棉质的白睡衣，头发蓬乱。他点点头，然后什么也没做，只是看着我，就好像这是一个没有任何企图的动作，如果它不是正在被他执行的话。

第十九章

"我认识一个医生。"艾尔弗里德愤愤地说，她就算被人抓住拷问也不会这么愤怒。看守们正在园子里面背着双手散步，有时候他们会像切线一样经过我们这个团体围成的圈，有时候他们直接从我们中间穿过，这种时候我们就只能把想说的话都堵在喉咙里。

我用询问的眼光看向坐在我旁边长凳上的奥古斯丁，想确认她是否还有别的事情可做。莱妮在离我稍远一点的地方，我可以听到她和乌拉、贝雅特聊天。乌拉想要说服莱妮改变发型，理发师的游戏如今让她着了迷，她已经体会到其中的乐趣。贝雅特说，她大前天晚上研究了元首的星盘——她没有办法搞到一副新的塔罗牌，所以开始专注于星座领域——发现星星将对元首产生不利的影响。这不利的影响很快就会到来，也许就在这个夏天。莱妮却不相信地摇了摇头。

一个看守张开了嘴，他一定是听到了我们说的话，他会把我们推进室内，强迫我们把一切都说出来。我紧紧地贴在扶手上，然而他只是咆哮般地打了一个喷嚏，震得他自己跟跄了一下，接着他挺直了身子，从口袋里掏出一块手帕，擤了擤鼻子。

"我别无选择了。"海克说。

　　　　　　　　　　　　　　希特勒的试毒者

艾尔弗里德把她带去见一位妇科医生，并且不允许其他人一起前往。

"她们在搞什么阴谋呢？我怎么不懂啊？"奥古斯丁抱怨道，"现在这个情况还挺不好说的，海克也许会需要帮助呢。"

我安慰她："她不是让我们在她离开家的时候帮忙照顾马蒂亚斯和乌尔苏拉了吗？"

我们正和莱妮一起在海克的家里陪着她的孩子，我们曾经想过不让莱妮跟过来，但是她实在很想知道到底发生了什么，还问了一堆问题。我本担心这会让她感到震惊，却没想到她很平静地接受了我给她的答案。毕竟别人的痛苦自己是没有办法感同身受的。

贝雅特却没有来，因为海克不想把自己从小就认识的女伴也卷进来，在贝雅特面前她会感到一丝羞愧。也许贝雅特会因此而不满，或者相反，她会很感激不必处理这个麻烦。

下午晚些时候，马蒂亚斯和奥古斯丁的孩子皮特吵了一架，又和好了。

当所有游戏都被玩腻时，他说："你来当英国，乌尔苏拉当法国，而我是德国，你们两个向我宣战。"

"英国在哪里？"他的小妹妹问。

"不，"皮特说，"我想当德国。"

他和马蒂亚斯一般大，都是七八岁的样子。他的肩胛骨像两个翅膀一样，而手臂上的骨头突出。如果我也有一个儿子，我希望他就是这个样子，汗水在坚硬的肩胛骨上流淌，闪闪发亮，就像我弟弟小时候在古纳森林的红松林中奔跑或者在拉特湖跳水之后的样子。

我希望我的儿子有一双浅蓝色的眼睛，遇到刺眼的阳光时他会眯上双眼。

"为什么你想做德国？"奥古斯丁问他。

"我想要做个强壮的人。"皮特说，"就像我们的元首一样。"

她又开始弹她的舌头了："你什么都不懂，你知道什么叫强壮？你的父亲很强壮，但他已经离开了。"

孩子涨红了脸，低下头。她干吗非得扯上他的父亲，为什么要突然让自己的孩子这么伤心呢？

"奥古斯丁。"我喊到，但是一时也不知道该说什么。我看着她方而宽阔的肩膀和细细的脚踝，第一次觉得她下一秒就要变得支离破碎了。

皮特冲进了另外一间房间，我跟了上去，而乌尔苏拉紧跟在我的后面。皮特扑倒在了床上。

"如果你喜欢的话，你可以当英国。"乌尔苏拉告诉他，"反正我也不想当什么英国。"

皮特没有反应。

"那你想做什么呢？"我抚摸着她的脸蛋问她。

她还只有四岁，和保利娜一样大，突然间我有点想保利娜了，想她睡觉时呼吸的声音，我离开柏林后再也没有想起过她了。我怎么能够忘记那些人和孩子呢？

"我想妈妈了，她人呢？"

"她很快就要回来了，"我向她保证，"你听着，要不我们一起做一件好玩的事情吧？"

"什么事情？"

"我们一起唱首歌吧。"

她没有反对，但兴致也不高。

"你去把马蒂亚斯叫过来。"她点点头，出去了，我坐在床上。

"你感觉被冒犯了吗？皮特。"

他不回答我。

"你生气了吗？"

他摇了摇头，使得枕头也跟着左右移动。

"不生气的话就是伤心了？"

他转过身来看我。

"我父亲也死了，你知道吗？"我说着，"我能够理解你。"

他坐了起来，双腿交叉。"那你的丈夫呢？"

落日的最后一缕光照亮了他的脸，使得他看起来像得了黄疸病一样。

"狐狸你偷走了鹅，"我用我的歌声回答他，左右晃动着脑袋，食指打着节拍，"赶快归还它吧。"我什么时候能再次获得欢乐呢？

乌尔苏拉、马蒂亚斯和奥古斯丁一起走进了房间，他们和我们一起坐在床上，而我完整地唱了一遍这首童谣，它是父亲教给我的。然后小女孩央求我再唱一遍，她让我重复唱了好多遍，直到她也学会了这首歌。

天黑透的时候我们听见路上传来了脚步声。仍然醒着的小家伙们跑向门口，艾尔弗里德扶着海克，她看起来走得也不算费劲。乌尔苏拉和马蒂亚斯扑到她身上，紧紧地抓着她的双腿。

"你们慢一点，"我说，"别这么着急。"

"妈妈，你累了吗？"乌尔苏拉低声问。

"你们怎么还不上床睡觉？"海克问他们，"已经很晚了。"

"让你们的妈妈好好休息吧。"艾尔弗里德在给了唯一一条指令后就打算离开。

"你喝杯茶再走吧。"

"你忘了宵禁吗，罗莎？我们已经晚了。"

"那你也在这儿睡下吧。"

"不，我要走了。"

她好像很生气，好像不是心甘情愿为海克做这些事情似的。她曾和我说过"不要多管闲事"。

海克没有说医生住的地方，也没有说他的名字，只告诉我医生让她喝了一杯不知道掺杂了什么混合物的水，还让她把喝完的杯子放到门口。他警告她，这很快会引起宫缩。在回来的路上，她们不得不在树林里停下。随着汗水和不停的呻吟，她的身体中掉出了一坨肉。在海克努力调整呼吸的时候，艾尔弗里德把它埋到了一棵桦树脚下。"我永远不会记得是哪一棵桦树，"她说，"我永远不可能找到他了。"

这是个错误。创造或者去除生命并没有什么神圣的意义。这只是一件普通的人类的事情。格雷戈尔不想成为任何命运的起源，他被束缚在了一个关于意义的问题中，仿佛我们必须回应每一个生命独有的意义。但即使上帝也不曾提出过类似的问题。他是一个错误，也是一个在肚皮底下跳动的生命。

海克结束了他的呼吸，我对她很生气，而且这使我很伤心。有一种空虚挖进了我的肚子，这是我所有缺失的总和，也包括了我与格雷戈尔不曾有过的孩子。

在柏林时，每当遇到孕妇，我都会考虑信任问题。我看到她们后仰的背、稍稍分开的双腿和她们放在肚子上的手掌，这些都会让我想起夫妻之间的信任问题。这不是关乎爱情或情侣之间的信任，我想到的是扩大、发暗的乳晕和肿胀的脚踝，我想知道，格雷戈尔是否会因为我身体的变化而感到害怕，他是否会停止对我身体的迷恋，他是否会对我避之不及？

有一个入侵者占据了你女人的身体里的一块空间，然后改变了它，使它为他所用。他出来的通道与你进入她的通道是同一条，但他获得了你永远也不可能获得的特权：他曾经生活在你永远都到达不了的地方，并且永远地占有了它。

这个入侵者生活在你女人的身体里面。在她的胃、肝脏和肾脏之间，长出了一个属于你的，却又如此私密、如此完整地属于她的东西。

我很想知道我的丈夫能否忍受我的呕吐、我不断小便的冲动，忍受我从一个有机体沦为只有几个简单原始功能的身体。如果这是自然的，那么他不会接受这种自然。

我们之间没有这种信任，他和我，我们太早地分开了。也许我永远都不会把我的生命完全地交付给另外一个人，格雷戈尔已经带走了这种可能性，他背叛了我，就像一条被你驯服的狗意外地反抗了你。我有多久没有感受到他的手指放在我舌头上了？

海克堕胎了，而我仍然希望从一个已经在俄国失踪的人身上要一个孩子。

可能是为了确保除了我之外没有人醒着，他后半夜才会出现。他知道我会等着他。是什么吸引着我不断地接近窗口，又是什么促使他过来，而且猜到我就躲在黑暗之中？齐格勒为什么不放弃呢？

玻璃窗宛如一个庇护所，因为它使得他似乎不那么真实。中尉先生在那里什么也不说，什么也不做，只是停留在那里，向我昭示着他的存在，而我却触碰不到他。我看着他，不知道除此之外我还能做些什么，从他到来的那一刻起，一切就已经注定。就算我把灯关了，我也知道他就在那里，我没有办法入睡。我看着他却猜不到结果。我的眼前没有未来，那只是我的惰性编织的一个美梦。

他怎么会知道招待会的那个晚上我醒着呢，他怎么确信我那个时候还没有上床睡觉？难道他和我一样，有一种梦游者的自信吗？

在克劳森多夫他对我是漠不关心的，如果我偶尔听到他的声音，那种恐惧会使我几乎瘫痪。我的女伴们注意到了我的模样，但她们认为我的感受和她们的相同。大家都一样地惧怕他，他带来的压迫感刺激着每一个试毒员和每一个警卫，甚至有一天上午，连克鲁梅尔都被激怒了，厨师"砰"地关上门出去了，喊道，每个人做好自己的事情就行了，在厨房里他知道该怎么做。随着时间的推移，战争使情形变得更糟，连食物的供给都变得更加困难了，如果连农村和狼穴的粮食都预计短缺，我们注定是要失败的。我想问问克鲁梅尔他知道多少，因为我们已经很久没有吃到猕猴桃、威廉姆斯梨和香蕉了，虽然他经常会煮同样的菜，但是他不像以前那样即兴发挥了。可是，自从牛奶事件之后，他再没有和我说过一句话。

　　　　　　　　　　　　　　　　希特勒的试毒者

黎明时分，齐格勒离开了。一开始他没有表示，后来他稍稍举起了手，我不知道他是在和我打招呼还只是耸了耸肩，我感到很迷茫。他的离去给我带来的失落感充满了整个格雷戈尔的卧室，推动着房间内的一切，把我也逼到了墙角。早饭时我重新回到了自己的真实生活中，也许是早餐时刻取代了我的真实生活。只有在这个时候——当约瑟夫啜着茶发出声响，他的妻子打了他的胳膊一下，把茶杯打翻了，桌布也因此被染上了颜色的时候——我才会想起格雷戈尔。我应该钉上窗帘，把自己绑在床上，这样齐格勒早晚会知难而退。但是到了晚上，格雷戈尔就消失了，就像这个世界本身一样，什么都消失了。生活开始并终结于我看向齐格勒的视线中。

在海克堕胎几个星期之后，我小心翼翼地接近了艾尔弗里德。

通常，分享秘密并不会使人更加亲密，它会让人们分离。如果享有共同的秘密，犯错就如同一个让你倒头往下跳的任务，反正过失很快就会蒸发的。集体的过失是无形的，而羞耻却是一个人独有的。

对于齐格勒半夜来我窗边的事情，我向女伴们保持了沉默，我不想把我羞耻的情感强加到她们的身上，我要自己一个人承担。又或者，其实我只是想让自己免于艾尔弗里德的审判、莱妮的不理解和其他人的八卦。简单来说，我和齐格勒的关系不应该和任何人有联系。

即使是面对海克，我也什么都没有说。尽管在堕胎的那个晚上，奥古斯丁在房间里哄孩子们睡觉，而莱妮在旧沙发上打盹的时候，她告诉我："那是一个男孩子。"

"你能够感觉到那是一个男孩子吗？"

"不，我说的不是几小时前在我身体里的那个东西。"

她吞了一口口水。我不明白。

"孩子的爸爸是一个男孩子，他在我家帮忙。我的丈夫离开的时候，他帮着我们下田。你知道吗？他很好。虽然他还不到十七岁，但他很负责任，我不知道该怎么办……"

"那他对你怀孕的事情怎么说？"

"他什么都没说，因为他什么都不知道。反正现在他什么都不需要知道了，我已经没有孩子了。"

我没有向海克坦白我的事，但是她什么都告诉了我。

十七岁。他比她小了十一岁。

鸟儿在5月的天空中啁啾，轻松自如。海克的孩子就这么轻易地从她双腿之间溜走了，她这么轻易地就把他从自己的生命里面除去了。这个事实几乎压碎了我的胸骨。

我的春天受损而无法绽放，我的荒凉无处宣泄和爆发。

艾尔弗里德靠在墙上抽烟，似乎在研究她的鞋子。我穿过庭院来到她身边。

"你怎么了？"她问。

"你一切都好吗？"

"你怎么了？"

"明天下午你能来莫伊湖吗？"

香烟的灰烬堆得几乎要掉落下去，然后终于断裂，掉落到地上。

"好吧。"

我们还带上了莱妮，她穿着黑色的泳装，这衬得她越发红润而纯净。艾尔弗里德的身材让人垂涎，而且富有弹性，只是像亚麻一样粗糙。当莱妮潜下水的时候，我们惊呆了。水还有些凉，还不是下海的季节，但是我们急着洗掉身上的所有东西，至少我需要。莱妮在水中褪去了所有笨拙，她浑身湿透，她的皮肤使她看上去不再像一个陆地上的生物，我从未见过她如此自信的样子。"你们要不要也过来呀？"她半透明的脸颊上扩张的毛细血管像是蝴蝶的翅膀，任何的刺激都会让她翩翩起飞。

"那个莱妮去哪里了？"我和艾尔弗里德开着玩笑。

"藏哪儿去了吧？"她的眼神没有停留在莱妮身上，也不在湖面上，我看不见她目光停留的地方。

我觉得这是一种指责，对我的指责。

"世上万物从来都不是它们看起来的样子，人也一样。"

说完，她也潜入了水里。

第二十章

一个夜晚，我脱光了衣服。

我从衣柜中挑出了一条赫塔曾经批评过的晚礼服，它不同于我在招待会上穿的那件。我开始梳妆打扮。也许在黑暗中齐格勒根本注意不到，但是没关系。当我梳着头发，用粉饼擦拭着脸的时候，我重新体验到了约会前等待的焦虑。这是为了那个徘徊在我的窗前，就像面对着一个祭坛而害怕亵渎它的人准备的。但也许相反，出现在我面前的这个人会像面对斯芬克斯时一样骄傲，我没有谜语也没有答案，但是即便有，我也会把它们透露给他。

我开着灯坐在窗前，当他到达时我站了起来。我似乎看到他微笑了，他从来没有这么做过。

这些日子以来，如果我听到房子里有人的声音就会关上灯，而他会躲在黑暗里面。当我再次打开灯，他就又出现了。我用布盖住了灯，所以灯光很柔和。关灯是我们的暗号，因为任何人都有可能发现我们。我躺在床上，心中害怕赫塔会突然进来。为什么她从来没有这么做过呢？有一次我紧张到筋疲力尽，居然睡着了，也不知道他在门外等了多久才离开。他的坚持是一种示弱，对我来说又是一种威严。

希特勒的试毒者

那是招待会结束整整一个月后的晚上，我虽然没听见什么声音，但还是关上了灯。我没有穿鞋，蹑手蹑脚地走到门口，一声不响地打开了房门。确认赫塔和约瑟夫正在睡觉后，我走到厨房，从后门走了出去，绕了一个圈子来到我的窗边，看见他蹲在那里等信号，他看起来是那么渺小。

我向后退了一步，右边膝盖发出了声响，齐格勒惊得跳了起来。他穿着制服站在我面前，没有了窗户的阻隔，他就像在兵营里那样吓着了我。魔法崩溃了，现实以坦率的态度显露在我的面前。在这个刽子手面前我无依无靠，而且还把自己推向了他。

齐格勒动了一下，抓过我的手臂，将鼻子埋在我的头发里，吸了一口气，那一刻我也闻到了他的味道。

我走进了干草房，他跟着我。黑暗没有一丝裂缝，我一点也看不见齐格勒，但是我能听到他的呼吸声。木头发出的香气像海绵的味道一样，这个熟悉的味道让我平静了下来。我坐到地上，他也照做了。

我们的肢体有些不协调，我们什么也看不见，仅凭嗅觉在对方的身上跌跌撞撞，就好像我们第一次探索自己的身体时那样。

那之后，我们没有彼此告知这事不能让别人知道，但是我们表现得就像我们共同做了这个决定一样。我们都已婚，尽管我现在是独自一人。他是党卫军的中尉。如果他被发现与一个试毒员发生婚外情会怎么样？或许这对他来说不算什么，又或许这是被严令禁止的。

他没有问我为什么把他带到干草房里，我也没有问他为什么选择了我。在他的眼睛习惯了黑暗之后，他请求我为他唱一首歌，这是他跟我说的第一句话。我的嘴巴紧贴着他的耳朵，我低低地唱起了歌。我唱的是海克堕胎的那天晚上我给她女儿唱的那一首童谣，那是我父亲教我的歌。

赤裸着躺在干草房中，我想到了那个铁路工人，那个不屈服的男人。"老顽固。"妈妈曾不经意地这么喊他。如果他知道我正在为希特勒工作，他会是什么反应？如果我去了死亡的国度，要在那里细数我曾经的所作所为，我就没有办法否认这件事情。我违犯了他的规矩，他会打我一巴掌，说："我们从来都不是纳粹分子。"我会用手捂着我一边的脸，我会惊讶，会哀号着告诉他："这不是我是不是纳粹的问题，这跟政治没有关系，我从来没有接触过政治。1933年的时候我才十六岁，我连投票权都没有。""你要为你所容忍的政权负责，"我的父亲会大声地喊叫，"任何人都应该拥有在你现在生活的国家里生存下去的权利，就算这个人想做个隐士，他也有这个权利，你到底理不理解？罗莎，你没有办法为自己在政治上犯的错误开脱。""你别再说了，"我的妈妈会这么乞求的。她当然也会出现，她的外套还披在她的睡衣上，甚至她的味道也还像原来那样好闻。"她自有主张，她会很快和他了断的。""你这么跟我说话是因为我和另外一个人上床了，对吗？"我挑衅着回答道，"而你，妈妈，你永远都不会做这样的事情。"我的父亲重复地说着我没有办法为自己开脱。

我们已经在独裁下生活了十二年，但几乎没有人意识到这一点。是什么让人类生活在独裁统治之下的呢？

"我们别无选择。"这大概能够成为我们的辩词，我只能对我吞下的食物负责任。这是一个无害的动作，吃东西怎么可能是罪行呢？其他人难道会因为用200马克一个月的价钱把自己卖了而感到羞耻，会为这高额的薪资和无可比拟的美味而感到羞愧吗？他们相信，而且我也这么相信：白白地牺牲了自己才是一件不道德的事情呢。可是面对父亲，我羞愧难当。虽然他已经去世，然而在这样一位审查员面前，我不能隐藏我的情感。我们嘴上说着我们别无选择，但是，对于齐格勒，我是有选择的，本来是有的。可相反的是，我走向了他，是我把自己推向了那个境地。这种耻辱贯穿我的全身，从肌腱到骨头乃至唾液，不留一处空隙，这种耻辱还被抱在我的臂弯之内，至多有70磅重。我给出的任何辩解和理由都不过是自我安慰。

"你怎么不唱歌了？"

"我不知道。"

"你怎么了？"

"这首歌让我很难过。"

"你可以换一首歌。如果你不想唱的话，就别唱了。我们可以什么话都不讲，就在黑暗里看着对方，我们知道该怎么做。"

在赫塔和约瑟夫睡着的寂静中，我回到了房间。我双手抱着头，无法接受刚刚发生的事情。同时，一种暗暗的喜悦让我间歇性地有种如释重负的感觉。没有什么会再让我感到孤独了，我发现我在抵抗孤独。我坐在格雷戈尔从童年起一直睡的那张床上，又一次写下了我的罪行清单，就像我在柏林认识他之前做的那样。我无法为自己辩解。

第二十一章

镜子在晨光中向我展现了一张残破的脸。这不是因为我只睡了几个小时，我眼睛周边的那一圈阴影是新的痛苦的前兆，它的出现意味着预言成真。镜框里那张照片上的孩子脸上没有笑容，这一定是我的缘故。

赫塔和约瑟夫都没有察觉到发生了什么，人类的信任导致了迟钝。格雷戈尔从他的父母那里天然地继承了对人的信任——他们的儿媳妇昨天晚上在他们睡觉时出去了——他是那么地信任我；但他把我孤零零地留下了，我难以承受这个沉重的责任。

巴士的鸣笛声让我松了一口气，我实在迫不及待地想要离开了。我很害怕面对齐格勒，好像指甲盖里面有一根针在刺着我。我又有点想见他。

今天在食堂我有甜点吃。那是一块淋了酸奶的蛋糕，看上去十分松软。但是我有些胃胀，刚才的番茄汤我也是勉强咽下去的。

"柏林人，你不喜欢吃吗？"

我回过神。

"我还没尝。"

艾尔弗里德用叉子切开她剩下的那一份蛋糕。

"挺好吃的，把它吃了吧。"

"反正你也没得选。"奥古斯丁说。

"没办法选择吃还是不吃蛋糕还真是不走运。"艾尔弗里德说，"有多少人都快饿死了。"

乌拉悄悄地说："给我也尝点吧。"

她今天没有吃到甜点，但是她吃到了鸡蛋和土豆泥。鸡蛋是元首最喜欢的食物之一，他喜欢在上面撒小茴香。我闻到了那股香甜的味道。

"算了吧，免得有些人打小报告。"奥古斯丁劝她。

乌拉扭头看了几眼"洗脑党"，她们都埋头于盘子里的里克塔鲜奶酪和干酪，有人还拿奶酪蘸了蜂蜜。"就是现在！"乌拉说。我递给她一块蛋糕，她用拳头攥着，在确定没有人看见后偷偷地把它吃了。我也吃了。

我们来到院子里，正午的太阳烤着军营的周围，鸟儿陷入了沉默，流浪狗也疲惫不堪。有人说："我们还是进去吧，天太热了。""这6月的天热得不正常，"另一些人这么说。我看到我的女伴们在这样沉闷的空气中懒懒散散地走着。我迈开步子，感觉每走一步都像踩在台阶上一样摇摇晃晃，我眯起眼睛好看清脚下。天太热了，热得不正常，现在才6月，我却已经热得喘不过气来。我靠在秋千上休息，秋千的链条来回摆动着。有一股恶心在我的胃中翻江倒海，就像一个吸盘一样，我突然感到它直冲我的脑门。院子里现在空无一人，我的女伴们都已经进去了。只有一个人背着光站在门口。院子在我眼前倾斜了，一只鸟儿拍打着翅膀往下飞。门口的人是齐格勒，然后我就什么也不知道了。

再次醒来的时候我躺在食堂的地板上。一张警卫的脸出现在我眼前，我感到一阵反胃，有什么东西涌上了我的喉咙。我赶忙抬起手，转过了头。我的汗水冷冰冰的，我的耳朵也感觉十分不适，又有一股酸水涌上来，烧得我气管直疼。

我听到其他人在哭，我没有办法分辨是谁在哭。我可以分辨她们的笑声，奥古斯丁的粗犷，莱妮的充满节奏感，艾尔弗里德的带鼻音，乌拉的则是大笑声，但是我没有办法分辨哭泣声，关于流泪，我们是一样的，每一个人的声音都是一样的。

我扭头看见了另一副躺下的身体，有些女人正贴墙站着。我凭着她们的鞋子分别认出了她们。乌拉穿的是厚底鞋，海克穿着像蹄子一样的鞋子，莱妮的鞋子前面破了。

"罗莎。"莱妮从墙边向我跑过来。

一名警卫抬起一只胳膊拦住她："回去！"

"我们要怎么做？"高个子茫然地在房间里徘徊。

"中尉下令把她们留在这里。"他的同伴回答道，"没有人可以出去，就算是那些还没有出现症状的人也不可以。"

"刚才另外一个也昏倒了。"高个子提醒他。

于是我又瞥了一眼那副躺着的身体。是西奥多拉。

"你去找个人来清理地板吧。"

"这些女人要死了吧。"高个子说。

"我的老天爷，不！"莱妮激动起来，"你们快去叫医生啊，我求求你们了。"

"叫你多嘴!"那个守卫对高个子说。

乌拉搂过莱妮的胳膊说:"你先冷静下来。"

"我们都快死了,你没有听到吗?"莱妮尖叫道。

我的目光搜寻着艾尔弗里德,她正坐在房间另一头的地板上。她的鞋子浸泡在一摊黄色的水里。

其他女孩子都离我不远,她们急促的呼吸声和呜咽的声音放大了我的不安。我不知道是谁把我从院子里带进来,并且平放在地板上的——也许是齐格勒。当时在门口的确实是他吗?还是那只是我的幻觉?那里每个人都可能经过。我的伙伴们现在本能地缩在一起,独自一人面对死亡是很可怕的。但是艾尔弗里德退到了另外一个角落里,她的头埋在膝盖中间。我喊了她的名字,不知道她能不能听到。不知道她能否趁着这混乱把我们带出去,叫一个医生过来。我即使死也要死在自己的床上,我根本就不想死。

我不停地喊她,但是她没有回答我。"你们能不能去确认一下她是不是还活着?求求你们了。"我说着,但我也不知道是朝谁说的。也许是对那些看守说的,但是他们根本就不会听我的话。"奥古斯丁,"我咕哝着,"拜托去看看她,把她拉得离我近一点。"

为什么艾尔弗里德要这样做?她想偷偷地死掉,就像那些狗一样吗?

面朝庭院的落地窗被反锁着,一名警卫正在外面看守。我听见齐格勒的声音从走廊或厨房的方向传过来。在餐厅里一连串的啜泣声和营房中其他人走动时发出的嘈杂声中,我听不见他在说些什么,但那一定是他的声音。那个声音却不是来安慰我的。死亡带来的恐惧就像我皮肤底下涌入的一群小虫子。我再一次倒下了。

克鲁梅尔的帮手们拿来了抹布，潮湿加剧了恶臭。他们清理了地板，但没有清理我们的脸和衣服。他们在地上丢了一堆报纸，留下了一个水桶，然后就离开了。看守们用钥匙锁上了门。

奥古斯丁拉了拉门把手，徒劳而返。"他们为什么把我们锁在这里？他们想做什么？"

大家被吓得脸褪了色，嘴唇发青。我的同伴们小心翼翼地走近门口："他们为什么不放我们出去？"我也试着站起来加入她们，但我没有力气。

奥古斯丁踢了门一脚，其他的人纷纷用手掌和拳头拍门。海克缓慢地重复捶打着自己的头，那是一种我没有想象到的绝望姿态。门外传来了威胁声，除了奥古斯丁，其他的姑娘都放弃了。

莱妮在我身旁跪下。我没有办法说话，但她才是那个来寻求安慰的人。"终于还是发生了，"她说，"他们给我们下了毒。"

"他们给她们下了毒。"扎比内纠正道，她正沮丧地瘫在西奥多拉躺着的身体上，"你没有任何中毒的症状，我也没有。"

"不是这样的，"莱妮叫道，"我也有点犯恶心。"

"那你觉得他们为什么要让我们吃不一样的食物？为什么他们要把我们分成不同的小组呢？别傻了。"扎比内说。

奥古斯丁暂时停止了撞门，她冲扎比内说："没错，但是你那朋友，"她用下巴指了指西奥多拉，"她吃的是茴香和奶酪沙拉，罗莎吃的是番茄汤和蛋糕，她们都昏过去了。"

一阵反胃让我弯下了腰，莱妮抱住我的额头，我看了一眼弄脏的衣服，接着抬起了头。

海克坐在桌边，脸埋在双手中。"我想回家和孩子们在一起，"她大喊着，"我想他们了。"

"那你过来帮我吧！我们把门撞破！"奥古斯丁说，"帮帮我！"

"他们会杀了我们的。"贝雅特叹了口气，她也想回到自己的双胞胎身边啊。

海克再次站了起来，加入了奥古斯丁，但她没有撞门，而是尖叫道："我没有事，我没有中毒，你们听见我说话吗？我想出去！"

我呆住了，她正在传达一种思想，这种思想刚刚也被每个人听进去了。我们并没有吃同样的食物，所以我们的命运并没有受到同样的影响。也许有的菜被下了毒，所以我们中的有些人将会死掉，但是有些人不会。

"也许他们会给我们派一个医生过来。"莱妮说。她完全没有因为自己实际上已经被排除了危险而动摇。"我们可以活下来的。"

我很想知道医生来了之后会不会救我们。

"他们不在乎救不救我们。"

艾尔弗里德站起来，她坚硬如石头一般的脸现在看起来也完全崩溃了，她补充说："他们一点都不在乎我们，他们只想知道是什么东西有毒，明天他们找一个人做尸检就够了，他们会找到答案的。"

"如果他们只需要检查一个人，"莱妮问道，"为什么我们都要留在这里？"

她根本没有意识到她说出了一个多么邪恶的想法。牺牲掉其中的一个，照她的意思，就可以保全所有其他人。

那她会怎么选择呢？选择最虚弱的人？选择症状最严重的人？选择没有孩子要照顾的人？选择不是来自这个村庄的人？还是她会

选择不是她朋友的人？她将怎样算这笔账呢？点兵点将点到谁谁倒霉[1]，把选择交给命运吗？

我没有孩子，我来自柏林，我和齐格勒上床了——这件事情莱妮并不知道。她不会认为该牺牲的那个人是我。

我很想向上帝祷告，但是我再也没有祈祷的权利了，自从失去了我的丈夫，我已经好几个月没有做祷告了。也许某一天，在达恰里面的壁炉前，格雷戈尔会突然睁大眼睛，"啊，"他会这么跟他的套娃说，"现在我记得了，离这里很远的地方有一个我爱的女人，我要回到她身边去。"

如果他还活着，那我不想就这么死了。

党卫军没有理睬海克的喊话，她悻悻地离开了。

"他们到底有什么意图？他们想对我们做什么？"贝雅特似乎想从海克那里得到答案。她的朋友没有回答：她本来是想救自己的，只救自己就足够了。但是由于她失败了，所以她干脆把自己锁在了沉默之中。莱妮蹲在桌子底下，不停地说她也犯恶心了。她用两个手指插到喉咙里，发出了呕吐的声音，但是并没有吐出来。西奥多拉继续以婴儿的姿态躺在地板上，不停地抖动，扎比内在帮她，而她的妹妹格特鲁德有一些呼吸困难。乌拉也有些头疼，奥古斯丁想去上洗手间。她试过说服艾尔弗里德躺到我的身边："我帮你。"但是艾尔弗里德不客气地拒绝了。她一个人待在角落，蜷缩

1　原文为德语的"Backe, backe Kuchen, der Bäcker hat gerufen"，类似中文"点兵点将"的口令。——译者注

着身体侧躺着，不停地犯着一阵又一阵的恶心。我筋疲力尽，心脏跳得越来越慢。

我不知道又过了几个小时，门突然开了。

齐格勒出现了，他的身后跟着一个穿白大褂的男人和一个同样穿白大褂女人，他们表情严肃，提着黑色的手提箱。这意味着什么？"你们赶紧叫一个医生！"莱妮曾经这么说过。好了，现在他们来了，可连莱妮都不敢相信他们真的是来救我们的。但是，那桌上的公文包，还有挂钩的声音又怎么解释呢？艾尔弗里德是对的，他们不愿意给我们治疗，也不愿意费心费力地给我们补充水分、测量体温，他们只是想让我们待着，他们要观察全过程，他们想要了解导致我们这些人死去的原因。也许他们现在已经发现了，所以我们这些被污染的人对他们来说已经不再有用了。

我们一动不动，就像面对掠食者的动物一样。齐格勒说过，我们不需要不吃东西的试毒员。如果我们注定要死，那么加速这个过程就再好不过了。这之后，他们会打扫房间，给房间消毒，打开窗户换空气。这是打破痛苦的虔诚的行为。既然可以对动物这么做，对人怎么就不可以呢？

医生就在我的面前，我低声问："您想做什么？"齐格勒转身看我。"您别碰我！"我对着医生尖叫。齐格勒抓过我的胳膊，他此刻只距离我几英寸，就像前一天晚上一样。他可以闻到我身上的味道，但他不会再吻我了。"你冷静一点，不管他们叫你做什么你都听话。"然后他直起身，"你们所有人安静一点。"

莱妮还缩在桌子底下，她蜷缩得可能比一面手帕还小，小得可以藏在口袋里。医生摸了摸我的脉搏，又撑开了我的眼皮，听了一下我的呼吸，把听诊器放在我的背上。听完后他走过去检查西奥多拉。护士用毛巾湿敷我的前额，递给我一杯水。

"我跟您说过，我需要一份她们吃过的东西的清单。"医生一边说着一边朝外走去，那个女孩子和齐格勒跟在他后面。门又一次被锁上了。

我皮肤下的那些昆虫如今开始起义了。我和艾尔弗里德都喝了汤，吃了那个很甜的蛋糕，于是我俩触发了相同的命运。我是因为和齐格勒的那一切而受到了惩罚，可艾尔弗里德做错了什么？

格雷戈尔曾经这么说过："上帝要么是不存在的，要么就是太乖僻。"

又一阵反胃朝我袭来，我吐出了希特勒的食物，而这些食物希特勒永远不会去吃了。这竟然是我发出的声音，我的喉音野蛮得几乎不像人类的声音。我身上还残存着什么人性吗？

突然之间我想起来——我感到心被撞了一下——大概是在格雷戈尔写给我的最后那封信上，他提到过那个俄罗斯迷信。难道那对德国的士兵也有效吗？"只要你的女人对你忠诚，"信中曾经写道，"你的士兵就不会死。我可以靠你活着。"可是格雷戈尔不知道，我不是一个靠得住的人。他信任了我，所以死了。

格雷戈尔因为我犯的错误死了。我的心跳再一次减速，我的呼吸暂停，我的双耳被闷住了，在一片寂静中我的心跳停止了。

第二十二章

我被一阵拍门声惊醒了。

"我们要用洗手间，快把门打开！"奥古斯丁正在敲门，没有人帮她。去院子的出口已经关闭了。太阳已经落山，我不知道约瑟夫会不会来找我，赫塔会在窗边等我吗？

奥古斯丁拿过我身边的水桶。

"你要把它拿到哪里去？"

"你醒了吗？"她有些惊讶，"你觉得怎么样，罗莎？"

"现在几点了？"

"已经过了晚饭的时间很久了，但是他们什么都没有拿来给我们吃，连水都不给我们喝一口。他们都消失了。莱妮的样子看得我真心疼：她气得直流泪，已经脱水了，也没有营养补充。她本来活蹦乱跳得像条鱼。我本来也挺健康的。"她几乎有些愧疚地说道。

"艾尔弗里德呢？"

"她在那儿睡觉呢。"

我看见了她，她仍然躺在角落里。她原本深色的脸此刻血色全无，她看起来像一块碎掉的石头。

"罗莎，"莱妮问我，"你还好吗？"

奥古斯丁筋疲力尽地蹲在水桶上。她用完之后，其他女人最终也不得不依次使用起水桶。但是水桶本身的容量并不大，没有办法给所有人用。总有人得尿在身上，或者尿在已经污秽不堪、散发着臭味的地板上。他们为什么不把门打开呢？难道他们要把我们抛弃在营房里，然后撤离吗？我的太阳穴突突地跳动着，我梦见我把门撞破，逃跑了，永远不再回来了。但是警卫们当然在那里，他们肯定收到了明确的指令，他们不会开门，也没有办法解决我们这些女性的痛苦问题。他们把我们晾在一边，直到收到另外的通知。

我一晃一晃地站起来，奥古斯丁上前帮我。我也要用水桶，而她和贝雅特不得不一边一个托在我的腋下。我不觉得这是羞辱，这只是因为我的身体终于投降了。我回忆起在不登格斯和母亲一起待过的那个避难所。

我的尿液滚烫，皮肤敏感得一碰就疼。那时候我的母亲让我赶紧穿上衣服："罗莎，小心着凉。"但现在是夏天，这是一个对死亡来说不太理想的季节。

能够尿尿大概是我能够实现的最后一个美好愿望了。我想到了我的父亲，他是一个坚韧的人，他本会为了我去向上帝求情。所以我祈祷着——虽然我没有这个权利——我祈求我可以先死，因为我不想见到艾尔弗里德死在我的面前，我已经无力再失去任何人了。但是我的父亲没有原谅我，于是上帝不再专注于我。

我注意到的第一件事情就是我浑身发冷，然后我觉得身体有些飘，整个人就像散架了一样。

我再次睁开眼睛看向天花板的时候，天已经亮了。

希特勒的试毒者

当他们打开门时，我整副身体已经完全苏醒了。也许党卫军们想象过他们会见到几具或者更多的需要运走的尸体，但是当他们用钥匙转开门锁时，他们看到的是十个刚从睡梦中惊醒的妇女，十个睫毛还盖着眼睛、喉咙干涩的女人，她们都还活着。

高个子警卫紧紧地盯着我们身旁的一个门柱，吓得好像前面有鬼，而另一个警卫捂着鼻子快速往后退，他的脚步声回荡在铺着瓷砖的走廊里。我们自己也不确定自己是不是已经成了冤魂，我们活动着四肢，一言不发地检查着自己的呼吸，空气流过我的上唇，钻入了鼻孔：我还活着。

直到齐格勒命令我们都站起来，莱妮才从桌子底下钻了出来。海克茫然地移动着椅子。艾尔弗里德的后背晃了晃，她努力站了起来。乌拉打着哈欠，而我也摇摇晃晃地站了起来。

"站成一排。"齐格勒说。

也许是因为身体不适之后的屈服，也许是因为习惯了恐吓，筋疲力尽的我们排成了一排。

在这段时间里，党卫军二级突击队中队长——我的情人，没有带我去过洗手间。他没有浸湿过我的太阳穴，清洗我的脸。他不是我的丈夫，他没有发过誓要让我永远幸福。就在我快要死的时候，他正全身心地致力于保护阿道夫·希特勒的生命，他只保护他的生命。只有他才能找出真凶，他跑去质问克鲁梅尔还有他的帮厨和伙计们，他去质问守卫们，追问在总部的整个党卫军部队以及我们这个区域的所有食品供应商，查得更远的话，甚至列车司机都会遭到质疑。他会顺着蛛丝马迹追寻到地球上的每一个角落，直到罪魁祸首落网。

"我们可以回家了吗？"

我想让他听到，我知道他记得我的声音。

他用他那一双像不新鲜的榛子一样的小眼睛看着我。他把手放在眼睛上面按摩，或许只是因为不想见到我吧。"厨师马上就要来了，"他回答道，"你们必须马上恢复工作。"

但是我什么都吃不下。我能看见女人们纷纷用一只手捂住嘴巴，另一只手捂在肚子上，那是表示厌恶的意思。但是我们谁都没有说什么。

齐格勒离开后，警卫们带我们去卫生间，一次两个。我们终于可以放松一下了。食堂也被打扫干净了，连通往院子的落地窗也打开了一会儿。早餐已经准备好了，元首一定是饿了，我们不可能让他再多等一会儿。他花了一整夜啃指甲，只是为了让他的牙齿中间有东西啃，又或许这种不便使他的食欲消失了，他的肚子发起了牢骚，随之而来的是胃炎、腹胀，它们都是神经紧张的产物。他已经好几个小时没有吃东西了，也许他还保留了一个吗哪[1]——某天晚上从天而降，只为他准备的神赐之物——他早早地把它埋在了一个掩体下面以备不时之需。又也许他已经可以抵抗饥饿，完全无所畏惧了，因为他知道如何抵抗一切。他抚摸着布隆迪[2]柔软的皮毛，它一定也饿了一整夜。

我们穿着脏衣服坐在桌边，而身上散发的恶臭简直令人难以忍受。我们屏住呼吸等着他们给我们上菜，然后像往常一样，我们会

---

1 《圣经》中以色列人出埃及时上帝赐予他们的食物。——译者注
2 希特勒的宠物，一条德国牧羊犬。——译者注

　　　　　　　　希特勒的试毒者

屈服，我们会像前一天一样再次品尝食物。太阳光照射着我们的盘子和我们瘦削的面孔。

我机械地咀嚼着，迫使自己吞下食物。

他们没有向我们做任何解释，但最终把我们放回了家。

赫塔跑出来拥抱我，随后她坐在我床上告诉我："党卫军每家农场都去了，给他们提供食物的农场主都被审讯了。牧民还以为他们会直接在牲口圈外面审讯呢，谁叫党卫军看上去都气得不轻呢。村子里最近还出现了其他的中毒事件，目前还不太清楚原因，不过我们都没事，我们很好，我们只是因为你的事急死了。"

"所幸这次没有死人。"约瑟夫评论到。

"他出去找过你。"赫塔说。

"约瑟夫，您那个时候在军营外面？"

"莱妮的母亲也在那里。"我的公公回答道，好像要表现得他对我的担忧很微不足道一样，"替海克干活的那个男孩、她的姐妹和嫂子还有其他跟我一样老的男人，都在军营门口打听消息，但是没有人肯告诉我们发生了什么。他们用了各种方法威胁我们，逼我们走。"

昨天晚上赫塔和约瑟夫没有睡觉，我不知道有多少个晚上他们是睡着了的。天还不太晚的时候，孩子们也都没睡，他们在奶奶和阿姨的看护下啜泣着。海克的儿子问："妈妈在哪里？"他很想念妈妈，而乌尔苏拉唱着我教给她的童谣，以此安慰自己。但是歌词她已经不记得了。"鹅被偷了，狐狸也被杀了，猎人已经惩罚了它。"为什么我的爸爸要给我唱这么令人伤心的歌呢？

约瑟夫说就连扎特也一直站在赫塔的身边呢，它紧盯着房门，仿佛时刻在等我回来。也许它等的是一个随时会到来的敌人：敌人是存在的，他比我大十一岁。

第二十三章

在出了那样的事情之后，他应该不会再来了。他再也不敢出现在我的窗口。或许他本来就只想验证一下自己的权威罢了，是我带他走进了干草房。我难道真的在期待会得到什么特殊的待遇和特权吗？我是中尉的妓女。

尽管晚上很热，我还是关上了窗户。我担心齐格勒会偷偷地溜进我的房间，我害怕在床边看到他，或者发现他压在我的身上，这个想法让我的喉咙里一阵瘙痒。

我将这个念头从我的脑子里赶跑，把压在床垫下的床单全都抽了出来，把我的小腿搁在一块凉快的地方。如果他真的还敢过来，我会当着他的面拒绝他。

我还是用原来的那块布遮着打开了灯，然后坐到窗台边。我想到可能是他拒绝了我，因为他见过我呕吐时的污秽与不堪。这个想法让我生气。他居然可以没有我，而我还在等他。我凝视着黑暗的村庄，猜测这片漆黑中是否有他的身影，我的视线一直延伸到了尽头的拐弯处。而拐弯之后道路的尽头就是城堡，所有故事就是从那里开始的。

一点钟的时候我关了灯。这是一个看似骄傲的动作，实则承认了我的失败。齐格勒赢了，无论如何，是他更加强大。我平躺下来，我的肌肉僵硬得背部隐隐作痛。闹钟响了，我心里一阵发慌。随后，我被一个轻轻的声音吓到了。

那是指甲挠玻璃的声音。恐惧让我回忆起了前一晚的不适和恶心。在一片寂静中，我只听得到那指甲挠玻璃的声音和我心脏跳动的声音。当噪声停止的时候，我跳下床，去窗台边查看。玻璃沉默着，道路也是空旷的。

"女士们，你们都好吗？很高兴看到你们都恢复了。"

我艰难地咽下食物。其他人都停止了吃饭的动作，纷纷朝齐格勒看去。就像这也是被禁止却又忍不住似的，大家都只敢匆匆地瞥一眼，然后眉头紧皱，面面相觑。

中毒事件之后，食堂露出了它陷阱般的真实嘴脸，恐慌每次都在党卫军的人说话时向我们袭来，而齐格勒则让我们的紧张达到了顶点。

只见他绕着桌子走，然后靠近海克，说道："一切都结束了，你很高兴吧。"在那么一瞬间，我以为他暗指的是海克堕胎的事情。海克看起来也是这么认为的，她迅速地做了一个点头的动作，甚至无法掩饰自己的紧张。齐格勒在她的身后弯下腰，伸手拿走了她餐盘中的一个苹果。他显然并不在乎这里不是野餐的草地，他一边说话一边咬苹果，声音清晰而邪恶。他边嚼边往前走着，身子前倾，手背在身后，走的每一步都好像准备潜水一样。瞧他走路的样子多么别扭啊，可我为什么还在想他？

"我想要感谢你们在紧急情况下的配合。"

奥古斯丁盯着中尉手中的苹果，她的一个鼻孔跳动了一下，艾尔弗里德的鼻子像往常一样堵着，呼吸困难，莱妮的脸颊上一如既往地布满凝滞的红色血管。而我觉得自己完全暴露了。边走边咀嚼的齐格勒是这般冷静，以致我不得不担心他会突然换上另一副面孔。我们等着他突然的改变，为最坏的情况做好了准备，感觉十分焦虑。

然而，齐格勒完成了他的巡视，在我的身后停了下来。

"我们也是没办法。不过最后你们也看到了，现在又到了危急的时刻。一切尽在掌控之中。"他说道，"所以请尽情地享用你们的午餐吧。"他把苹果核留在我的盘子里之后便离开了。

贝雅特趴到桌上，用手指捏住了苹果的叶柄。我很沮丧，但我不想去深究为什么。苹果核周围的那层果肉已经发暗了，它们被齐格勒的门牙咬过，被他的唾液浸湿过。

他这是在勒索我："说不定就会有人发现你到底是什么货色。"他在对我施以如此残酷的暴行，光是他看我的目光就会让我感到一种怀念的刺痛。我们做爱了。但以后再也不会了。如果没有别人知道的话，那个夜晚也将永远不存在。一切都已经过去了，我们的交融似乎从未发生过。也许随着时间的推移，连我自己都会怀疑那一夜究竟是否真的发生过。我不知道应该怎么回答这个问题，我只能诚实地说出我的想法。

我重新开始吃饭，喝了一口牛奶后把杯子放到桌上。为了排遣心中那一股不自觉的郁气，我百无聊赖地摆动着杯子，却不小心打翻了它。"对不起。"我说道，眼看着杯子掉在了艾尔弗里德的身上。她立刻站了起来。"请原谅我。"我连连说道。"柏林人,这又没什么。"她把杯子递给我,还在溢出的牛奶上铺了一块手帕。

今晚我早早地上了床。然而这是徒劳的,我还是睡不着,我的眼睛大大地睁着,心中思索着齐格勒是不是已经来了。我担心他会靠近我,就像昨晚一样用他的指甲刮着玻璃,或者干脆用石头砸碎它,他会一把拽过我的脖子。赫塔和约瑟夫会听见响声,他们不会明白发生了什么,但我会向他们坦白一切,然后承诺永远对齐格勒避而不见,直到我死去的那一天。我终于颤抖着关上了灯。

第二天晚餐后,二级突击队中队长走进庭院里面。我正和在吸烟的艾尔弗里德聊天,一看到他径直朝我走过来,我立刻噤声。艾尔弗里德问道:"你怎么了?"

"把你的烟扔掉。"

艾尔弗里德转身。

"快扔掉。"齐格勒重复了他的命令。

她有些犹豫地扔了烟,似乎还想吸最后一口,好不浪费它。

"我不知道这里禁止抽烟。"她辩解道。

"从现在开始这里禁止吸烟。在我的军营里没有人可以吸烟,阿道夫·希特勒讨厌吸烟。"

齐格勒是在和我过不去,但是他找了艾尔弗里德的碴儿,我知道他是在生我的气。

"德国女人不应该抽烟。"他歪着头,在我的脖子上嗅了嗅,就像四天前在窗前对我做的那样,我不由得打了个寒战,"至少不能让人闻见味道。"

"我从来不吸烟。"我说道。

艾尔弗里德用眼神求我保持安静。

"你确定吗？"齐格勒问。

苹果核已经变成了棕色，贝雅特把它放到一张摆着一个黑色烛台和一个小匣子的桌子上。这天晚些时候，宵禁尚未开始，天还有一点点亮光，她的双胞胎已经在卧室里睡下了。乌拉、莱妮、艾尔弗里德还有我围坐在她身边。

海克没有来。堕胎的时候，她没有选择和童年伙伴建立更紧密的关系，而是疏远了她。简单来说，海克将贝雅特排挤在自己生命中最重大的事件之一的外面，这是一种不言而喻的距离感。事实上，她现在与我们每一个人都保持了一定的距离，也许是因为她曾和我们分享了一个那样的秘密，她无法原谅我们会记住一件她宁愿忘记的事情。

奥古斯丁则像往常一样表现了对愚蠢巫术的嗤之以鼻，而且我怀疑她利用要看孩子的借口留在自己家里不出门。"我们要给齐格勒一些教训。"贝雅特说，"如果巫术能奏效，当然最好，就算不起作用，至少我们也能寻个乐子。"

她打开小匣子，里面装着一些大头针。

"你要做什么？"莱妮有一点担心地问道。不是因为担心齐格勒，而是因为善恶有报，她担心自己受到牵连。

"我会拿一样齐格勒碰过的东西，"贝雅特解释道，"我会用针去扎它，如果我们都能够专心地把这个果核想象成他的话，那么中尉先生很快就会感到浑身不适。"

"太蠢了吧，"艾尔弗里德不禁评论道，"原来我跑来这里就是为了干这么件蠢事。"

"哦，得了，你可别在这儿学奥古斯丁。"贝雅特说，"又花不了你一个子儿的，找点乐子还不行吗，你今天晚上还有其他安排吗？"

"那么到最后，我们要用蜡烛烧掉这个苹果核吗？"莱妮是最兴奋的那个。

"蜡烛是为了营造气氛。"女巫真的很享受这个过程。

"把针扎进一个被吃掉的苹果里，真是闻所未闻。"艾尔弗里德说。

"但我们也没有其他什么齐格勒碰过的东西呀。"贝雅特看着她说，"知足吧。"

"那咱们就快点开始吧，"艾尔弗里德催促道，"马上就到晚上了。我真不知道怎么就答应了你过来。"

贝雅特从小匣子里抽出一根针。她捏着它凑近果核的上部，刺破已经腐坏的果肉。"给嘴上来一针。"她说着。那张嘴我曾经吻过。"这样我们就不用再听他对我们大喊大叫了。"

"一点没错。"莱妮咯咯地笑起来。

"不，姑娘们，咱们得严肃一点，否则这事儿没效果。"

"贝雅特，抓紧一点时间。"艾尔弗里德又坚持道。

在烛光的照射下，她的手指投射出了一个长长的颤抖着的阴影，当她接近果核的时候，手指遮住了它，使它的形状看起来像一个令人不安的物体，那是一个类似人形的样子，我知道那是我认识的齐格勒。

贝雅特边扎针边不断地蹦出一些解剖学的词汇。他的肩膀，是我曾紧紧抓过的；他的肚子，是我曾抚摸过的；他的腿，曾和我的腿相互交织在一起。

我曾和齐格勒亲密地接触过。他们本可以用针刺穿我的肉，这会更有效。

贝雅特如今全身心地关注着残留在叶柄附近的果肉，"那是他的头。"她说。

我感到我的背脊被戳了一下。

"那他现在死了吗？"莱妮平静地问道。

"不，还差心脏。"

她的手指动作缓慢得近乎浮夸。我感到呼吸困难，在针即将刺穿这个果核的刹那，我伸手抓住了它。

"你在做什么呀？"

"哎呀！"我被刺到了，一滴血从食指中流了出来，烛火照得这滴血发亮。

"你受伤了吗？"贝雅特问我。

艾尔弗里德起身吹灭蜡烛。

"干吗呀？"女主人抱怨道。

"我们到此为止吧。"艾尔弗里德回答。

我被手指上的这滴鲜血催眠了。

"罗莎，你怎么了？"莱妮焦急地问道。

艾尔弗里德走到我面前，其他人则默默地看着她把我推进卧室。

"柏林人，你还见过谁像你这样晕血的？你难道没有看见它只是一个很小的点吗？"

双胞胎正睡在一侧，他们的脸紧贴着手臂，张开的嘴巴好像被挤压得变了形一样。

"我不是因为这个事情。"我支吾着。

"你自己看。"她抓过我的手腕，把我的手指凑到她的双唇之间。她吸了一口，检查了一下伤口是否还出血，接着又吸了一口。

这是一张不咬人的嘴巴，它也不会咬住背叛我的机会。

"好了，你现在知道你不会因为失血而死了。"她说。

"我不怕死，你别再取笑我了。"

"怎么，你做好心理建设了？你也是城里来的，你让我失望了。"

"对不起。"

"你因为让我失望了所以向我道歉吗？"

"我比你想的还要糟糕。"

"你要能知道我是怎么想的，"她以一种有趣的挑衅的姿势抬起了下巴，"那你可真是太自以为是了。"

我不由得笑了。

随后为了缓解尴尬，我提道："那天晚上在军营里发生的事情真的挺吓人的。"

"是的，是很糟糕。而且可能还会再次发生。我们也没办法避开。"她承认道，"虽然只要我们想，我们就可以藏起来，但无论如何，我们终究是要死的。"她的表情变得越发凝重。她的脸变得犀利了，看起来和我们成为试毒员的第二天抽血时一模一样，但是逐渐地，她锋利的轮廓做出了让步，退缩了，取而代之的是她安慰般的眼神："我也很害怕，比你还要害怕。"

我看着我指尖上的小洞，它已经干了，我脱口而出："我真心希望你都好。"

这句突如其来的话带来了她的一阵沉默。双胞胎中的一个发出了啮齿动物般的声音，他的鼻子似乎因为突然发痒而皱了起来，他整个人从床单上翻过身，扬起双臂张开，这在我看来就像耶稣圣婴向十字架投降。

"这很愚蠢，"我说，"你说的一点没错。"

"什么？你是想说你希望我好这件事情吗？"

"不是，我是说，这个扎针的表演。"

"好，那我安心了。"

她握住我的手，然后抓紧："让我们回到其他人那里吧。"

直到快进厨房，她才松开手。

那天晚上我依旧没有去窗边，甚至后来的几个夜晚我都没有去，我以为我的目的达到了，一切都结束了，他不会再来了；也许他来过，但没在玻璃上划刻；也许他根本就没有来过，那刺耳声来自我自己的骨头。

我想他，不是像想格雷戈尔那样，想到命运被操纵，每一个承诺都作废，没有那么严重。我只是有种狂热。我抓住枕头，棉花粗糙而且易燃。我想的不是阿尔贝特·齐格勒；我想的是我自己。他的出现留下了一片沉闷。我咬着枕套，牙齿下的粗糙让我一阵战栗。我想，即便没有齐格勒，也会有其他人。我和他做爱仅仅是因为我太久没有做了。我撕下一块布嚼了一下，一条棉线留在了我的犬齿上，我把线拉出来用舌头抿住，就像小时候一样吞了它。这一次它也没能杀死我。我告诉我自己，我想念的不是齐格勒，而是我的身体。现在它再一次被抛弃了，再一次只能独自承受。

我不记得过了几天，高个子出现在食堂里，他迫使我站起来。

"你又偷东西了。"

这是什么意思？"不，我没有偷东西。"

克鲁梅尔上次已经承担了我包里的那几瓶牛奶的责任，我从来没有被定过罪。

"快走。"

我用目光搜寻着西奥多拉、格特鲁德和扎比内，她们和我一样困惑，所以不是"洗脑党"举报的我。

"我偷了什么？"我呼吸急促。

"你很清楚。"高个子说。

"柏林人。"艾尔弗里德摇着头，像一个失去了耐心的母亲。

"我向你发誓！"我起身喊道，我这次没有惹麻烦，她应该相信我的。

"你跟我来。"高个子拽住我的胳膊。

莱妮捂住鼻子，闭上了眼睛。

"行了，让我过去吧。"在守卫的陪同下我走出了餐厅。

一到走廊，我转身试图再次询问我到底被指控盗窃了什么。

"是克鲁梅尔和你说的吗？他只是对我很生气。"

"他对你生气，就是因为你偷了厨房的东西啊，绍尔。但是现在你后悔了吧。"

"我们现在要去哪儿？"

"保持安静，继续走。"

　　　　　　　　　　　　希特勒的试毒者

我把手护在胸前："我求你了，你已经认识我几个月了，你知道我不会这么做的……"

"是谁给了你这种想法？"他吼道。

我们来到了齐格勒的办公室前面，我紧张得喘不过气来。

高个子敲了敲门，里面应声让我进去。高个子被禁止参与对我的屠杀，然而好奇心好像吞噬了他，他是否会在外面偷听？

齐格勒当然不会给他这个机会。齐格勒一见我就不顾我的疼痛，用力抓住了我的手臂，我觉得我的关节都分离了，骨头疼得就像撞到了地上一样。然后他一把抱住我，迫使我面对他，我还是完整的，我没有破碎。

"克鲁梅尔和你说什么了吗？"

"如果今天晚上你还不出门，我就把窗户玻璃打破。"

"克鲁梅尔和你说了牛奶的事情了？他的话让你觉得我偷了牛奶？"

"你到底有没有在听我说话？"

"那现在我们要怎么解决这个问题？你捏造我偷东西，我等下回去怎么和别人解释？"

"反正你已经被赦免过一次了，你要是真的不想承认偷了东西，可以和你的同伴说这是一个误会，现在已经没事了。"

"这听起来一点都不可信。"

然而他此刻正仔细地在我身上摸索，我不得不闭上眼睛，我闻到了他制服的气味，他裸体的时候身上也有这个味道。

"你这样做会害死我们两个。"我说。

他不回答我。

"你已经把我害死了。"

他仔细地观察着我，像往常一样，十分严肃。

"你倒是说些什么呀！"

"我已经告诉过你了：如果今天晚上你还不出门，我就打破窗户玻璃。"

一阵疼痛刺穿了我的额头，我不由得将手伸向太阳穴。

"你怎么了，罗莎？"

这是他第一次称呼我的名字。

"你是在威胁我？"我这么说着，但身上的痛苦消失了。现在我的身体里有一阵非常甜蜜的轻松正在蔓延。

第二十四章

几小时之后，我们像两个躺在草坪上看天空的人一样并排躺着，虽然我们的头顶上并没有天空。齐格勒下午在办公室里对我造成的压迫感已经消失了，他知道他还有让我平静下来的能力。我们一进干草房就躺了下来，但他没有碰我，他的制服还穿在身上，他沉默着：也许他睡着了，我不太熟悉他睡梦中的呼吸声；也许他在想事情，但不是在想我。我只穿着睡衣躺在他的旁边，我们的肩膀碰在一起，这种状态让他变得越发懒洋洋。我感到一阵羞辱，我已经开始有依附他的欲望了。对他来说一切都太顺利了，他只要决定了晚上来我的窗前，就可以得到他想要的一切。我像是被他召唤一样回应着他的欲望。现在他的漠不关心让我感到了羞辱，如果他甚至不愿意跟我说话，他为什么要把我带到这里呢？

仿佛被风吹动了一样，我们的肩膀分开了。齐格勒坐起来，我以为他会不做任何解释地离开。一方面，第一次时他没有任何解释地来了；另一方面，我也从来没有问过他为什么。

"是蜂蜜的缘故。"他说。

我没有明白。

"是因为蜂蜜被污染了，所以你中毒了。"

原来是那块艾尔弗里德特别喜欢的甜蛋糕。"他们卖了有毒的蜂蜜给你们吗？"我也坐起来。

"他们也不是有意的。"

我碰了碰他的胳膊："给我解释一下吧。"

齐格勒转过身，他的声音飘在我的脸上。

"这是个小概率事件，蜜蜂吸食了蜂房附近一种被污染的植物，所以蜂蜜就受影响了，就是这样。"

"是什么植物？是谁种的？你们对供应商做了什么？"

"这些蜂蜜吃了不会死人，有也是极少数的情况。"我脸上突然的一阵温热来自他贴上来的手。

"但是你当时并不知道这不致命，我呕吐、发冷还有昏厥的时候你不知道，你当时要让我死掉。"我把手放在那只手上想要推开他，但是我却一把抓住了他。

齐格勒把我扔到地上，我的头撞在地上，发出了一声柔软的噪音，就像黄油的声音一样。他用五指遮住了我的脸，手掌捂住我的嘴，他的指尖按压着我的额头，挤压着我的鼻子、我的眼睑，就好像要粉碎它们，把它们碾成肉末一样。

"你没有死。"

他在我身上直起身，放过我的脸，把手指移到了我的肋骨之下，他摇晃着我的第十二根肋骨，几乎要将它分开，并以整个男性的名义终于重新占有了它。

"我以为我会死，"我说，"你也以为我会死吧，但是你什么也没有做。"

他掀开我的睡衣，狠咬了一口那根他没有办法分开的肋骨，我以为我的肋骨会被他的牙齿咬碎，或者他的牙齿会就此裂开。但是肋骨似乎在他的门牙下面滚动着，如可咀嚼般柔软。

　　"你没有死。"齐格勒趴在我的胸前说。他吻了我，说："你还活着。"他的声音在喉咙里跌跌撞撞的，好像一种咳嗽声。我如同抚摸孩子一样抚摸着他，好像在安慰他一切都好，什么都没有发生。然后我开始脱他的衣服。

第二十五章

　　每天晚上我都出去和他做爱。我带着像要去见不可避免的事物的决心快步走向干草房，如同行军的士兵。我脑中有无数个问题折磨着我，我让它们保持沉默，第二天的时候它们会卷土重来，但是每当我进入干草房的时候，它们就被一张网缠住了，没有办法越过我的渴望。

　　那种不顾一切出门的姿态，是一种叛乱。在我隐秘的孤独中，我感到了一种完整的自由：把自己从生活的强权控制中解脱出来，把一切交由事物的随机性。

　　我们是情人。找寻成为情人的理由是幼稚的。齐格勒看了我一眼，或者说他见到了我。在彼时彼地，一切就已经足够了。

　　也许有一天，约瑟夫打开门会看见我们彼此靠在一起，身上盖着一件纳粹军服。为什么这不会发生呢？早晨的时候，我会想，没错，我会被挂在绞刑架上面对所有人的谴责。"这就是那个罪人的故事，"我的同伴们会这么说，"许多问题就都解释得通了。""一个来自柏林的女秘书，"赫塔会说，"我就知道她不可靠。"

　　为免在黑暗中跌倒，我紧紧抓住我情人的身体。有一瞬间我觉得我的生命在加速，他在我的身体里快速地运动着，这消耗了我所有机能，让我的头发散掉，指甲也都裂开了。

"聚会那天晚上我就想问你，你是在哪里学的唱歌？"

阿尔贝特还从未问过我私人问题。他真的关心我吗？

"在柏林，一所学校里。我们有一个合唱团，每周有两个下午排练，年末我们会给父母做汇报演出……对家长来说还真是折磨啊。"

"但是你唱得好极了。"

他用十分亲密的语气说话，就好像我们是多年的朋友，其实这是第一次，至少是我记忆中我们的第一次聊天。

"我有一个特别好的老师，他知道如何激励我们。因为我喜欢唱歌，他就给我分配了独唱的部分。我在学校里总是很开心。"

"我以前在学校里就没那么开心了。你想得到吗？我的小学老师还带我们去墓地。"

"去墓地？"

"对，她教我们识字。她让我们看那些墓碑上的字，因为墓碑上的字总是很大，字体工整，既有字母又有数字，她觉得这样还挺方便的。"

"多么实用主义的女人啊！"

我能和他开这样的玩笑吗？

"一到早晨她就让我们排成两排，然后带我们去墓地。为了尊重那些'可怜的死者'，我们必须保持安静，每个人都要读一块墓碑上的字。有的时候，想到地下有死人我就觉得震撼，所以我一个字也念不出来。"

"别找借口了。"我笑着揶揄他。

可以开玩笑的。他也笑了。

他说："一到晚上，我想起那些死去的人，想到我的父亲或者母亲在地下的样子，我就再也没有办法入睡了。"

我们这是怎么了？我们是两个正在对话的陌生人。难道身体上的亲密可以诱发心灵上的亲近吗？我对他的身体有一种难以理解的想要保护的本能。

我需要他的拇指准确按压上我的乳头，将我推到墙上。激情一朝发泄，就被破坏了，剩下的一切都变成了温柔，我们拥有了情人之间不可靠的柔情。我现在竟然在想象齐格勒小时候的样子。

"后来老师让我们数自己的心跳，她说：'无聊是不存在的，如果你感到无聊，你就握住自己的手腕，'"齐格勒说着握住了自己的手腕，"'然后数数。1，2，3……每一次心跳都是一秒钟，60秒就是一分钟，这样就算没有表，你们也可以知道过了多久。'"

"你的老师觉得这是一个可以打发无聊的办法？"

"晚上的时候我会这么做，我有的时候会因为想到那些死者而睡不着。我觉得去墓地侵犯他们的领地是一种大不敬，他们迟早会报复的。"

我装出凶恶的食人魔的声音："他们会抓你去地狱吗？"我抓住了他的手腕。"来吧，让我们按照老师教你的方法来数一下你的心跳。"他放任我这么做了。"你还活得好好的呢，齐格勒中尉。"

想象一个人小的时候需要很大的好奇心。小时候的齐格勒和现在的齐格勒是同一个人，但最重要的是，他也是另外一个人。他是这个囚禁了我的命运的起点。我与那个孩子结了一个盟，他永远都不会伤害我。这就是为什么我可以和阿尔贝特一起打闹，这就是为什么我在笑——他的手捂住我的嘴，让我不要发出声音——我们像一对普通情人那样笑，什么都无所谓。

"死者是会复仇的。"他说。

我想紧紧搂住这个对死亡感到害怕的孩子，用激烈的爱抚让他安心入眠。

在数完他的第六十下心跳之后，我们都沉默了，接着我试图再次开启话题。"我的老师们都非常棒，高中时我爱上了我的数学老师，他叫亚当·沃特曼。我常常想知道他现在究竟怎么样了。"

"我的小学老师后来死了。与她同住的姐姐死了之后没多久，她也死了。她的姐姐总是戴着奇怪的帽子。"

"沃特曼教授被逮捕了，因为他是一个犹太人，他们在教室里把他抓了。"

阿尔贝特什么也没有说，我也什么都没有说。

然后他把手腕从我的手里抽了回去，拿起了放在木材上的夹克。

"你就要走了吗？"

"我必须得走了。"他站起来。

他的胸腔中间有个凹陷处，我一向喜欢将手指贴在那里，但这次他没有给我时间。他扣上制服的扣子，穿上靴子，检查枪套里的手枪。"再见。"他说着调整了一下贝雷帽，没有等我就走出了干草房。

第二十六章

夏天来临之后，男爵夫人经常邀请我去城堡。我总是在下午下班回家后和晚上巴士接我回去上班前的间隙去她那里。我们俩在花园里，只有她和我，就像两个十几岁的女孩，我们的友谊有排他性。我们在橡树的树荫下，在康乃馨、牡丹和矢车菊的环绕下，聊着音乐、戏剧、电影和书籍，约瑟夫把花儿一簇簇而不是一排排地摆放着。"因为自然也不是多么有序的。"玛丽亚这样说道。她会把小说借给我，因为她需要有人和她讨论上几小时，于是我每次都在发表读后感之后把书还给她。她还询问我在柏林的生活，我绞尽脑汁也想不明白，我在柏林的那种小中产阶级的日常生活到底有什么有趣的，但她似乎对所有事情都充满热情，对所有人都很感兴趣。

现在，仆人已经当我是常客一般接待我了，他打开门说："欢迎您，绍尔女士。"然后他会带我走到凉亭，如果玛丽亚不在那里摇着扇子喝饮料、读书的话，他们就会去向她通报。玛丽亚说家里的家具多得让她窒息，我发现她经常夸夸其谈，有时候太过刻意了，但她对大自然的诚意是真实的。"等我老了，"她有一次开玩笑说。"我也要当园丁，这样我就可以培养我要的植物了。"她笑着说。"请别误会，"她解释道，"约瑟夫棒极了，有他做我的园丁真是幸运，但是我让他种橄榄树，他却说天气不理想。啊，我可不想放弃，自我从意大利来到德国，我的梦想就是在屋子后面种一片橄榄树林，难道你不觉得橄榄树是最壮丽的树吗，罗莎？"我什么也没想，我投入了她的热情之中。

有一天下午，大门打开后，一位女佣告诉我男爵夫人和孩子们刚骑马回来，现在正在马厩里，她希望我可以过去。

在马厩前我见到了他们，每人身边都有一匹马。玛丽亚正抚摸着马的鬃毛，她身上的马甲收紧了她本就纤瘦的躯干，使她显得分外挺拔。她身材娇小，但是骑装的裤子使她的臀部看起来浑圆，这简直让人不敢相信她已经生过两个孩子了。

"罗莎！"迈克尔和约尔格喊道，跑来迎接我。

我蹲下来拥抱他们："你们戴贝雷帽真可爱。"

"我还有鞭子呢。"迈克尔边说边向我展示。

"我也有，但是我没用它。"他哥哥说道，"只要让马看见鞭子就可以了。"约尔格才九岁，却早早地知道了驯服马儿的方法。

玛丽亚的影子投到我们身上。"妈妈在这儿呢。"我说着站起来，"你好。"

"你好，亲爱的。你一切都好吗？"她柔滑的脸上露出的笑容像指纹一样展开，"真是抱歉，今天我们回来晚了。"她总是这么有礼貌，"我本来以为在大太阳下面骑马会受不了，不过孩子们一直缠着我，我也只好满足他们。没想到他们是对的，我们最后骑得很愉快，不是吗？"

孩子们点点头，兴高采烈地围在她身边。

"不过现在我有一个不情之请。"她继续说着，一只手抚上了头发。

她的头发被扎了起来，但有几撮红褐色的绒毛从绑带里逃了出来。

"您想骑一下马吗，罗莎？"从她的眼神中我看出这是个不可抗拒的提议。

"来吧，骑吧！"孩子们激动不已。

"谢谢您。"我回答说，"但我没骑过马。"

"去骑吧，罗莎，可好玩了！"迈克尔和约尔格围着我跳起来。

我毫不怀疑骑马很好玩，但是我不知道怎么骑马呀。

也许在他们的世界里，不会骑马简直是天方夜谭。

"罗莎，请去吧，孩子们都想看呢。我们的马倌会帮您的。"

这就是和她交往时会发生的事，令她失望的事情是不允许发生的。

只是因为男爵夫人想，我就走进马厩，就像那晚在招待会上唱歌一样。马儿的粪便、蹄子和汗水的味道令人放心。我在格罗斯－帕特斯奇发现了这一点，动物的气味会令人放心。

当我走近时，马哼了一声抬起头。玛丽亚伸出手臂搂过它的脖子，"乖。"她说道。马倌向我指了指马镫的位置："绍尔女士，请您把脚放在这里，不，左脚，放在这儿。现在，轻轻地跳起来。您可以扶着我。"我试了一下，但马后退了，马倌赶忙抱住我。迈克尔和约尔格大笑起来，玛丽亚斥责道："你们这是对待我朋友的态度吗？"迈克尔感到一阵羞愧，他问我："你要骑我的小马吗？它更矮一些。"约尔格立刻插嘴道："我们会帮你爬上去的。"说完他就推起了我的小腿："来吧。"他的兄弟也跟在他后面，过来推我。

现在轮到玛丽亚笑了，她笑得露出了一排小牙齿，像个孩子一样。而我满头大汗，却逃脱不了他们的娱乐。马儿不停地吸着气。

马倌抓着我的腰扶我起来，我终于坐到了马鞍上。他告诉我要坐直，不用紧握缰绳，他会控制这头野兽。我们一出发，马儿就快步地走起来，我一颠，赶紧抬起双腿，免得失去平衡。

我们只走了很短的一段路，才刚到马厩外面。马被缰绳拉着，而我坐在上面被它拉着。

"您喜欢吗，罗莎？"男爵夫人问道。

我觉得很可笑，可我没有办法避免这种不平等的感觉。请我骑马是一种好客的姿态，但这又硬生生地将我和他们的区别摆在眼前。

"谢谢。"我回答她，"孩子们说的对，非常有意思。"

"等等！"迈克尔冲马倌喊道。

他向我跑过来，递过了他的那根鞭子。我要它做什么？马不需要威胁，它很温顺，和我一样温顺。我硬着头皮接过鞭子，请求马倌放我下来。

我们在凉亭里啜饮着清凉的柠檬水，孩子们被托付给了家庭教师。他们已经换了衣服，过来向他们的母亲问安。而他们的母亲还穿着骑装，她略微有些凌乱的头发并没有影响她的优雅，玛丽亚对这一点心知肚明。"你们去玩儿吧，去吧。"她催促道。

我一言不发，男爵夫人并不明白为什么。她像那天抓着约瑟夫的手一样抓着我，把我的手放在她的手里。"他只是失踪了，"她说，"他没有死，你不要气馁。"

她想当然地以为我在担心格雷戈尔。每当她的或者其他任何人的态度表明他们觉得我是一个深陷痛苦的妻子时，我就对自己感到害怕。

当然，我不可能忘记格雷戈尔。他属于我，像我的腿和手臂属于我一样。简单来说，你走路的时候不会想到是你的脚在动，也不会在洗衣服的时候想到这是手臂的功劳。他不在的时候，我的生活依然流淌。就像母亲把我送到学校后，没有我她也一样回了家；就像我弄丢了妈妈送给我的那支新的自来水笔，我母亲的生活也丝毫不受影响。也许有人偷了我的笔，也许别人不当心把它放到了自己的铅笔盒里，我不可能去翻同学的书包，所以我永远地失去了妈妈为我买的簇新的黄铜制成的自来水笔。但是我的妈妈对此一无所知，所以她照旧整理我的床塌，叠起我的毛衣。因为我的过失，我受到了惩罚，唯一的解决办法是少爱我的母亲一点。我什么都不能说，我要保护这个秘密。唯一能让我对母亲的爱存活下去的方法竟是背叛这份爱。

"然后事情都会解决的，你知道吗？即使人们不再抱有希望。"玛丽亚说，"想想可怜的施陶芬贝格吧。去年他的车在突尼斯的矿场出事的时候，我们还以为他会瞎了呢。不过老天保佑，他只是丢掉了一只眼睛。但是他活得好好的。"

"不仅仅是一只眼睛……"

"好吧，他还失去了右手，还有左手的小指和无名指，但是他完全没有丧失魅力呀，我总是跟他的妻子妮娜说：'你跟世界上最

　　　　　　　　　　　　希特勒的试毒者

帅的男人结婚了。'"

我为她如此评价一个不是自己丈夫的男人而感到吃惊。玛丽亚不是不知廉耻，她内心善良，她只是热情高涨。

"我可以和克劳斯谈论音乐和文学，就像和您一样。"她说，"他从小就想成为一名音乐家或者建筑师，但是十九岁的时候他参了军。真可惜，他那么有才华。我听他抱怨了很多次：这场战争实在是太长了。他觉得我们会失败。话虽这么说，他还是以最大的责任感去打仗。大概他总是这么毫无保留。有一次他给我背诵了他最喜欢的诗人斯特凡·格奥尔格[1]的诗：'保持缄默的造物者做得最好——他沉思着等待来自上天的帮助。'这是《班贝格骑士[2]》的最后两行诗句。可是克劳斯从不等待任何人的帮助，他做什么都亲自动手。你相信我，他不害怕任何事情。"

她松开抓着我的手，喝完了杯中的柠檬水。一定是这段对话让她口渴了。女佣拿来了奶油水果蛋糕，玛丽亚拍了拍胸口："我太贪吃了，我真可怜，我每天都要吃甜食，为了补救，我就不吃肉了。这对我会有好处，对吧？"

这真是一种不同寻常的习惯。在当时，除了元首之外，我还不认识其他任何自愿放弃肉食的人。当然，实际上我也不认识元首，我为他工作，但是我从来没有见过他。

1　德国20世纪初叶最重要的诗人之一，他积极借鉴法国象征主义诗歌艺术风格，被称为19世纪末德国诗歌复兴的大师。——译者注

2　德国城市班贝格城中的主教堂有一尊珍贵的中世纪骑士雕像，其英勇造型在1930年被纳粹奉为德国精神的象征。斯特凡·格奥尔格为其作诗，而施陶芬贝格早年加入的军团也正叫作"班贝格骑士"军团/第17骑兵团。——译者注

没想到玛丽亚再次曲解了我的沉默："罗莎，您今天还真是心情特别不好呢。"反驳她是毫无意义的。"我们得做些事情，让您振作起来。"

她邀请我去她房间，我还从未进去过。房间里的一扇大窗几乎占据了整个墙壁，温暖的阳光蔓延开来。房间正中有一张深色的圆形木桌，上面参差不齐地摆了几本书。房间里到处摆放着装满了鲜花的花瓶，钢琴反而被困在了角落里。乐谱散落在长凳和地毯上，玛丽亚捡起它们后坐下："来吧，来吧。"

我站在她身后，钢琴的正上方挂着希特勒的肖像。

画中的他露出四分之三的脸，目光朝前，眼神中充满鄙夷。他的眼睛因为眼袋而耷拉着，脸颊也松弛了。他身穿一件灰色长大衣，衣服完全敞开，以炫耀他在第一次世界大战中获得的铁十字勋章。他的一只手臂微曲，握拳放在腰际：他不像个战士，倒像一个在责备儿子的母亲，或像一个用碱水擦洗地板后休息片刻的妻子，他身上有一些女人味的东西。他的小胡子看上去像假的，像为了应付歌舞表演而贴上去的一样：我以前还从来没有注意过这点。

玛丽亚回头见我正盯着那幅画像，说道："画中的这个男人会拯救德国。"

我爸爸如果听到这句话，真不知会作何感想。

"我每次遇见他，都觉得是在和先知交流，他有一双磁铁般的眼睛，它们几乎是紫色的。他说话的时候，空气仿佛被他带动了，我从来没有见过比他更有魅力的人。"

我和这个女人有什么可以分享的？为什么我会在她的房间里？为什么很多时候我总身处我并不想待的地方？我屈服了，我不再反

　　　　　　　　　　　　希特勒的试毒者

抗。亲友被一次次带离我身边，但我依然活着。人类最大的能力就是适应环境了吧，可适应得越多，我就越觉得自己不像个人。

"我一点也不惊讶他每天都会收到大量来自崇拜者的信。与他共进晚餐时我兴奋得甚至忘记了吃东西。在告别的时候，他吻了我一下，然后问我，"玛丽亚试着模仿他的声音，"'孩子，求求你再多吃一些吧，难道你不觉得你太瘦了吗？'"

"您也没有太瘦啊。"我反驳道，仿佛她刚才是在问我。

"我也这么觉得，至少不比爱娃·布劳恩[1]更瘦吧，我还比她高一点呢。"

齐格勒也提到过爱娃，那是元首的秘密女友。在男爵夫人面前突然想起他，让我有些不自在。我担心想起齐格勒时我的脸色会有变化，令她察觉到什么。

"你知道吗？希特勒说话特别幽默，我被逗笑过好几回。有一次我从袋子里拿出了一面小镜子，他注意到了，并和我说，他作为一个男人也有同样的一面镜子呢。'真是令人吃惊，元首先生，您为什么要拿一面女人的镜子呢？'克莱门斯问他，'多奇怪啊。'但希特勒说：'我用它反射阳光，晃晕老师的眼睛啊。'大家都笑了。"玛丽亚边说边笑，以为可以感染到我，"但是有一天，老师给他写了一段评语。在课间休息的时候，他和同学们都去看老师在登记簿上究竟写了什么。上课铃声响起后，他们重新回到自己的课桌前，开始合唱：'希特勒用镜子射子弹'。这就是老师在登记簿上写的东西，十分押韵呢。老师说得没错，希特勒就是一颗子弹，从某些角

1　希特勒的情妇，1945年4月在希特勒自杀前夕与他结婚，随后两人一起自杀。——译者注

度来说，他现在仍然是。"

"就是因为这样，他就可以拯救德国？"

玛丽亚皱起了眉头："罗莎，不要拿我当傻子耍，我不允许任何人这么做。"

"我不是不尊重您。"我解释道。

"现实点吧，你应该知道我们需要希特勒。要在希特勒和斯大林当中选一个，无论谁都会选择希特勒吧？难道你不会吗？"

如果格雷戈尔不曾告诉我布尔什维克的天堂是一堆乞丐居住的棚屋，我对斯大林或苏联就一无所知。但我对希特勒的愤怒是个人的。他把我的丈夫从我的身边带走了，而我每天都在死亡边缘为他工作。我的存在完全掌握在他的手中，这令我十分厌恶。希特勒供给我营养，但营养同样可以杀了我。归根结底，给予最终会让生命走向死亡。格雷戈尔曾经说过："在创造之前，上帝先考虑了灭绝。"

"难道你不会吗，罗莎？"玛丽亚又一次问我。

我简直发自本能地想告诉她克劳森多夫军营里发生的事情，告诉她当我们中毒的时候党卫军对我们做了什么。但我只是机械地点点头。为什么我会觉得试毒员的故事能让她心生怜悯呢？说不定她早就知道了。男爵夫人与元首共进过晚餐，也邀请过齐格勒参加她的招待会。她和中尉是朋友，不是吗？突然地，我想谈谈他，而不是希特勒，我想通过她的眼睛看他。我自己都对自己当试毒员的故事失去了兴趣。

"不幸的是，每一次的变化都会使一些新东西出现，不过新的德国将成为使我们所有人都生活得更好的地方，对你来说也一样。"

她弹起琴，关于德国的讨论已经结束了，她还有其他东西要去追求。玛丽亚对所有事情都充满了一样的热情，我们可以谈论元首，也可以讨论奶油水果蛋糕；她可以背诵一首斯特凡·格奥尔格的诗，或者唱一段因为她亲爱的希特勒而被迫解散的"六重唱"组合的歌曲：所有事情对她来说都一样重要。

我没有责怪她，我再也没有办法责怪任何人。事实上，我很喜欢她那随着节奏摇晃的脑袋和她催促我唱歌时弯弯的眉毛。

第二十七章

　　我问阿尔贝特他是否亲眼见过阿道夫·希特勒。是的，他当然见过他，这算什么问题。当我请求他描述接近他的感觉时，他告诉我，他的眼睛像磁铁一样。

　　"为什么你们都提起他的眼睛，难道他其他地方都没法看吗？"

　　他打了一下我的大腿："你真无礼！"

　　"哎呀，你也太谨慎了。所以，他到底怎么样？"

　　"我不愿意评论元首的外貌。"

　　"那你带我亲眼去看看吧，把我带到狼穴去。"

　　"说得轻松。"

　　"你可以把我藏到面包车的后备厢里。"

　　"你难道没有见过他吗？那么多次游行你都没有见过他？"

　　"你到底带不带我去啊？"

　　"你以为那是哪儿？舞会吗？你不知道那里的铁丝网都是通电的？路上都铺了地雷，每天不知道多少野兔被炸飞。"

　　"这么吓人。"

　　"你才明白？"

　　"但是我是和你一起去啊。"

"好吧，我看你还是没明白。要进到最后一层关卡，也就是希特勒住的地方，你需要有一张通行证。那一定是他邀请你，你才会有的，否则无论如何你都会被检查的。元首的府邸不是对谁都敞开大门的。"

"真不好客。"

"别说了。"我的玩笑让他很焦躁，就好像我看低了他的身份一样。"他在森林里建一个军事总部，又不是让人随意进出的。"

"你跟我说过，那里面住了两千多人，还有四千多人在那里工作。所以总体来说，它大得像个镇子，谁会注意到我进去了呀？"

"我不知道为什么你那么关心那个地方。那里没有什么可看的，而且常年照不到太阳。"

"为什么常年照不到太阳？"

他不耐烦地叹了口气："因为树枝互相交叉，上面又堆满了树叶。掩体的房顶上也长满了树和灌木。从高空看下去只能看到森林，所以他们永远也找不到我们。"

"真是天才呢。"我还在开玩笑。为什么我要问这么多？也许是因为我想到他们费了这么多的人力和物力来阻挡和埋葬敌人而感到不安。

"你今天让我有点不自在。"

"我只是想知道你在那边是怎么打发时间的。那里也有女人吗？"

他故意歪着头看我。

"你说呀？"

"真可惜，"他笑了，"不太多。"

我掐了一下他的胳膊，而他捏紧了我的乳房。但这也不能让我停下来。"那你至少给我带一根元首的头发吧，我把它给裱起来。"

"你说什么？"他跨坐到我上面来。

已经快到早晨了，第一缕阳光透过细缝照射进来。我轻轻地抚着他左臂下方文身[1]的起伏。那里刻着"AB型RH阴性"和他的军官号。我继续挠他痒，直到他抓住我的手腕来保护自己。

"你为什么要他的头发？"

"我可以把它挂在我的床头啊……哦，如果你没办法替我拔一根元首的头发，给我一根布隆迪的毛也行。"我在阿尔贝特咬我的锁骨和肱骨时笑着跟他说。

"你想从一个总是做这个动作的人那里拿点纪念品吗？"他向上挤了几次嘴角。

他正在模仿元首抽搐时的样子，我放声笑了起来，又赶忙用双手捂住自己的嘴。阿尔贝特见状也低低地克制地笑了起来。

"你刚才还那么维护他呢，现在你又不尊敬他了。"

"他就是这样的吗，又不是我的错。"

"我看啊，这都是你自己编的吧。你相信了那些反对者的谣言，玩起了他的敌人们做的游戏。"

他一把扭住我的手腕，直到我的关节嘎吱作响。"你再说一遍！"他冲我凶道。

几乎是黎明时分了，我们应该分开了，但只有现在我可以看见他的脸，我没有办法不去看他。他额头上的皱纹里以及他下巴的曲

---

1 "二战"时期，纳粹党卫军左臂腋下会文记录血型的文身，方便在昏迷时让医生正确输血，这在战后成为人们辨识纳粹分子的有力证据。——译者注

线上的一些东西让我十分害怕，我紧紧地盯着他的脸，却没有办法勾勒出它的轮廓。我只能感受到他僵硬的下颚，他粗重的眉毛像是架在脚手架上的横梁。粗重的是粗俗的，因为它意味着某种内聚力的丧失，然而粗俗的东西也可能是令人兴奋的。

"你要是不做党卫军，可以做一名演员。"

"适可而止吧，你今天太疯了。"他一只手捏着我的脖子，另一只手握住我的手腕，他紧紧攥了几秒钟，我不知道具体过了多久。疼痛一直蔓延到我的太阳穴，我瞪大了眼睛，他终于松开了手。

他抚摸着我的胸骨，然后用手指、鼻尖和头发折磨般地挠我痒痒。我笑着，同时感到害怕。

阿尔贝特跟我讲了一些元首的故事。似乎元首才是那个喜欢模仿别人的人：通常在用餐期间，希特勒会回忆起他某个同僚的故事。他的记忆力非常惊人，因为他从来不会忽视任何一个细节，当日值班的同僚心甘情愿地接受着其他人的嘲笑，而且与有荣焉。

希特勒疯狂地热爱着布隆迪，也就是那条德国母牧羊犬，他每天早晨都会带着牧羊犬出门小解，带它跑步，即使爱娃·布劳恩不喜欢这条狗。也许她是出于嫉妒吧，因为这条母狗居然可以进入她情人的卧室，而她从未被拉斯腾堡的军事总部邀请过。再说，她从未被官方宣称是希特勒的女友。她说布隆迪壮得跟头小牛似的，但希特勒向来讨厌小型犬，他认为小型犬与政治家的身份不相符，所以他称爱娃的两条苏格兰梗犬尼格斯和斯塔西为"清洁工"。

"你知道吗？它唱歌比你还好听。"阿尔贝特说。

"布劳恩？"

"不，布隆迪。我向你发誓，他一让它唱歌，它就开始大吼大叫。
他越是煽动它、称赞它，它就呜咽得越响，几乎是嚎叫了。然后他说：
'不是这样的，布隆迪，你必须以较低的音调唱歌，像札瑞·朗德尔那
样。'而它呢，我向你发誓，就真的遵照他的说法去做了。"

"你是亲眼所见，还是听别人这么跟你说的？"

"有几次正好轮到我去参加晚茶，他并不总邀请我。再说了，
我也不太喜欢参加晚茶，他们总是把时间拖得太晚，让人从来不能
在五点前上床睡觉。"

"你说的就好像你现在睡得更多似的。"

他轻点了一下我的鼻尖。

"天这么暗，还有宵禁，难道你想回狼穴就能回去吗？"

"我不回去，"他说，"我去克劳森多夫睡觉，就在军营里的扶
手椅上睡就可以了。"

"你疯了。"

"难道你以为我的床垫就更舒服吗？狼穴的房间就是一个洞而
已，现在天气这么热，可我又不能让天花板上那个电风扇一直转，
那个噪声快把我逼疯了。"

"可怜的齐格勒中尉睡眠很浅啊。"

"那你呢？和我在一起之后少睡的那些觉，你都怎么补回来？"

"自从搬到这里，我基本上每晚都失眠。"

"我们都是失眠的人，他也是。"

他告诉我，有一次元首的手下用汽油消灭了侵害该地区的昆
虫，可不知不觉地，他们也消灭了所有青蛙。夜晚没有了它们刺
耳的歌声，希特勒居然无法入睡，所以他派了一群人在整个森林

里寻找青蛙。

我想象着，党卫军们在夜晚深陷于沼泽中，周围许多未被消灭的蚊子和幼虫正快速地繁衍着，它们也无法相信居然可以吸食到这么多年轻的血液，在青春的德国人的身躯上盖上它们的印章。这些德国人害怕无功而返，他们举起火把，追逐着跳跃的青蛙，却无法抓住它们。他们甜蜜地呼唤着青蛙，就像我叫我的扎特一样。他们的嘴唇轻微地拍打着，但他们并不是要去亲吻青蛙，把王子从魔咒中释放出来结婚。终于，他们抓到了青蛙。他们狂喜着，但下一瞬间青蛙又逃开了。为了再次抓到它，他们不慎跌倒，满脸都是泥浆。

总之，那是一个幸运的夜晚。希特勒让他们回来了，这种事一次就够了。青蛙被重新放回到它们的位置上，我想象着党卫军不断地催促着青蛙们："呱呱叫吧，求求你们啦，呱呱叫吧，小青蛙，亲爱的小青蛙。"元首在再次表现了他的宽大后去睡觉了。

阿尔贝特也睡着了，他的侧脸枕在我的肚子上。我保持着清醒，注意着周围的每一阵声响。干草房就是我们的巢穴，每一种罪行都有一个自己的巢穴。

第二十八章

今天晚上，狼没有办法入睡。他可以不停地说话，一直到天亮。党卫军们一个接一个地打着瞌睡。他们的头摇晃着搭在手掌上，搁在桌上的手肘不停地抖动着，勉强撑住了脑袋。重要的是，只要有人，即使只有一个人还保持清醒，狼今晚就仍不想睡觉，没什么原因，他就是不想睡。睡觉是可以欺骗人的，有多少闭上眼睛的人想再睁眼时发现自己永远都睁不开眼睛了呢？睡眠看起来太像死亡了。"为什么我们要去相信它呢？睡吧。"妈妈说完眨了眨那只完好的眼睛。今天下午晚些时候，她的一只眼睛被打得青肿；她的丈夫更喜欢她颧骨被打紫的样子：当他喝酒的时候这种情况会更加严重[1]。"嘘，"妈妈说，"你去睡吧，小狼。"但是狼已经知道，他需要一直保持警惕，不可以有一丝一毫的松懈，不然无处不在的叛徒随时准备消灭他。"抓住我的手。"他的妈妈抓住他。"和我在一起。"党卫军点了点头，他正在等着粉末生效，直到元首睡着。他一直在边上守着，等到元首瘫倒下去，他检查了元首的呼吸：他的嘴巴张大，

---

1 大量资料证明，希特勒的父亲经常家暴希特勒和他的母亲。希特勒的父亲心脏病爆发身亡时正是在一家酒馆里。——译者注

　　　　　　　　　　　　　　　　希特勒的试毒者

他像婴儿一样睡着了。现在党卫军可以离开，让他好好休息一下了。

于是只剩下元首一个人在那里。死亡正在潜伏，这是无法控制的，这是一个无法征服的对手。我很害怕。你在害怕什么，小狼？我害怕那个在柏林奥运会上想当众亲吻我的荷兰大胖子。哎呀，别犯蠢啦。我还害怕那些叛徒，害怕盖世太保，害怕我的胃会让我得癌症。来吧，来我这儿，小家伙，让我替你揉揉肚子，你的绞痛很快就会过去的，你吃了太多的巧克力。毒药，我害怕有毒药。但是有我在呢，你不应该害怕这个。我就像母亲把奶瓶中的奶倒在手掌上试温一样试吃你的食物，就像母亲把装有面糊的勺子贴在嘴上试吃，太烫了，她会吹一吹，吃之前先用上腭试一下。有我在呢，小狼，是我的献身让你感觉可以永生。

第二十九章

我们在草地上铺了毛巾，湖面泛起一些涟漪，温度很适合游泳。乌尔苏拉和马蒂亚斯不想从水里出来，海克就躺在一边睡觉，乌拉坐在一条搁浅的船上，她的双腿交叉着，偶尔调整自己泳衣的肩带，莱妮则立即潜下了水。她游得飞快，目光都追不上她，而我正在看一本玛丽亚借给我的小说。我一边翻着书一边帮海克盯着两个孩子。

离毛巾不远的地方，有一个东西引起了我的注意。那是两根树枝，一根插在地上，另一根横着钉在它上面，形成了一个十字架的形状，一个军用头盔挂在了十字架的一端。

那个死去的士兵是在什么时候、什么战争中死的？最重要的是，他是死在这里吗？还是他的父母、妻子或姐妹决定在湖边用十字架纪念他，因为这是一个甜蜜而宁静的地方？这里是这个儿子、丈夫或兄弟从小与伙伴们一起比赛跳水的地方吗？

格雷戈尔迟早也会在他曾经喜欢的地方得到一个这样的十字架，但是我却没有权利去纪念他。

乌尔苏拉的声音让我回过头。"妈妈！"海克蓦地醒了。

"妈妈，马蒂亚斯掉到水里去了，他溺水了！"

希特勒的试毒者

我立刻跑到岸边，海克跟着我。"我不会游泳，"她说，"救他回来，求求你。"

我立刻跳下水，试着喊莱妮，远处的她看上去只是一个非常小的点，她并没有听见。她游泳游得最好，我的技术不行，我慢慢地游着，很快就累了。乌拉在哪里？

我来回地划着手臂。"别担心！"海克在岸上对儿子大声喊道，乌尔苏拉也学着她叫。我尽可能地游得快一些，我看见马蒂亚斯的脑袋沉下去又浮上来，他扭动着，不停地呛水。我不想独自承担这个责任。为什么那个笨蛋莱妮没有回来？还有乌拉,她到底在和谁调情才能什么都没有注意到啊？我渐渐喘不上气了，而马蒂亚斯还在很远的地方。休息片刻后我再次出发，然而马蒂亚斯再次沉入水中，再没有出现。我用我所有力气向前划，前进中我看到一个男人快速地游去，潜水片刻后，他再次出现，孩子就在他的背上。没过几分钟他就把孩子拖到了岸边。

我停止喘气，也游到了岸边。

躺在岸边的马蒂亚斯已经恢复了血色。

"你为什么要跑到河里去？"海克高声叫道，"我警告过你不许下水的。"

"我想去找莱妮！"

"你真是没有脑子！"

"冷静冷静，行了，反正现在他没事儿了。"乌拉劝说着。

在她们身旁站着两个男孩子。他们抱着双臂看着眼前发生的一切。其中一个想必就是救马蒂亚斯的人了。

"谢谢您先于我赶到了，"我道谢，"我当时已经累得不行了。"

那个个子比较高的男孩说："没事的，不用谢。"然后他转向马蒂亚斯："如果你愿意的话，我可以教你怎么正确游泳，但是你得保证在你学会之前不独自下水。"

马蒂亚斯点点头，站起来，突然十分振作。

"我是海纳。"男人伸出手自我介绍。

马蒂亚斯也做了自我介绍。

"我是恩斯特。"另一个说道，然后一拳砸在海纳的肩膀上："真有你的，军士。"

他们是两名陆军士兵。海纳对电影充满了热情，他经常在前线拍摄影像，也执行放映员的任务。"现如今，真正的电影艺术是纪录片。"后来他坐在海克的毛巾上对我们讲解道。莱妮很久之后才回来，和我们围坐在一起。她根本没有意识到这期间究竟发生了什么。"等战争结束了，"海纳说，"我想成为一名电影导演。"

恩斯特一直梦想着能够为德国空军服役，他从小学就开始设计飞机。但是他有先天性的视力缺陷，所以不得不改投陆军。

他们在离狼穴不远的地方搭了一个电影放映室，那其实就是在一个帐篷里面放一些允许上映的片子，所以实际上能放的电影很少。"但是这些胶片中有着真正的宝石。"恩斯特解释说。他边说边看着莱妮黑色泳衣没有覆盖到的月光一样的皮肤。"什么时候你们和我们一起看一场电影就好了。"

乌拉报了一连串札瑞·朗德尔主演的电影："《希德尼的囚犯》你们有吗？还有《父亲的家》，那是我的最爱！"

我们成了朋友，尤其是莱妮，她接受了恩斯特的追求，没有争辩，也没有去想自己是否愿意，她几乎把他的意愿当成一个无法拒

　　　　　　　　　　　　　　希特勒的试毒者

绝的任务一样接受了。莱妮是典型的逆来顺受的性格，如果不是因为她胆子太小，她本将是我们中最优秀的试毒员。

在齐格勒面前，我的表现和她的并无两样。

早上，赫塔的目光似乎在监视我，约瑟夫的沉默掩饰着失望。在克劳森多夫的军营里，党卫军用极大的热情搜我的身，我觉得是我自己的身体让他觉得他可以这么肆无忌惮，因为这就是一副极其淫秽的身体。到餐厅的时候，艾尔弗里德如同我穿棋盘格花纹衣服那天那般审视我。我有多久没有把那件衣服从衣柜里拿出来了——从我意识到我是一个聪明的隐藏者那天起。或者，我只是没有办法相信我可以这样从容不迫地做到这件事情吧。

通常在下午的时候，我会到干草房去找寻阿尔贝特的痕迹。我没有任何理由在那个时候到干草房去，我希望赫塔不会注意到。她忙着从火热的炉子里面取出面包，约瑟夫正在城堡里面照顾玛丽亚和花园，如果没有家庭教师的照看，迈克尔和约尔格会一起在那里玩乐。

我打开干草房破旧的门，里面干燥的气味捏住了我的鼻孔。在未来，直到永远，我都会将这种气味和齐格勒联系在一起，每一次闻见都会瞬间崩溃。我将屈服，也将破碎。我不知道还能用其他什么方式来描述爱情。

干草房里没有阿尔贝特的痕迹，也没有我们的痕迹：那些工具和家具都被随意摆放着。没有任何东西被移动过，一切都维持着原样，我们的相会没有在这个世界上留下任何踪迹。它发生在一个悬停的时间里，是最可耻的美好。

第三十章

"阿尔贝特，你听见了吗？"他睡着了，于是我摇了摇他。

他的嘴巴有一些干涩，开口说话前先咽了一口口水："没有，怎么啦？"

"有个声音。好像有人在推门。"

"也许是风吧。"

"什么风连一片叶子都吹不动啊？"

是约瑟夫，我想。他知道了，他已经知道几个星期了，现在他再也不想装下去了。或者是赫塔，是她让约瑟夫来的。我居然在她的房子里冒犯她。"在我的屋子里，约瑟夫，你明白吗？"

我穿上睡衣，起了身。

"你在做什么？"阿尔贝特问。

"快穿衣服！"我光着脚碰了碰他。我无法忍受当门打开时我的公婆看到这样不堪入目的场景。

当阿尔贝特站起来时，我本能地寻找怎么把他、把我们都藏起来的方法。可是能藏在哪里？门外还在不停地刮擦，他们为什么不直接打开它？

他们一定是在愤怒的刺激下来到了这里，但是在干草房前面瘫软了，他们不想看到这样的场景，也许最好的方法是再次回到他们的床上；对于他们来说，我是那个最像他们孩子的人了，他们可以原谅我，或者一直对我暗中抱有不满，却并不爆发出来让人察觉——每个家庭都有这种沉默着的怨恨。

门外的噪声还在继续。"你现在听见了吧？"

阿尔贝特说："是的。"他的声音在我听起来也充满了焦虑和不安。我想彻底结束这场折磨，所以我冲到门口，打开了门。

一见到我，扎特就喵喵直叫。它捉到了一只老鼠，老鼠在它尖锐的犬牙下几乎被咬断了头。我厌恶地向后退了一步。赫塔和约瑟夫不在那里。

"一个意想不到的礼物吗？"阿尔贝特压低声音说。他知道我早就慌了神，试着安慰我。

"猫什么都知道，它知道我在这里。"

最后总会有人发现的：我们没有办法从容不迫地做这件事情。扎特知道了我们的秘密，它杀死了一只老鼠并把它带给了我，这与其说是礼物，不如说是它的一个警告。

阿尔贝特把我拉进干草房，关上了门。他温柔地拥着我，然后紧紧地抱住了我。他也很害怕，不是为了他自己——他无所谓——他是为了我害怕。他不希望我因为我们的关系而受苦。就是这样。我也抓紧了他，我想好好照顾他，我想要证明给他看。那一刻，我认为我们的爱情是值得的，不比其他的爱廉价，不比在这个地球上得到的其他庇护逊色，我们没有犯任何错误，我们不应该受到谴责。当我再次拥抱他的时候，我会再次呼吸，轻柔得就像在柏林和我睡在一张床上的保利娜一样。

第三十一章

如果闭上眼睛倾听，会发现食堂里的声音很好听。有叉子在盘子上发出的呲呲声，有倒水发出的沙沙声，还有玻璃放在木头上发出的叮叮声，嘴巴嚼食物的声音，脚步在地板上发出的嗒嗒声，人声和鸟儿飞翔的声音，还有小狗的叫声以及从打开的窗户外传来的遥远的拖拉机的轰鸣声。这一切都如同普通的生活：人们吃饭是为了不致饿死。

然而当我睁开眼睛，我看见的是身穿制服的看守，还有上了膛的武器，牢笼的边界，餐具碰撞的声音回荡着，这个被压抑的声音即将要爆炸。我想到了前一天晚上，我听到的那个恐怖的声音和那只被杀掉的老鼠。我没有办法再维持这个谎言。每当我和那个人在一起时，我就要背负这个沉重的枷锁，我很惊讶他看不见这个枷锁，不过我也没有就此感到放松：早晚他会看见的，看见我活在戒备之中。

那天早晨我出门等巴士的时候，猫蹭了蹭我的脚踝。我惊恐地动了一下。"我知道你的秘密，"它威胁我，"你现在不安全。""你干吗这么对小猫？"赫塔问我。我感到我快死了。

　　　　　　　　　　　　　希特勒的试毒者

当其他女人都出去的时候，我仍然坐在那里。食堂里的声音已经被打断了，然而扎特的爪子一下一下地挠着门，继续折磨着我。

"柏林人，"艾尔弗里德坐到我的身边，手肘放在桌子上，手掌托着下巴，"你消化不良吗？"

我决定逗逗她："你知道的，毒药让我的胃有些灼烧。"

"这种情况下，牛奶可以帮助你缓解症状，但是现在你可千万别去偷呀。"

我们都笑了，艾尔弗里德把椅子转向一边，这样正好能让她看见庭院内的景色。

海克坐在秋千上，贝雅特推着她，她们像两个正在玩耍的女学生，也许她们就是这样一起玩着长大的。

我注意到艾尔弗里德也在观察她们，便说："她们真是非常好的朋友啊。"

"然而，"她回答说，"海克出事的时候贝雅特不在她身边。"

这是她第一次提到海克堕胎这件事情，虽然她还是没有直接说出那个词。

"是海克不想让她卷进来的。"我反驳道，"谁知道为什么。"

"因为她不想告诉她关于那个十七岁的人的事情啊。"

原来艾尔弗里德也知道这件事情。的确，在森林里海克应该向她吐露了一切。

"他们现在还在一起。"她补充道，"人们用爱情来解释他们的所有行为。"

这句话刺激到了我，我眼前仿佛又浮现了那个干草房、激动的阿尔贝特和在扎特的犬牙下丧命的那只老鼠，我不得不强撑着说道："难道你觉得这不对吗？"

"问题是，柏林人，任何人都可以为自己的行为找个解释，借口总是有的。"

她此时转向了我。

"如果海克真的觉得她做的一切都没有错，她会和她最亲密的朋友开诚布公的。你知道为什么她面对我们的时候不害臊吗？因为我们不太关心她。"

她抬了抬左眼，就好像她还在想着这件事情一样。

"或者，"她说，"海克想了一下，贝雅特还没有准备好知道这件事情，她不想知道这种事。很多时候知道一件事情会成为一种负担。所以海克不想给贝雅特造成负担。总之贝雅特很幸运，她不需要承受这种负担。"

她戳穿了我，她谈论的是我，她在要求我向她倾诉。我不需要把一切都藏起来，我可以和她分享这个负担，她不是贝雅特，她会理解的。

万一她告诉我，我比海克更加糟糕呢？

管他呢，我已经不在乎了，至少在艾尔弗里德面前，我希望可以保持诚实，这样至少可以让我的负罪感轻一些。她会告诉我被杀死的老鼠并不是一个坏的兆头，我会相信她的。

她起身找守卫，要求陪同去洗手间。这是一个信号，她希望我能效仿她，以前就有过这样的一次。还是，她在暗示我按兵不动？"永远不要坦白，不要让我成为你的帮凶。"

她的裙子包裹着她的腿，到她的小腿肚那么长。她的肌肉随着脚尖和脚跟的交替，不断地绷紧和松弛。她笔直而骄傲的步态令我着迷。从一开始，艾尔弗里德就让我产生了这样的感觉：如果我的目光追随着她，她就会把我勾走。这也就是为什么我发现自己跟随着她的脚步，跑向了看守，说道："我也要去上洗手间。"

在洗手间里，艾尔弗里德正准备关上隔间的门，我阻止了她。

"你不用洗手间吗？"她问道。

"不，我可以等一等。我想跟你谈一谈。"

"但是我等不及了。"

"艾尔弗里德……"

"听着，柏林人。我们的时间很少。你能替我保守一个秘密吗？"

我感到我浑身的器官在胡乱地碰撞着。

艾尔弗里德把手伸进了口袋，非常小心地从里面掏出了一根烟和一盒火柴。

"我就是在这儿偷偷吸烟的。秘密被你发现了。"

她蹲在厕所的一个角落里，点燃了烟，吸了一口，然后微笑着作势把烟扔向我的脸。我靠在门框上。有时候，艾尔弗里德表现出的轻松非但没有劝阻，反而加速了我与她交谈的决心。她会理解我，我会如释重负。

门外传来女人的声音，艾尔弗里德把我拉到她身边，快速地关上了门。她最后吸了一口，把烟头对着瓷砖，把它熄灭了。她的手指放到唇边，做出了一个嘘声的动作。与此同时，一个女人进来，关上了一扇隔间的门。

我们此刻近得就像第一次见面那样，但这次艾尔弗里德不想恐吓我，她用我从未见过的明亮的双眼看着我，手指间还夹着香烟。

她左手挥动着，驱散空气中烟雾的气味，这种犯罪的气氛使她感到愉快，她的鼻子哼了一声，又立刻停住了。她把头缩在了肩膀里。我们是如此接近，一个挨着另一个。我就像她的分身，也突然笑了起来。有那么一瞬间，我忘记了我们是在什么地方认识的，我和她之间经历了什么事情。这个瞬间，这种她允许我踏入她的空间带来的满足感，让我找到了那种高中时才有的舒适感。我们就是两个女孩子，艾尔弗里德和我藏在一扇小门背后分享着一个无害的秘密。这种秘密根本不值得添加到我的秘密清单里。

那个女人走出洗手间时，艾尔弗里德立刻把她的脸贴近我，她的额头碰到了我的额头。

"我再把烟点上，"她轻声地问，"还是你觉得这样做太危险了？"

"可能守卫在想我们到底在里面干什么，"我回答她说，"说不定一会儿他就要进来要求我们……"

"你说得没错。"她狡黠的眼睛闪闪发光。

她拿出一盒火柴。

"如果你想的话，我在这里和你抽完。"

"你竟然要这样？"

"你至少抽两口吧。"

那噼啪作响的火焰燃烧着纸张。

"所以，你先吸一口。"她边说边把烟放到了我的嘴里。

我略带尴尬地吸了一口。与其说我吸食它，不如说把它吞了下去，我有一点点的恶心。

"你居然没有咳出来，非常好。"艾尔弗里德微笑着收回了她的烟。

她吸了很长时间，半闭着眼睛，看起来十分宁静。

"如果他们发现了，你会怎么做？"

"我会陪在你身边的。"我戏剧般地把手放到胸前说。

"反正就算他们发现了，"她说，"他们惩罚的也是我，关你什么事情啊。"

就在这时，看守终于决定敲门了。"你们还不出来？"

艾尔弗里德把烟扔进马桶，冲了水，打开了我们躲着的那扇门，然后打开洗手间的门，走开了。

我们沉默着走回去。艾尔弗里德看上去像突然专注于一件我没有办法猜到的事情，她的眼睛不再闪烁，也不再笑了，前一秒的亲密关系已经消失了，我有种近乎羞耻的感觉。

我们并不是两个一起玩耍的高中女生，而我也不懂这个女人。

在食堂里，她突然想起来："哎，柏林人，你刚才想跟我说什么来着？"

如果我不能理解她，她又为什么需要理解我呢？

"没什么。"

"喂，别这样啊，拜托啊，我也不是有意要打断你的，不好意思啊。"

把齐格勒的事情告诉别人实在是太危险了，我简直不敢相信我刚才准备做这件事情。

"真没有什么事。"

"好吧，随你便吧。"

她看上去很失望，走进了院子。为了留住她，让她和我在一起待得更久一些，我脱口而出："小时候，我趁我弟弟睡觉的时候，钻到他的摇篮里，用力咬他的手。"

艾尔弗里德没有接话，她在等我说完。

"有时候我觉得这就是他不再给我写信的原因。"

第三十二章

我知道阿尔贝特有妻子和两个孩子，但是当他告诉我，两周之后，也就是7月的第二个星期他会回巴伐利亚的家时，我有一种似乎从来不知道这件事情的感觉。在我们见面的这几个月里，他从来没有休过假：他的家庭对我来说是一个抽象的概念，不比一个失踪了或者死了，或者只是决定不回到我身边的丈夫来得更加真实。

我朝一侧蜷缩着，把自己置于黑暗之中。阿尔贝特拍了拍我的肩膀，我试着用背拱回去，但是他没有放弃。可是我在期待什么？难道他会为了不让我孤单就放弃回家的机会，放弃给孩子们掖好被角的机会，放弃和他的妻子一起睡觉的机会？

一开始，想象要远离他还是很容易的，甚至说我需要离开他。我想象他和其他女人在一起的场景。我看见乌拉在他的身上摆动，阿尔贝特紧握着她的臀部，她的皮肤上会留下他指甲的掐痕，他会伸长脖子，吸吮她尖尖的乳房；我看见莱妮被阿尔贝特夺去童贞时脸上的那些绒毛竖起的场景；我甚至想象是阿尔贝特让海克怀孕的。这些想象并没有让我感到痛苦，这反而是一种宽慰。我感到那是一种解脱：我可以失去这个男人。

然而在他告诉我他要休假回家的那个晚上，我感到一扇门

"砰"地关上，直接打在了我的脸上。阿尔贝特关上了打在我鼻子上的门，把他自己和他的妻子关在了门的另一头，他的生活与我的生活分开了，他根本就不关心我会不会在门的外边等他。

"我又能怎么办呢？"他问我，手掌还抚摸在我的背上。

"你想干吗就干吗。"我头也不回地回答他，"总之战争结束之后我就会回柏林去。所以，如果你愿意的话，你现在就可以把我忘了。"

"但是我做不到。"

我笑了。这再也不是情人之间愚蠢的笑声。爱情已然衰败，而我发出了忌妒的笑声。

"你为什么这样？"

"因为你真可笑。我们被迫来到乡下，当然迫不及待地想离开了。你是党卫军，你带了一个没有选择的人上床。"

他把手从我的背上抽回去。失去他的触碰让我感到一丝危险。他不再说话，我也没有穿上衣服。他没有睡着，一动不动，像泄了气。我希望他还能再碰我一下，他可以抱住我。我不想睡着，也不想看到日出。

回过神来，我想到我们并没有权利谈论爱情。我们现在生活在一个残缺不全的时代，它已经颠覆了每一种确定性，破坏了所有家庭，削弱了每一种生存的本能。

我对他口不择言后，他大概会相信我把他带进干草房是因为我对他的畏惧，而不是因为那看似古老的亲密。

我们的身体间更像有一种兄妹般的情谊，就好像我们小时候一起玩耍过一样；仿佛在八岁的时候，我们互相咬了对方的手腕留下了"手表"的牙印，牙齿的痕迹因为唾液还闪闪发光；仿佛我们曾经睡在同一个摇篮里，相信对方身上的温暖气息就是整个世界的味道。

然而这种亲密并不来自过去，相反，这是一场灾难的开始。我将手指滑过他胸口中间的凹陷处，而我个人的生活已经被夷为平地。时间虽然在转动，却没有任何进展。我把手放到他的肚子上，阿尔贝特睁大了眼睛，弯曲着他的背脊。

我从来没有想过要去相信他说的话，他说得很少，甚至什么都没有说。他的谈话中总是泄露出一丝疏离感。他没有上前线是因为他的心脏有杂音，但是他对德国的严谨奉献使他在武装党卫队有了一席之地。但是有一天，他要求调到其他职能部门去。"其他职能？"有一次我问过他这到底是什么意思，但是他没有回答我。

而那天晚上，在我拒绝了他，只用背对着他之后，在一片沉默中，他说道："他们自杀了。我们当时在克里米亚。"

我转向他："谁自杀了？"

"党卫军的官员，还有国防军的官员，每个人。他们有的抑郁，有的酗酒，还有的无能为力。"冷笑让他的脸变得有些陌生，"还有一些人自相残杀。"

"你们在那里干什么？"

"有些女人很漂亮，她们都脱了衣服，全裸站着：她们要去洗衣服，然后把它们放到行李箱里，衣服还要再穿的。他们给她们拍照。"

"谁？哪些女人？"

他没有动，脸上发出了光，但他似乎不是在跟我说话。

"那些人都是带着好奇心过来的，甚至还带着孩子，他们拍了好多照片。有些女人特别漂亮，你简直做不到不看她们。我们中的一个人没有把持住，有一天早晨我看到他倒在地上，步枪压在身下。他晕过去了。另一个人跟我承认他睡不着……他们一定要高高兴兴地满足自己的欲望。"他提高了音量。

我赶紧捂上他的嘴巴。

"然后报应就来了，"他继续说，他没有把手拿开，是我松开了手，"我还能和他说些什么？我知道他们强暴了那些女人，全部都强暴了，虽然这是被禁止的，但是反正她们也不可能再说话了。需要的食物配给成倍地累积，所以每天必须结果五十个人。这对我们来说也是个难题。"

阿尔贝特的脸皱了起来——每天五十个人，他很害怕。

"有一天早晨，其中一个人疯了。他没有把枪瞄准她们，而是朝我们开了枪，所以我们互相打了起来。"

我那时不知道有一些乱葬岗，在那里犹太人被挨着平放，每一个人的头部都被重重地捶打过，尸体被抛到地里，撒上灰和漂白粉它们就不会发臭了。而尸体上面又会堆上一层新的犹太人，他们的脖颈裸露着。我当时不知道，那些孩子被拎着头发站立着枪决，那里排着长达几公里的犹太人和俄罗斯人——他们是亚洲人，他们和我们不一样——他们都即将跌进坟堆里，或被抓进卡车里吸一氧化碳而死。我本来可以在战争结束之前就知道这些事情，我本来可以问他的，但是我太害怕了，所以我没有办法去谈论，也不想知道这些事。

那时候我们都知道些什么呢？

1933年3月，达豪集中营成立了，那里面一共可以容纳五千人，报纸上是这么说的。那是个工作的地方，人们是这么说的，但并不是心甘情愿这么说的。"有一个从那里回来的人，"门房咕哝着，"他说囚犯们不得不一边挨打一边唱《霍斯特·威塞尔之歌》[1]。啊，这就是为什么人们喊它作'音乐场'了吧。"看门人开着玩笑，又继续打扫起来。他本来只是想玩玩宣传敌方的纸牌[2]——简单地说，反正每个人都玩——但不巧被抓了。那些从达豪集中营回来的人都连声说："请不要再问我问题了，我说不出来。"这时候人们就会很担心。而杂货商保证说："那是一个充满罪犯的地方。"尤其是当很多人都在听的时候，他就会这么说："那里关着持不同政见的共产党之流，那是为那些不闭嘴的人专门设立的地方。'上帝啊，请别让我说了，我不想去达豪集中营'几乎成了一句常用的祷告词。""他们让里面的人穿上为国防军准备的新靴子，"人们说，"他们多穿一会儿就可以软化新鞋，这样，士兵们穿着它们才不会脚上冒水泡，至少这种风险可以被消除了。""劳教所就是用来给你洗脑的，"铁匠解释说，"你离开那里的时候，一定早就失去批评的想法了。那首歌是怎么唱的来着？它叫《十个小评论家》，就连孩子都会唱这首歌。'如果你表现得不好，你就会被送到达豪集中营去。'父母们都这么威胁孩子，达豪，就是关坏人的地方；达豪，就是坏

---

1 又称《旗帜高扬》，是1934年纳粹德国国歌《德意志高于一切》之外的另一首非正式的德国国歌。至今其歌词与旋律在德国和奥地利仍属非法。——译者注

2 "二战"期间，双方为了鼓舞士气，获得舆论支持，制作了表现本方英勇、丑化敌方形象的宣传画，把它们印在海报、明信片、纸牌及书籍上。——译者注

人肆虐的天下。"

　　而我那个时候活在担心爸爸会被带走的恐惧中，因为他向来口无遮拦。"盖世太保的一只眼睛在盯着你呢。"他的一位同事曾经这么警告过他。而我的母亲尖叫道："诽谤国家社会主义，你听听你都在说些什么。"我的父亲没有回答，他"砰"地关上了门。他一个铁路工人，知道些什么？他是不是看见了那些装满人的火车，看见男人、女人还有小孩都挤在装牲畜的车厢里？他是否也相信这个计划只是为了让犹太人重新回到东方去，就像他们说的那样？还有齐格勒，他知道一切吗，集中营的灭绝计划，还有最终的解决方案？

　　我因为未着寸缕而感觉受到了一丝威胁，于是我用手摸索着我的睡衣；我害怕他会发现并对我生气。他转身面对着我。

　　"他们告诉我，没问题。我们可以被分派到其他的职能部门去，我只是分派大军中的一个。反正备用的人还有很多，所以我可以调岗，反正这也改变不了什么。我和我的士兵可以不去做那件事，反正还有很多其他的人可以。"

　　我慢慢地小心翼翼地移动着，就好像他不允许我动一样。"天亮了。"我一边说一边起。

　　他像往常一样动了动下巴表示他知道了。"好吧。"他说，"你去睡吧。"

　　"旅途愉快。"

　　"二十天后见。"

　　我没有回答他。他刚才的话是一种祈求，只是我没有明白，甚至忽略了它。

我可以忽略齐格勒是谁而与他做爱：在干草房里，有的只是我们的身体、我们的玩笑、那个与我结盟的孩子，没有其他的东西，没有其他人。虽然我失去了在前线的丈夫，我还是可以和齐格勒做爱。我在前线的丈夫也曾不得不去杀人，杀士兵或者平民，也许他也难以入睡，无能又颓废，或者与那些俄罗斯人上了床——她们是亚洲人，她们和我们不一样——他学会了怎样打仗，他也知道战争就是如此。

许多年之后，我想象着在克里米亚，齐格勒坐在行军床边，双手的手肘靠在他的膝盖上。他交叉的手指抵着自己的额头，他不知道该怎么办。他想离开，所以想要求调离原岗，可他担心这会影响他的职业生涯。如果他离开了特别行动队，他可能再也得不到晋升机会了。这不是一个道德问题。不管是俄罗斯人、犹太人还是吉卜赛人，他从来都不关心，他不恨他们，他甚至不爱人类，他当然不相信生命的价值。

如果你可以随时结束一个生命，那你如何为它赋予价值呢？这东西是如此脆弱，价值是有力量的，生命却没有。坚不可摧的东西有价值，生命却没有。所以才会有人来请你牺牲掉你的生命，因为还有更重要的东西需要你去拯救，比如祖国。格雷戈尔就是决定这样做的，他应征入伍了。

这与信仰无关：齐格勒亲眼见证了德国的奇迹。他经常听他的士兵们说："如果希特勒死了，那我也要去死。"归根结底，生命居然这么微不足道，给某人投票就灌注了你生命的全部意义。即使斯大林格勒的战事失败了，男人们还是继续相信元首，而女人们为他的生日献上绣有老鹰和纳粹十字的垫子。希特勒曾经说过，他的生命不会在死亡的那一刻告终，而将在那一刻开始。齐格勒知道，他说得没错。

他为自己站在正确的一方而感到骄傲。没有人喜欢失败者，也没有人喜欢所有人类。你不能为从六百万年前就开始的数十亿人类的破碎的生命哭泣。这不是从一开始就有的规定吗：地球上的每一个存在迟早都会消失？亲耳听见一匹马不满的嘶叫声比想到一个不认识的人的悲惨命运更让人觉得是种折磨，正是死亡造就了历史。

怜悯之心从来都不是普世的，只存在对个人命运的怜悯。老拉比将双手放在胸前祈祷，因为他已经明白他会死去。犹太女人如此美丽，却即将失去生命。你将俄罗斯女人的双腿勾在自己的盆骨两边，那一刻你以为你受到了保护。

又或者是我的数学老师亚当·沃特曼，他在我的面前被逮捕了。受害者的形象逐渐地在我眼前清晰起来，还有其他人，他们是帝国的受害者，这个地球的受害者，上帝原罪的受害者。

齐格勒害怕无法适应恐惧，所以他每天晚上都睁着眼睛坐在行军床上。他又害怕适应了恐惧，从而无法再为任何人感到悲伤，即使面对他的孩子也是如此。他害怕他会发疯，他不得不要求调离岗位。

他的一级突击队中队长将会感到失望：“居然是齐格勒，这个尽管有着健康问题但勇往直前、从未退缩的人。谁去把这个消息告

　　　　　　　　　　　　　　　　希特勒的试毒者

诉希姆莱[1]？你给他留下了非常好的印象，他不会承认他居然看走了眼的。"

齐格勒的鲜血不是在默默地流淌，不打扰任何人，相反，鲜血流淌着，发出了"咝咝"的声音。当他在行军床上无法入眠的时候，他甚至听到了咆哮。于是他要求调职，将过去的一切扔在脑后。但是他内心的咆哮并没有停止。他有缺陷，却无法补救，对于生来就有缺陷的事情没有任何补救的措施。比如生命，它就没有补救的措施，它的目的一定是死亡，为什么人类就无法从中获益呢？

当他到达克劳森多夫时，党卫军二级突击队中队长阿尔贝特·齐格勒知道他会永远待在这个职位上，永远都不可能晋升了。他也曾经有过弥补失败的愿望，虽然内心崩溃，表面上还是保持着从前的严谨。直到有一天他来到我的窗前，开始看着我。

很多年来，我相信是他的秘密——他不能承认的秘密，也是我不愿听到的秘密——阻止了我真正地爱上他。但我错了。我对我丈夫的了解也不多，我们在同一个屋檐下住了一年，然后他就加入了战争。不，我不是不认识他。毕竟，爱情发生在了两个陌生人之间，两个迫不及待冲破边界的陌生人。爱情发生在了两个充满恐惧的人之间。不是因为那个秘密，而是因为第三帝国的沦陷，这份爱没有幸存下来。

1　海因里希·希姆莱，曾任纳粹德国亲卫队首领，内政部长。——译者注

第三十三章

夏天的时候，沼泽的气味变得如此强烈，我周围的一切似乎都将瓦解：我很想知道我是不是也要腐烂了。不是格罗斯－帕特斯奇的原因，而是我从一开始就是腐败的。

1944年的7月，天气炎热，湿气使衣服粘在了皮肤上。热气还带来了许多蚊子，它们正围攻着我们。

自从阿尔贝特离开后，我再也没有收到他的消息。所有人都消失了，不再有人给我写信。

一个周四，下班后，乌拉、莱妮、我和海纳还有恩斯特一起去看电影。天气热得难以忍受，帐篷是密封的，甚至没有可以通风的窗户，我们简直要窒息而死了。但是，午餐之后看一场电影的念头不断地在乌拉的脑中萦绕。而莱妮又想和恩斯特在一起，她一遍遍地重复着："求你了好吗？求你了。"

电影差不多是十年前拍的，取得了难以想象的成功。"它是由一个女人，一个永远都拍自己想拍的东西、做自己想做的事情的女人拍的。"乌拉是这么说的，"至少电影制作方面的人都是这么讲的。"这也许是她在她带到军营里去的那些杂志上读到的，又或许只是她自己的感想。但是她一直坚信这名导演和元首之间有着某种

　　　　　　　　　　　　　　　　希特勒的试毒者

关系，毕竟那个女导演非常地漂亮。

"她的名字和你的一样，"恩斯特打开帐篷让莱妮进去的时候说，"莱妮·里芬斯塔尔。"莱妮微笑着环顾大厅，寻找一个坐的地方。和我不同，她从来没有看过那部电影。

木制的长椅上几乎坐满了人，士兵们把他们满是泥浆的靴子搁在前排的椅子上。看到我们进去，他们中有些人用手背擦了擦木椅权当清洁，但有的人仍然将肩膀靠在墙上，歪着背，双臂交叉。他们麻木地打着哈欠，一个接着一个。我通过她们头上扎着的两根麻花辫认出了扎比内和格特鲁德。她们转过身，注意到了我们，但并没有朝我们打招呼。

我们坐在了同伴为我们找到的座位上，恩斯特和莱妮坐在右边，海纳、乌拉和我坐在左边。

海纳告诉我们，《意志的胜利》是一部先锋派电影，这部电影在各种技术上都有创新。镜头是从高空拍摄的，飞机穿过云层，穿透了白色和黑色的雾团，毫不担心被任何东西阻挡。

我看着画面上滚动的字幕——"致世界大战爆发的第20周年""致德国人陷入水深火热的第16年""致德国重生的第19个月"。我感觉那些云直直地冲向我，使得我什么都看不见了。云层下面是矗立着的钟楼，纽伦堡是如此美丽。飞机的影子投射在马路上、房子上、人群上。阴影是圣油，不是危险。

我看见莱妮的双唇张开着，舌头放在牙齿中间，她正在努力理解需要理解的东西。也许电影结束之前恩斯特就会搂住她的腰，也许莱妮向前微倾的下巴就是一种等待和给予的信号。

我用手扇着风，海纳说："快看，飞机现在降落了。"他催促我和乌拉注意，我"哼"了一声。屏幕上元首的后脑勺毫无防备，看起来甚至有些可怜。瓦格纳音乐的激情到底没有让他兴奋起来。元首向成千上万的人举起他的手臂以回应大家的欢呼，但是他的肘部弯曲，手在手腕上摇摇晃晃的——好像在说："抱歉，我跟这事儿一点关系都没有。"

后来我才知道，就在那个时候，就在离士兵们看电影的帐篷不远处，有另外一只手正在包里面摸索着。虽然少了两根手指，但他慌乱的手还是找到了一把剪刀。他打破了一个玻璃的胶囊，里面释放出了可以腐蚀金属丝的酸性物质，金属丝线十分钟之内就会被腐蚀完。

上校咬紧牙关，他的鼻孔都张大了，他翻开衬衫，把里面的所有东西装入包里，将它们仔细地藏在文件当中。他只能用一只手，或者说，他只能用三根手指来完成所有事情，他额头上冒的汗与炎热的天气无关。

没有时间了。为了迎接即将到来的与墨索里尼的会面，会议提前到了中午的12点半。陆军元帅凯特尔就在狼穴的住所外面等着——而上校后来找了一个借口才从会议室回到了外面。凯特尔冲上校吼着，让他快一点。凯特尔已经失去了耐心：虽然他以前也催促他，但是他向来对因在战场上受伤而截肢的克劳斯·申克·冯·施陶芬贝格比较尊重。那是玛丽亚喜爱的有魅力的上校啊。

施陶芬贝格拿着包出来了，凯特尔看了他一眼。其实，去参加会议时带一个装满文件的包实在是再正常不过了。但也许因为施陶芬贝格把它抱得太紧了，所以凯特尔觉得有些不太协调。"文件都在这里了，"上校说，"是关于成立国民掷弹兵新部门的。这里面的

希特勒的试毒者

文件都需要交给元首。"元帅点了点头走了。任何不协调的元素都已不太重要，现在首要任务是立刻赶到勒加布莱克参加会议。

我在那个该死的帐篷里满头大汗。恩斯特喋喋不休地说着话，逗莱妮开心。她咯咯地笑着，脸色发红，耳朵和脖子的皮肤仿佛都被她的酒糟鼻侵入了。

乌拉甚至不看电影了，改看他们。而海纳在长凳上轻轻拍打着手指。关于等级的演讲使他感到厌烦，这并不是因为内容无聊，而是因为镜头一直在重复。他手指拍打的节奏就像在催促演讲。在1934年9月5日的国家社会党大会上，每个人都只说自己想说的话。那个时候，鲁道夫·赫斯[1]还没有被希特勒宣称为精神失常，他在屏幕上喊着："您给我们带来了胜利。您会给我们带来和平。"

我不知道豪辛格将军是否同意他的这个预测，当时我也不知道，当施陶芬贝格进入会议室时，站在希特勒右边的副总参谋长豪辛格正在读一份令人沮丧的报告。从报告中大家得知，在俄国中央阵线完成了最后一次突破之后，德国军队已岌岌可危。凯特尔瞪了一眼施陶芬贝格——会议已经开始了。"12点36分，"上校想着，"只需要六分钟酸就会腐蚀完那根引线。"

希特勒背对着门坐在一张厚橡木桌边，他摆弄着放大镜，研究着摆放在他面前的地图。凯特尔在他的左边坐着，而施陶芬贝格坐在海因茨·勃兰特[2]旁边。在我们的帐篷里，迪特里希在向外国媒体假装透露德国的真相。施陶芬贝格再次张大鼻孔，吸了一口气，任

1　时任纳粹党副元首，1941年在英国被扣押，希特勒宣布其精神失常。——译者注

2　纳粹德国陆军上校。——译者注

何看到他眼睛的人都会明白他的意图，但是他低着头，左眼绑着绷带。他微微颤抖着用脚踢了踢放在地上的包，让它尽可能地靠近元首的腿。他咽下滴落在嘴唇上的汗水，然后慢慢地一步一步地走出去。没有人注意到他的动作，所有人的注意力都集中在豪辛格阴郁地指着的地图上。"四分钟，"施陶芬贝格计算着，"引线即将被腐蚀完毕。"

在陆军士兵建造的简易电影院中，恩斯特抓住了莱妮的手，她没有把手抽回来，甚至把头靠在了恩斯特的肩膀上。乌拉看向了别处，咬着她的指甲。海纳轻轻地推我，他倒不是要和我讨论那两人的爱情故事："电影的第二部分非常惊人，你还记得那个鹰的形象覆盖整个画面但又没有声音的场景吗？"他认真地问我，似乎电影的质量关乎他的荣耀。施特莱彻[1]的告诫声响起："不维护民族血统纯洁的民族，将走向灭亡。"

在施陶芬贝格的包里，那根金属引线正在慢慢地缩短。上校冷漠地离开了建筑物，动作略微有一些僵硬。他当然不能跑起来，但是他的心脏在剧烈地跳动，就好像在奔跑一样。

在勒加布莱克的会议室里，勃兰特俯下身查看地图，因为这样他才能看得更清楚。字都太小了，而他又没有放大镜。他的靴子不小心踢到了施陶芬贝格遗留在那里的那个包。他此刻正全神贯注地看着豪辛格的报告，完全无意识地踢了踢那只包，免得它碍事。"12点40分，"施陶芬贝格一步都没有停，胸部保持僵硬，继续往前走着，"只剩下两分钟了。"

---

1 尤利乌斯·施特莱彻，反犹太《先锋报》的创始人。——译者注

"让德国工人和法国同胞拥有同样令人自豪的平等的权利。"莱伊[1]的声音响彻整个帐篷。就在此时,恩斯特拉过莱妮,并似乎下定决心要吻她。海纳终于也发现了。乌拉起身准备离开,他在乌拉的耳边说:"你难道没有看到那对小情侣吗?"当银幕中说到"纳粹主义通过种族之间的斗争消灭了阶级斗争"时,我想起了我的父亲。

阿道夫·希特勒出现在银幕上,他站立着,向五万两千名出席集会的士兵排成的方阵致意。

"举起手来!"他喊道。

所有士兵的手像步枪一样举起来,一阵震耳欲聋的爆炸声响彻整个帐篷,我们从长凳上摔了下来。我觉得我的头撞到了地上,但是我没有感到一丝痛苦。

当我快死了的时候,我想到希特勒也在面临死亡。

---

1 罗伯特·莱伊,纳粹德国政治家,曾任德国劳工阵线领导人。——译者注

第三十四章

爆炸之后的几个小时里，我听不到一点声音。

一个尖锐的声音在我的耳膜里响着。那声音和柏林的警报声一样，那么单调，那么不依不饶：不论它是什么声音，我脑海里都充满了它，它把我与外界，与它所形成的混乱隔绝开。

爆炸发生在狼穴里。

"希特勒死了。"士兵们漫无目的地从这头跑到那头。投影仪因为撞击而倾斜了，它现在投射出的只有一片漆黑，一阵持续的嗡嗡声传来。莱妮颤抖着，像到食堂的第一天那样绝望。她不再在意恩斯特，而恩斯特在慌乱中问海纳："我们现在该怎么办？"海纳没有回答他。

"他死了。"乌拉说。我们吃了一惊，因为没有人相信希特勒会死。她第一个站了起来，昏昏沉沉地环顾了一下四周，然后低声说道："都结束了。"

我的脸朝下，我仿佛看见了我的母亲，她的外衣下是睡衣，这是她死亡时的打扮。难以置信的是，当我上去拥抱她时，她身上的香气还在。我再一次看到我的母亲在爆炸中身亡，而一个我无法辨识的声音在耳膜里不断地回荡。我想这是一个专门为我准备的惩罚。

不过元首也遭受了和我一样的痛苦，而且更甚。为了逃出勒加布莱克的废墟，他倚在了没有受伤的凯特尔身上，而他的脸脏得像扫烟囱的工人一样，头上还冒着烟，手臂像提线木偶，裤子已经碎成了条状，看上去像酒椰纤维做成的短裙。他比我的妈妈还要可笑。

只是他还活着，而且决意要报复。

凌晨一点的时候，他通过广播宣布了这个消息。赫塔和约瑟夫还有我在厨房的桌边听到了这个消息。我们疲惫又清醒。我们什么也没做，只是守着收音机，忘记了吃饭。那天下午，前往克劳森多夫的班车没有来。班车没有来接我，不过他们肯定也找不到我，因为我花了好几个小时才走回了家。我一句话也没说，离开了莱妮和乌拉，她们并没有停止猜测：现在到底发生了什么？希特勒是不是已经死了？

但是他还活着。通过民主德国广播电台，这个消息传遍了全国和整个欧洲。他已经逃离了死亡。这表明他将完成上天委托给他的任务。

墨索里尼也是这么说的。那天由于火车晚点，他在下午大约四点的时候才到达——虽然会议提前召开就是为了能够早点迎接他——他和他受伤的盟友在废墟里面转了半天。前一年，希特勒派遣了一支纳粹突击队把墨索里尼从格兰萨索的监狱中救了出来。而墨索里尼自己的女婿加莱阿佐·齐亚诺却在去年7月的时候投票反对他：我们实在不能说7月对独裁者来说是一个好月份。但是墨索里尼——他有着无可救药的乐观——甚至妄想获得国王的信任，而这位国王曾经称他为"希特勒在意大利的省长"。

意大利人就是这样，弱小，有点懒惰，当然算不上是最好的士兵，但是他们很乐观。墨索里尼就是这样一个好朋友。希特勒迟早会向他展示自己多么会模仿维托里奥·埃马努埃莱[1]的笑声。在希特勒模仿的所有政治家当中，这个带着尖锐笑声的男孩是他的模仿利器，他总是能让每一个人都笑得前仰后合。然而现在不是开玩笑的时候。他的小腿被烫伤了，一条胳膊也抬不起来，但他还是护送墨索里尼去了废墟，在那里转了一圈。他这么做只是因为如果他听从医生的建议躺在床上的话，全世界都会胡乱猜测他的健康状况。

面对朋友遇到的麻烦，这位领袖做出了一个极其乐观的预判：他们在这样的奇迹之后是不可能失败的。实际上，他是促成这个奇迹的原因之一，虽然希特勒并没有意识到这一点。墨索里尼的行程改变使得谋杀者的准备时间不够了，他们只有时间去触发预定的两枚炸弹中的一枚，而另一枚他们已没有时间去引爆了。所以墨索里尼救了他的命。

元首从广播里喊着："这群犯罪分子，丝毫没有国防军精神和德国人民的精神。罪犯将被毫无怜悯地消灭。"

约瑟夫咬着烟斗，直到他的下巴嘎吱作响。在失去了一个他没能埋葬的儿子后，他甚至几乎失去了我。他一动不动的姿势和砸在桌上的拳头让扎特远离了他，它蹲在了桌子底下。

---

1 这里指的是意大利国王维托里奥·埃马努埃莱三世，他于1900年7月29日—1946年5月9日在位。——译者注

我脑海中的噪声继续折磨着我。希特勒在广播里公布了施陶芬贝格的名字；我感到我的耳朵被匕首刺穿了，我急忙用手捂住它。我耳骨的火热和手掌的冰冷形成的反差使我打了一个激灵。

元首说施陶芬贝格是帕特斯奇的负责人，而我立刻想到了玛丽亚。我当时不知道上校已经被枪决了，也不知道会有怎样的命运落到我朋友的身上。

在那个7月的夜晚，窗户敞开着，路上没有任何人。干草房的门关闭着。青蛙无动于衷地呱呱叫着，它们不知道它们的主人在几个小时之前慌不择路，它们甚至不知道它们有一个主人。

"我们会以国家社会党人的方式进行清算。"希特勒喊道。约瑟夫的烟管在他的牙齿下碎裂了。

第三十五章

第二天玛丽亚与丈夫一起被捕，并被带往柏林关押入狱。很快村里就议论纷纷，消息通过打牛奶的人和在井边打水的队伍散布，从黎明的田间一直传到孩子们游泳的莫伊湖（海克的孩子已经学会了游泳）。所有人都在想象那座如今人去楼空的大城堡的样子，贵族已经不在，仆人们不得不拉上所有百叶窗。人们想象着如何强行进入它：也许可以通过接待的大门进去，被他们从来没有见过的华丽包围，然后像刚参加完一场宴会一样从主门走出来，在他们的衬衫或者裤子底下还可以藏上一件战利品。但是这个城堡日夜有人看守，没有人进得去。

约瑟夫也因此丢了工作。"这样才好呢。"赫塔说，"你难道没有注意到你已经老了吗？"看起来赫塔是在生约瑟夫的气，毕竟这么多年来他一直忙着处理男爵夫人的各种杂事，实际上她是在担心士兵们也会抓约瑟夫去拷问。

同时她也很担心我，她刨根问底地问我和那个女人到底分享了些什么，我知不知道她是什么样的人，我在她家里面有没有遇到过什么奇怪的人。他们把我这位热情而且被宠坏了的朋友关在一间没有乐谱的监狱里，脱下了她身上那件斜着剪裁、缝制得几乎和我的衣服一模一样的礼服。

希特勒决定缩短时间，由人民法院而不是由军事法庭直接做出审判并即刻执行判决。他们通过了绞刑的决定，在罪人的脖子上紧紧地系上套索，用钢琴丝钩在屠宰场常用的挂钩上。不仅是那些疑似在这场行动中参与任何一个环节的人，他们的亲属和朋友也都被抓了起来，并被驱逐出境，而任何提供庇护的人都将被处决。克莱门斯·米尔登哈根男爵和玛丽亚是施陶芬贝格上校多年的好友，他们曾在城堡里多次接待施陶芬贝格。根据检方的说法，施陶芬贝格的这场阴谋一定是与同伙一起策划的，所以格罗斯－帕特斯奇的男爵夫妇嫌疑最大。

但是做出这份指控的人又怎么能知道玛丽亚对万物那一视同仁的热爱呢？她的思绪从来都是平滑的，根本没有高低起伏。她懂花朵，懂歌曲，懂其他东西的一点皮毛，她只需要懂她需要的那些就行了。也许上校的确曾经偷偷利用城堡的场地进行密会，也许男爵的确是帮凶并且一直隐瞒着自己的妻子。我不知道我对男爵的猜测是否正确，毕竟我从来没有和他有过什么接触，但是我知道玛丽亚曾经爱过施陶芬贝格和希特勒，而这两人都背叛了她。

床头柜上的油灯边还摆着她借给我的最后一本书，这本书我永远都不需要还给她了。那是斯特凡·格奥尔格的诗集，正是她的克劳斯赠予她的，在书的扉页上他还写下了自己的奉献精神。她一定非常珍视这本书，但还是把它借给了我。我怀念玛丽亚抱我的情景，虽然她抱我时总是点到即止，远不及我抱她时那么紧，但我总是很喜欢她与世上一切保持的朦胧距离。

我把书一页页撕下，把它们揉皱了之后在后院点了一个火堆，火焰渐渐升起，越来越高，蜿蜒升腾，把扎特吓得逃进了屋里。我正在烧一本书，没有乐队或游行的推车，也没有母鸡欢呼庆祝的声音。万一纳粹来找我时看见施陶芬贝格在格奥尔格这本书上的签名，他们就会逮捕我，我被这个念头吓坏了。我正在烧一本书，我背叛了玛丽亚。我用篝火销毁了她留下的一切，这也是我对她的一种笨拙的告别仪式。

约瑟夫也被叫去询问了，不过他们很快就放了他。没有人找过我。至于玛丽亚的孩子，我不知道他们最后怎么样了。他们还只是孩子，而谁都知道，德国人喜爱孩子。

捍卫元首的新指令也波及了我们这些试毒员，我们被迫收拾行李，离开住所。赫塔眼看着我被带走，她贴在窗上的鼻子被远远地甩在了格罗斯－帕特斯奇的弯道上，焦虑如同第一天那样贯穿她全身。

在院子里，看守们不仅对我们搜身，还检查了我们的行李箱，只有全部检查完毕后我们才可以进去。克劳森多夫成了用午餐、晚餐的食堂和宿舍，成了我们的监狱。我们只被允许在周五和周六回家过夜，一周里剩下的所有时间都是专门奉献给元首的。他已经买下了我们整个的生活，但是我们并不可能用同样的价钱买来和他的谈判。我们在军营内与世隔绝，像没有武器的士兵或等级较高的奴隶，我们像一些不存在的东西，而事实上，在拉斯腾堡之外的地方也从来没有人知道我们的存在。

袭击发生的第二天齐格勒回来了，他来食堂向我们宣布，从那

　　　　　　　　　　希特勒的试毒者

一刻起党卫军会严密监视我们。最近发生的事件让他们发现，至少不能对我们这些乡野村妇抱有信任，农村人都是与野兽为伍的，我们哪知道什么叫"荣誉"或"忠诚"。我们可能只是从德国电台里听到过这些词汇，我们唱着奉行忠诚和荣誉感的宣传曲，但实际上只是左耳进右耳出。像我们这样潜在的叛徒会为了一块面包卖掉自己的孩子，会在必要的时候向任何人张开自己的大腿，所以他会把我们像圈养动物一样锁起来：事情发生了变化，现在他回来了。

党卫军们都低着头，我觉得这可能是因为他们觉得齐格勒的这番话与暴动毫不相干而感到有些难为情。这番话听起来更像一种个人发泄，也许他们的二级突击队中队长回家时发现他的妻子和另外一个男人睡在床上。他们想象着也许他在家里面地位比较低——的确有一些女人会在家里拿着小棍子对男人颐指气使——所以他回来之后要抬头挺胸，提高音量，靠制服十个女人来重拾男子气概。在一个不太寻常的军营里面发号施令使他感到自己拥有滥用职权的资格。

是我在想他。

艾尔弗里德用鼻孔挤弄着空气，奥古斯丁则冒着可能会被齐格勒发现的风险低声咒骂着，而我看着齐格勒，等待与他的眼神交汇，但是他避开了，正是这一点让我确信他刚才的话都是对我说的。或许他只是在一系列陈词滥调里抽取了一些正确的观点，使其成为一段有效的演讲，就像任何没有回复的独白一样。也许他需要隐藏一些事情，那个他与施陶芬贝格和男爵在城堡讨论的5月夜晚。我想知道他的同僚们是否也怀疑过他，还是他已经变得如此边缘化，以至于没有人注意到他曾经与阴谋家和其所谓的同盟有过谈话。齐格勒既失望又不甘，发生这么重要的事件的时候他居然不在。

但我转念一想，也许他就是算准了时机回巴伐利亚的。说不定是我自己不明白他和玛丽亚他们这群人，我被他们骗了。但真相如何，我永远都无法得知了。

行军床被放在一楼的教室里，那是军营中我从来没有去过的地方。除了最大的一间房里住了四个人，其余每间房里都住了三个试毒员。他们允许我们选择床位和室友，于是我选了艾尔弗里德边上靠墙的床位，我们房里还有莱妮。我靠在窗口，看见两个哨兵在学校的四周整整巡逻了一夜。贪婪的狼警惕地醒着，他受着伤，忍着灼痛，可恶毒不减丝毫。而齐格勒睡在狼穴的最外环，通往总部中心的道路已经向他永远地关闭了。

"我想你了。"几天后他在走廊里见到我时对我说。我正因为扭了脚脱了鞋子，落在队伍后面。党卫军正在让大部队依次进入食堂，所以只是远远地监视着我。"我想你了。"我光着脚抬起头，踝关节还有一些发麻。看守朝我走过来，可能是来催我的。我急忙拿起鞋子，用手指按着脚底穿上鞋，仅用一条腿保持平衡，我本能地靠近阿尔贝特，他也本能地伸出一只手来扶我。我认识他这具身体，但是我不能触碰它。我简直不能相信这是他的身体，可现在我不敢再去触碰它。

没有什么能解释一种突然被打断的爱情，这样的爱情没有过去，没有未来，也没有承诺。它只会因为麻木而消失，身体也会变得懒惰，与其走向欲望的深渊，还不如顺应习惯而变得倦怠。只要还能碰一碰他，碰碰他的胸部、他的腹部，只要我的手指还能放到他的制服上，就足够了，足够我意识到时间化为了灰烬，打开了那亲密间的悬崖。但是阿尔贝特停止了动作，而我也恢复了镇定。我一直朝前走，没有回答他的话。党卫军已经靠近我了，他的鞋跟在地上发出声响，他抬起手臂敬礼。二级突击队中队长齐格勒也向他举起了胳膊。

第三十六章

在不用工作的周末闲暇，我和赫塔、约瑟夫一起打发时间。我们去菜园子里摘蔬菜，或者到森林里闲逛。有时候我们围在后院窃窃私语，有时候我们又一起陷入沉默。三个人能处在同样的状态之下让我们都心存感激，我失去了我的双亲，而他们失去了儿子：我们都失去了亲人，同样的经历使我们建立了某种联系。

我还是时常在想他们到底有没有怀疑过我和齐格勒在一起的那些夜晚。欺骗他们让我感到我不值得他们对我如此爱护，即使我对他们的感情也完全是真挚的。我总是很惊讶人可以如此轻易地忽略生命的存在，但是我们之所以没有陷入疯狂，就是得益于我们生理上获取信息能力的缺失，以及在生活尚且流淌时就忘却别人的生命。

我的内疚之所以延展到赫塔和约瑟夫身上，是因为约瑟夫与赫塔是活生生存在着的骨与肉，而格雷戈尔如今只是一个名字，只是一份突然惊醒时的想念，一张在镜框中或者相册中的照片，一段深刻的回忆，一场在夜晚没有前兆而突然爆发的哭泣，一种愤怒，一种失败与羞耻。他只是一个概念。格雷戈尔，再也不是我的丈夫了。

闲暇时，如果我不和我的公婆在一起，我就会去找莱妮。她总是希望能够在恩斯特不放映电影的时候去找他，但是她又害怕自己一个人去，所以她要不就拉着我和乌拉去，要不就拉着贝雅特和海克，还有她们各自的孩子去。有时候艾尔弗里德也会来，但是她受不了那两个陆军士兵，也丝毫不掩饰自己的态度。

"那我是不是一个伟大的先知啊？"一个周日的下午，贝雅特坐在面对着莫伊湖的一个酒馆的桌子边问道。

"你是说希特勒吗？"艾尔弗里德激她，"你曾经预言他很快就要完蛋了，但是你看，你并没有猜中啊。"

"你预言了什么？"恩斯特问道。

"她是个女巫，"乌拉说，"她研究了希特勒的星相。"

"啊，希特勒真的差点死掉啊。"海纳说，"贝雅特，你的预言也算接近了。不过可没人能真正击败我们的元首。"

艾尔弗里德瞟了一眼海纳，但他丝毫没有察觉，自顾地吞了一口啤酒，用手背擦了擦嘴。

"我们也差一点死掉啊。"她说，"他们差点毒死了我们，我们都不知道是什么吃的出了问题。"

"不是毒药，"我插嘴道，"是蜂蜜，被污染的蜂蜜。"

"你又是怎么知道的？"她问我。

我突然双腿发软，好像走在深谷的边缘。

"我不知道，"我结结巴巴地解释道，"我只是推测。那天身体不舒服的都吃了蜂蜜。"

"蜂蜜？哪里有蜂蜜？"

"在甜点里，艾尔弗里德。"

"啊，没错，的确是这样呢。"海克说，"贝雅特和我没事，因为那一天只有你们两个吃了甜点。"

"对，那天还有别人吃了甜点，不过她们吃的是酸奶。西奥多拉和格特鲁德没有吃甜点，但也发作了，因为她们那天吃的奶制品蘸了蜂蜜。"艾尔弗里德突然有一些生气，"你怎么就知道是蜂蜜呢，罗莎？"

"不，我不知道啊，我再申明一次，我只是蒙的。"

"不，你说得很肯定，是克鲁梅尔告诉你的？"

"但是克鲁梅尔早就不理她了。"乌拉为了让那两个士兵也参与到话题中来，向他们解释道，"我们的罗莎和他结过大梁子。"但他们还是什么话都没有说，因为他们根本丈二和尚摸不着头脑。

"那是奥古斯丁的错，还有你们。"我看向海克和贝雅特。

"你们不要转移话题，"艾尔弗里德坚持着，"你到底是怎么知道的？告诉我。"

"她大概也是个先知。"贝雅特打趣道。

"什么是先知？"小乌尔苏拉问。

我的腿软得几乎没有一点力气："你为什么那么生气，艾尔弗里德？我都说了我不知道，这只是在和我公公聊天的时候我们一起想到的。"

"不过如果我们注意一下的话，的确有一阵子他们没给我们吃蜂蜜了。"乌拉分析道，"真可惜，罗莎，你还记得你偷偷给我吃的那块蛋糕吗？多好吃啊。"

"没错，你看见了吗？"我立刻抓住这根救命稻草，"我就是从他们再也不给我们吃蜂蜜推断出来的，总之，现在这个也不是重点。"

"什么是先知啊？"小乌尔苏拉还在问。

"就是可以预测事情的女巫。"贝雅特告诉她。

"我妈妈就是一个女巫。"双胞胎中的一个吹嘘道。

"这当然是重点，罗莎。"艾尔弗里德的目光逼人，我却无力承受。

"你们到底还让不让我说完啦？"贝雅特扯着嗓子喊，"我说的不是元首那事。我研究占星术没有研究塔罗牌那么厉害，谁叫齐格勒把牌都抢走了。"像往常一样，一提到这个名字大家就一阵战栗。"我是说莱妮的事。"

莱妮每一次见到恩斯特都会在爱情的魔法中摇摇晃晃。

恩斯特把莱妮拉到身边，亲吻了一下她的额头。"你预测了莱妮的未来吗？"

"她预见到一个男人。"我压低声音说，好像我不希望艾尔弗里德能听见，只求她忘了我还在这里一样。

"而有人觉得那个男人已经出现了。"她说。只有我觉得这一切很荒唐，可能因为我刚向他们撒了谎，我的认知出现了扭曲。

恩斯特把嘴巴贴上莱妮已经僵硬的耳朵："是我吗？"然后他笑了，海纳也笑了，莱妮也笑了，而我强迫自己也笑起来。

我们都笑了。我们什么也没有学会，我们以为笑就意味着安全，我们以为我们还可以去相信，相信生命，相信未来。但艾尔弗里德没有这么做。

她看着咖啡杯的杯底，并没有想从中预知什么的意思。[1]我们谁

1　咖啡占卜，在奥斯曼土耳其占领希腊期间带入欧洲的一种占卜法，根据喝完咖啡之后杯中残渣的形状做出不同解释。——译者注

都没有想到，她即将与未来展开一场殊死搏斗。

　　莱妮的爱情魔咒被揭露的那一晚，我的失魂又来了。莱妮掀开床单，光着脚静悄悄地离开了房间。艾尔弗里德的呼吸声很重，她并没有打鼾，那只是一种"吱嘎吱嘎"的声音。而我浑身冒汗，没有人能拥抱我。

　　我睡得很沉。一开始梦里并没有我，只有一名飞行员。他觉得有些热，于是喝了一点水，松了松衣领，准备用飞机画出完美的曲线。他透过舷窗看见黑暗之中有一个红点，那是燃烧的月亮，或者是伯利恒的彗星——但这次圣贤们不会跟随它，也没有向新生的国王朝圣的需要。在柏林，一个有着奶油色面庞和红色头发的年轻女子感到小腹一阵疼痛，她看上去就像玛丽亚。在一个像不登格斯的漆黑地窖里，一个母亲带着儿子在她面前说："用力呀，我会帮你的。"可就在一阵炮弹的轰鸣之后，她重重地向后摔去。那些睡梦中的孩子们哭着醒来，因被吵醒而大声尖叫，地下室变成了不断由他们的身体堆叠起的万人坑。氧气消耗殆尽，地窖中的人全部死去了。保利娜不在里面。

　　当玛丽亚的心跳停止时，她腹中的孩子也失去了来到这世上的唯一机会，它仍然被浸泡在胎盘中，根本没有意识到它本可以出生的命运已经被终结。生命如此吊诡，一个死亡中还包含着另外一个死亡。

　　然而屋外氧气充足，甚至为火焰提供了动力，使得火苗蹿出几十米高，点燃了所有未被火焰覆盖的建筑物。在爆炸中，屋顶像《绿野仙踪》中多萝西的房子一样摇曳着，树木、广告牌都被狂风卷起。房屋上的裂缝给想要往屋内窥探的人提供了方便，他们能够看清里面居民的所有恶行和美德。尽管墙面已经坍塌，但里面肮脏的烟灰缸和插满了鲜花的花瓶仍然保持原状。然而，无论是人还是动物，他们都没有了窥探的心情。他们全都瘫坐在地上，有的已经被烧焦，像黑色的雕像一样保持着喝酒、祈祷以及在愚蠢的吵架后为了与妻子重修旧好而安抚妻子的姿态；上夜班的工人在爆炸了的锅炉里烧开的沸水中融化；囚犯们在服刑赎罪前就已经被瓦砾活埋。动物园里的狮子和老虎一动不动，像被做成了标本。

驾驶着轰炸机的飞行员可以飞出一万英尺之高，但他仍然能透过舷窗看到白炽灯光。他又喝了一点水，解开了胸前的纽扣，这时他才看清光线不过是来自群星：因此即使死亡来临，它们仍然会闪闪发光。

突然间，我发现我就是那个飞行员，我是操纵所有零件的人。在我发觉的那一刻，我突然想起来我并不知道如何操作，我该如何处理我的命运？我会坠毁的。战斗机已然开始下沉，气体在我的胸口滚动，城市越来越近，也不知是柏林还是纽伦堡，飞机尖锐的前端直直地冲下去，即将撞上它遇上的第一堵墙，或者干脆撞击地面。我的声带是麻木的，我没有办法喊来弗朗茨，让他帮助我脱离失魂，我没有办法寻求帮助。

"救救我！"

我醒了过来，冰冷的汗水粘在我的身上。

"救救我，罗莎。"

是莱妮的声音，她正在哭泣。艾尔弗里德也醒了，她点燃了一根粗蜡烛：她把蜡烛放在了自己的枕头底下，因为党卫军没有考虑过要为教室配备床头柜和灯具，幸而她相当有远见。她看到那个娇小的人儿正跪在我的床边，便问："发生什么事了？"

我想起身拥抱莱妮，但是她阻止了我，她正抚摸着自己双腿之间的位置。

"你告诉我到底发生了什么？"艾尔弗里德坚持问道。

莱妮摊开她的手，她的掌纹清晰，像锯齿一样深，组成了带刺的铁丝网的形状，贝雅特能从这双手里读出什么？她的指尖非常地脏，上面充满了血迹。"他伤害了我。"她说完就瘫倒在地，蜷缩了起来。她变得那么小，我还以为她要消失了。

艾尔弗里德赤脚跑上走廊——那是脚跟撞击地面发出的浑浊声，充满了情绪。她来到唯一一开着的那扇窗前。她分辨出墙边摆放着的一把木梯的一级级踏板，在踏板消失的尽头是恩斯特的身影。他的脚刚踩上地面。

"我会让你付出代价的。"她用手指扒开窗户，身体前倾着对他说道。警卫可能会听到她的声音，但是她不在乎。当一名陆军士兵潜入营房的时候，他们在哪里？他们是分心了，还是视而不见，还是只是互相推诿呢？"来啊，很好。但是明天轮到我来问你们。"

恩斯特抬起头，没有回答，跑开了。

恩斯特邀请她半夜在走廊左边第三个窗子前约会，莱妮接受了。"你是一个成年人了，"她对自己说，"你不可以退缩。"而且莱妮是这么地喜欢恩斯特。她一向少言寡语，做事小心，看上去总像个初学者。用既不吓着她又能抓住她的肩膀的合适的力量，把她从她自己隐匿的角落里赶出来，这似乎是最大的乐趣。

莱妮不能让他失望，不能冒失去他的风险。所以她告诉他：

"好的，我会在午夜的时候到那里去。"尽管天很黑，尽管有守卫，她还是来到了窗前，窗户是在晚饭前就半开的，这样她可以不发出声音地打开窗户，而恩斯特也可以顺利爬上木梯。跨过梯子，他就进来了。他们激动地、秘密地抱在一起。他们浪漫而秘密地约会，因需要避开看守而感到一丝兴奋，他们找寻着一个可以藏起来相守的教室，可惜所有教室都被占用了，唯一那间没有行军床的房间里也坐着为打发无聊在玩牌的看守。

"我们去厨房吧。"恩斯特提议道，"守卫们肯定不会去那里巡视。""但是我们要下楼，他们会发现的。"莱妮说。"你相信我吗？"恩斯特抓紧她，莱妮尚未反应过来他们就已经走下了楼梯。没有人听见，也没有人阻拦他们。莱妮抓着下士，跟着他去厨房。令人失望的是，克鲁梅尔闩上了门：不管怎样，门里是属于元首的食物储备，大门紧闭是可以预料的。"谁不尊重克鲁梅尔，谁就没有好果子吃。"克鲁梅尔亲口这么说过。莱妮不想不尊重克鲁梅尔，她感到很羞愧，恩斯特可能注意到了她的不悦，他抚摸着她的脸颊、耳朵、颈部、背部、臀部，还有大腿。他把她贴在自己身上的那一刻，两人前所未有地亲密。那具凹凸有致的身体压在了他的身体上。他给了她一个深吻，然后慢慢起身，把她带进了他发现的第一个开着门的房间。

那是食堂。但是，只有当碰到第一排的椅子，通过透入窗户的昏暗灯光，莱妮才注意到眼下身处何方。毕竟，还有什么比这里更好的地方呢？这是她多么熟悉的地方。厚木头做成的桌子，没有任何装饰的椅子，光秃秃的墙壁：近一年来，她每天都要在这个房间里待上好几个小时，这已经是她的第二个家了。没什么好害怕的，她再也不害怕了，她可以做到的，她放慢了呼吸。莱妮甚至又深深地吸了一口气："现在你已经长大了，不能再退缩了。"还是个小男孩时，恩斯特就把纸飞机扔到了他在吕贝克的教室的窗外，想象着它可以飞翔。而那时莱妮正在把手指放在每一个印出的单词上学习阅读，手指机械地在纸上滑过一个接一个的音节，直到她最后能够拼出完整的词汇。你梦想着自己可以变得非常聪明，梦想着有一天你会成为班上最聪明的孩子，不需要手指的帮助也可以读得很快。你的同学已经可以读得很快，他们已经厌烦了总是要等你，但是你从来没有想过，很多很多年之后的一天，你会和那个想要成为飞行员的男孩相遇：这份爱情会让所有人感到惊讶，在所有过去的日子里，你们都不知道对方的存在，你们住得太远了，隔着几百公里的距离。现在你们都长大了，长高了，他长得比你高，你的臀部长出了肉，他已经学会了剃胡子，你们都发过烧，又痊愈了，你们结束了学校里的课程，在圣诞节的时候你开始学习做饭，而他被强制征入了兵营。这一切都发生在你们不认识的岁月里，你们有可能永远都不会相识。你看，你们冒过这样的风险：如果任意一个环节出了一点差错，或者任何一步走慢了，时钟被调慢了一步，或者一个更漂亮的女人比你更早遇见他，或者希特勒没有占领波兰，你们就不会遇见。

恩斯特慢慢转动椅子，他拉过莱妮，把她放倒在桌子上。那是试毒员吃饭的桌子，那是莱妮曾经转过身去呕吐的桌子，那是第一天，由于她看起来十分软弱，所以我选择了她作为朋友的那张桌子，或者说，是她选择了我。她躺在木头上——因为睡衣单薄，她感觉到椎骨压在了坚硬的桌面上——莱妮没有反对，这一次她不再要求离开了。

恩斯特的身体在她身上伸展开：一开始是他的影子淹没了她，然后是这具年轻的、曾被空军拒绝的德国军人的身体在她的身上越压越重，他压上了她的臀。莱妮不知道该如何张开她的腿。

她需要学习，所有女人都这么做，所以她也得这么做，她会习惯做一些事情的，比如听命令吃饭。放下一切，抑制胆怯，挑战毒药，挑战死亡，挑战燕麦汤。"海克，你必须吃了它。不然齐格勒会生气。如果一个女人不懂得服从，那她就一点用也没有了。""恩斯特。"她突然被压得喘不过气来。

"亲爱的。"她声音沙哑。

"恩斯特，我要出去。我不能在这里做，我不能待在这里，我不想要。"

而就在同时，我在睡梦中又一次遭遇了失魂，艾尔弗里德在房间的上铺睡觉，她呼吸时鼻子发出了很响的声音。房间里面一共三张床，有一张空了。其他屋里的女人都酣睡着，尽管她们思念被迫托付给父母、姐妹或者朋友的孩子，因为她们不能把孩子带到军营里来，她们也没有办法从窗口逃出去——尽管那里有一个梯子。就在那时，恩斯特在用各种软话说服莱妮留下。由于莱妮发出了反对的声音，他堵住了她的嘴，然后做了那件他想做的事情。不论如何，莱妮赴这场约时就应该知道会发生什么事情，否则那天晚上，恩斯特没有任何理由出现在那里。

第三十七章

艾尔弗里德从桌子旁站起来，往高个子那边走去。莱妮一见她战斗般的步伐就明白了，但她的反应还是有些慢。"你等一等。"艾尔弗里德没有等。"这不关你的事，"莱妮说着也站了起来，"和你没有关系。"

"你认为你没有权利吗？"

莱妮被这个问题问得有些迷茫，她的脸都涨紫了。

"权利是一种责任。"艾尔弗里德继续说。

"所以呢？"

"如果你不能承担这个责任，就必须有人承担。"

"你为什么要和我过不去？"莱妮说话的语气弱了下来。

"我和你过不去？是我和你过不去吗？"艾尔弗里德抽了抽鼻子，吸了一口气，"你喜欢做一个受害者吗？"

"那也不用你管。"

"谁都该管这件事你明白吗？"艾尔弗里德大叫道。

而高个子叫得更响，他从角落里站出来，让她们都闭嘴并回到座位上去。

"我需要谈一谈。"艾尔弗里德说。

　　　　　　　　　　　　　　希特勒的试毒者

"你想干什么？"高个子问。

莱妮最后尝试了一下："拜托你了。"艾尔弗里德把她推到一边，我去拉她，我不是站在她那一边，只是莱妮向来是最弱小的那一个。

"我必须向齐格勒中尉报告军营里发生的事情，"艾尔弗里德解释道，"这件事情已经冒犯了军营本身。"

高个子做了个不屑的鬼脸，可能是出于惊讶，因为从来没有人要求过和齐格勒谈一谈，甚至连"洗脑党"也没有，可能他也不知道这样的请求是否合规，但艾尔弗里德的话毕竟引他起了疑心。两个试毒员之间的争吵必然意味着什么。

"所有人都到院子里去。"他对自己的当机立断相当满意。

我拖着莱妮。

"这是我自己的事情，"她低声说道，"为什么她非要公开这件事情？为什么她要这样羞辱我？"

其他人正匆匆地赶去院子里。

"你留在这里。"高个子指了指墙，艾尔弗里德站了过去。

"你决定了？"我轻轻地问道，免得让正在出门的守卫听见。

艾尔弗里德用下巴做出了坚定的回答，她闭上了眼睛。

莱妮摔倒在地上，我想这不是她的本意，可她恰好就坐在褪色的"跳房子"的格子的正中心，这个神秘的围栏没有保护她免受伤害。我瘫坐在她边上，其他人带着各种问题围了上来，尤其是奥古斯丁。"够了，"我说，"你们难道没有发现莱妮的情绪不好吗？"

我用眼角的余光窥视大厅，但我看不见艾尔弗里德，当周围的人终于都散开时，我走近大门。但地板上传来的鞋的咔嗒声让我退缩了。"我们走。"这是高个子的声音。脚步声重叠了。只有当他们的脚同步移动，声音渐行渐远时，我才望见艾尔弗里德正和警卫一起走在走廊上。

出乎所有人的意料，中尉同意与艾尔弗里德谈话。可能因为错过了帕特斯奇的爆炸事件，这几周他很无聊。他正在寻找新的目标，他的新规定已经显示出了他的这个想法。在他不知道的情况下，任何事情都不允许发生。而我感到一阵危险，就好像艾尔弗里德进到房间里就能见到我见到的那个阿尔贝特，她会看见我，也能透过他的眼睛发现一切真相。

艾尔弗里德出现在齐格勒的面前，报告说："陆军下士恩斯特·科赫前一天晚上未经营房允许，私自潜入了试毒员睡觉的营房。试毒员是元首雇用的德国妇女，而士兵是帝国的代表，军队的男子有义务保护我们不受敌人侵害，可他却强奸了一个女孩——一个像他一样的德国人。"

齐格勒询问那天晚上的哨兵是谁，并且叫每一个人过去接受质询，包括恩斯特和莱妮。他迫不及待地要施以惩罚，一定是这样的。

在昏暗的住所里，面对二级突击队中队长的质问，莱妮一开始——她是这么告诉我的——保持了沉默，后来结结巴巴地含糊着说都是她的错，让科赫下士误会了，是她没有说明白，她约他在营房见面，但是后来迅速反悔了。"但你们发生了性行为，是，还是不是？"莱妮没有否认艾尔弗里德的报告。齐格勒又问她当时是否同意，莱妮迅速地摇了摇头："不，没有。"

希特勒的试毒者

尽管她的表述结结巴巴、毫不连贯，但是齐格勒并没有放下这些问题。他向陆军上级通报了恩斯特·科赫的所作所为，在一系列的询问和求证之后，他们会决定要不要把这个年轻人交给军事法庭。

　　莱妮试过去找海纳问恩斯特的最新消息，海纳客气又冷淡，好像很害怕面对这个受害者。他并不想责备莱妮，他只是保持了谨慎。他没有替自己的朋友辩解，也不愿过多谈论这件事情。"我毁了他的生活。"莱妮说道。

　　我没有和艾尔弗里德谈起我的事情，因为我很害怕她会背叛我，就像蜂蜜那次一样。"对不起，"在我们重新回到军营的周日下午，她这么跟我说，"因为你的话又让我想起了那一天我们中毒的场景，所以我太紧张了——哦，对，照你说的，我们是因为吃了蜂蜜而中了毒。""你不用担心，"我回答她说，"谁知道到底是不是蜂蜜的缘故呢？"

　　我是个懦夫，所以我不明白是什么驱使她去承担与她毫不相关的事情的责任，这与她的直接利益是恰恰相悖的。这样一种圣骑士般的态度，看上去十分荒谬。多年来，每一种英雄主义在我看来都十分荒谬，任何形式的冲动和信仰都让我感到尴尬，尤其是那些代表正义的、浪漫的、理想主义残余的东西，那只是一种天真的感觉，是虚假的和被现实排斥的。

　　消息迅速在试毒员中传开了，"洗脑党"不停地讨论着这件事。"一开始你让他悄悄地来军营，然后又说这都是他的错。哎，不，我亲爱的，事情可不能这么做呀。"

奥古斯丁试着安慰莱妮，她告诉她艾尔弗里德做了一件非常令人钦佩的事情，她应该对艾尔弗里德心存感激。可莱妮无法认同：难道一个朋友会让你上法庭做证？她明明知道她在黑板前都说不出一句话，为什么一个朋友要对她施以这种折磨？

我鼓足勇气去找艾尔弗里德，她对我的态度也不友好。

我有点生气，对她说："保护那些并不想被保护的人，是蛮不讲理的行为。"

"哦，是吗？"她拿下嘴里的香烟，"保护孩子有什么问题？"

"莱妮不是一个孩子了。"

"她都没有办法保护自己，"她重申了一遍，"她就是一个孩子。"

"在这儿谁可以保护自己？所有人都只能遵守命令，我们已经受了这么多的折磨。这不是一个你可以选择的问题。"

"你说得对。"她把烟头按在墙上，直到把它熄灭，直到烟不再从皱巴巴的纸里面跑出来。然后她转过身去。谈话已经结束了。

"你要去哪儿啊？"

"无法摆脱命运，"她没有转身，说，"这就是重点。"

她真的说了一句这么文绉绉的话吗？

我真想跟上去，但是我没有这么做：反正她也听不进别人的话。"你还是妥协吧。"我心里想着。

如果艾尔弗里德不顾莱妮的劝阻而告发恩斯特真的是一件正确的事情，那我真不知道应该怎么想了。但是这个事件中，有一些东西让我感到不对劲，我产生了一种暗暗的不安。

第三十八章

我在走廊里碰见了齐格勒。我故意装作扭到了脚踝。我的脚从鞋子里跑了出来，膝盖一弯，我就倒在了地上。他赶紧过来抓住我的手，帮助我起身。警卫也靠近了："没事儿吧，中尉？""她的脚踝受伤了。"齐格勒说。我屏住了呼吸。"我带她去洗手间冲些冷水。""啊，这怎么能麻烦您呢？中尉，我可以陪她去的……""没关系。"齐格勒已经起身走了，而我立刻跟了上去。

我们来到前校长办公室，他用钥匙锁上了门。他的双手用力地捧住我的脸，好像要压扁它一样，他深深地吻着我，我以为这个吻永远不会结束了。我用一根手指截了一下他的胸口，我们终于停了下来。

"谢谢你所做的一切。"

他选择了保护我们中的一个，而不是维护一个下士军官，这让我觉得他就像我们中的一员，他是我的。

"我想你快想疯了。"他说着拉起我的裙子，我的大腿露了出来。

我从来没有在明媚的阳光底下碰过他，也从来没有见过思绪在他额头上留下的尖锐的皱纹，和他那害怕一切会在下一个瞬间溶解的目光，那是一种青春期一般的急躁。我们从来没有在一个不属于我的地方（或者说除了格雷戈尔的家以外的地方）做过爱。我们已经冒犯了干草房，而现在我们正在冒犯军营，这是希特勒的地方，这是我们的地方。

一阵敲门声响起，齐格勒迅速穿上了裤子。我从书桌上下来，试着用手掌抚平裙子。我整理了一下头发。在他和那个用眼睛搜寻着我的方向的党卫军说话时，我一直站着，低下头，转过了大半张脸，目光投向桌上的一堆文件，想要避开那个人的探究。就在这时，我看到了那份档案。

档案的第一页上写着："艾尔弗里德·库恩/埃德娜·科普夫施泰因。"

我呆住了。

"我们刚才进行到哪一步了？"齐格勒从后面环抱住我，低声说道。党卫军已经被他打发走了，而我毫无察觉。他拉过我面向他，吻上我的嘴唇、牙齿、牙龈和嘴角，然后问道："你怎么了？"

"谁是埃德娜·科普夫施泰因？"

他松开我，缓慢地绕到了书桌的另一边，坐了下来。

他拿过档案："你别管。"然后把它扔进了抽屉里。

"你告诉我那是什么东西，求你了。那份档案和艾尔弗里德有什么关系？为什么你会有一份关于艾尔弗里德的档案，你也有一份关于我的档案吗？"

"这不是我可以和你分享的信息。"

不，他并不站在我们这一边，他举报了一个士官只是因为这事儿由他掌权，而他想要行使这样的权力。

"那你有什么可以和我分享的？一分钟前你还抱着我呢。"

"现在请你回食堂吧。"

"现在你像对待一个下属一样对待我了。我不听你的命令，阿尔贝特。"

"你必须听。"

"我们干吗非得待在你愚蠢的军营里面？"

"别闹了，罗莎。你就假装没看见，这对每个人都好。"

我俯身贴到书桌上，抓住了他制服的衣领，咒骂道："我不会假装不知道任何事情。艾尔弗里德·库恩是我的朋友。"

齐格勒摸了摸我的背，又捏了捏我的指关节。"你确定吗？因为根本就没有什么艾尔弗里德·库恩，就算有，那也不是你认识的那个艾尔弗里德。"他突然从我的手中挣脱了出来，我摇摇晃晃地后退了几步。他抓住了我的前臂："埃德娜·科普夫施泰因是一艘U-潜艇。"

"这是什么意思？"

"你的朋友艾尔弗里德是一个偷渡者，罗莎，她是个犹太人。"

我不敢相信我的耳朵，希特勒的试毒员之一是一个犹太人。

"我要看档案，阿尔贝特。"

他站起来，挡在我的面前："如果你敢跟任何人提起这件事情……"

我们中间有一个犹太人，而那个人竟然是艾尔弗里德。

"她会怎么样？"

"罗莎，你有没有在听我说话？"

"我必须告诉她，她得逃跑。"

"你太可笑了，"我又一次看到了他曾在干草房里露出的冷笑，

"你要帮她逃跑，还把这件事情告诉我？"

"那你会把她送走吗？送到哪里去？"

"这是我的工作，没有人可以阻止我。就连你也不行。"

"阿尔贝特，如果可以的话，请你帮一帮她。"

"我为什么要帮一个一直在耍我们的偷渡的犹太人？她一直在躲藏，改变自己的身份。她吃了我们的东西，睡了我们的床，还以为可以骗过我们。真可惜，她失算了。"

"我求求你，你能不能让这份档案消失，谁给你的这份档案？"

"我不能让这份档案消失。"

"你不能吗？你总算承认你在这里什么都算不上了。"

"你够了！"他捂住我的嘴，我一口咬住他的手。他一下将我甩到墙上，我撞到了头。我眨了眨眼，等待疼痛扩散，等它上升至最高点后渐渐退去。在疼痛消失的那一刻，我朝他脸上啐了一口。

一支枪抵在我的额头上，齐格勒的手丝毫没有颤抖，他说道："我让你做什么你就做什么。"

我们第一次在庭院里遇到时，他也是这么跟我说的。当时他那双近看有些斜视的眼睛没有吓到我。现在同样的一双榛仁般的眼睛正看着我，金属在我的皮肤上留下了一个冰冷的圆圈。我脸颊下的神经在抽搐，我没有办法吞咽口水，喉咙像被堵住了一样，眼泪卡在眼眶里面。我没准备哭，但我根本没法呼吸了。

"好吧。"我飞快地说。

齐格勒一下子移开了枪，把枪插入枪套，不住地看着我，然后紧紧地把我压在怀里。他的小鼻子贴在我的脖子上，他边道歉边抚摸我，从我的锁骨一直摸到我的肋骨，好像要检查我是不是还完整

希特勒的试毒者

一样。他看上去可怜极了。

"对不起，我求求你。"他说，"但是刚才你在逼我。"他替自己辩解道，然后立刻又说："对不起。"

我什么也说不出来。我也很可怜。我们是两个可怜人。

"如果她逃跑了，后果会更加不堪设想。"他说着将脸埋进我的头发。

我还是没说话。他补充道："你不需要告诉她任何事情。我向你保证，我会尽我所能。"

"拜托你了。"

"我向你保证。"

当我回到桌边时，女孩子们问我到底去了哪里。

"你的脸色不对。"乌拉说。

"是啊。"莱妮附和道，"你脸色发白。"

"我去洗手间了。"

"去了那么长时间？"贝雅特问道。

"哦，我的老天，别告诉我我们又有另一个了。"奥古斯丁一边说着一边瞥向海克。

海克低下了头，贝雅特也低下了头，装作好像什么都没有听到一样。

"奥古斯丁，你嘴里能说出点好话吗？"我试着让她转移对我的注意力。

海克看看我，再看看艾尔弗里德，又低下了头。

我也在看艾尔弗里德，整个午饭期间我一直在看她。每当我惊觉自己又在看她时，我就会觉得我的心像风箱一样被压扁了。

当我登上巴士的时候，有人抓住了我的手臂。我转过了头。

"柏林人，你怎么了？你现在看见血还会被吓着吗？"

艾尔弗里德笑眯眯的。我没有被针尖刺到，也没有被抽血，这是个只有我俩才懂的笑话，它暗含着我们友情的起源。

我应该把一切都告诉她，即使我信任齐格勒，但我不应该相信一个党卫军的中尉：艾尔弗里德本应该知道发生了什么。但是如果我真这么做了，她会逃跑吗？我又应该怎么帮助她呢？只有齐格勒有能力帮助她，我别无选择。他已经向我做了保证。他还说过，如果她逃跑的话，事情会变得更糟。我应该相信他说的话。我们都是他手上的棋子。我要保持沉默，这是唯一能救艾尔弗里德的办法了。

"对于血液，"我回答她说，"我可从来没有习惯它。"

然后我坐到了莱妮的身边。

第二天，女孩子们还是觉得我很奇怪。难道我又从军人家属中心办公室那儿收到了一封关于格雷戈尔的信吗？"没有。""那还好。你知道吗？我们都很担心你。你到底发生什么了？"

我想把一切告诉赫塔和约瑟夫，但是他们又会问我是怎么知道这件事情的。我没有办法向他们坦白这件事。那天下午，乌拉在我的头上用卷发器卷发，艾尔弗里德和莱妮喝着茶。她们离开之后，赫塔说她看不透艾尔弗里德。"这姑娘到底藏了什么事？"约瑟夫一边用烟锅里的压合器碾碎烟草，一边认同他妻子的观点，"她藏着一些伤痛。"

整整一个星期我都沉浸在恐惧中，我害怕他们会像逮捕沃特曼教授那样不由分说地把艾尔弗里德抓走。我不再望向窗外，小鸟或者植物都不能分散我的注意力，我必须保持警惕，观察艾尔弗里德的一举一动。她就在那里，坐在桌旁，正吃着亚麻籽油烤土豆。

　　周五到了。没有人来抓她。

第三十九章

我们快吃完早餐的时候齐格勒走了进来，我们再也没有在前任校长办公室里独处了，我们之间已经没有了联系。

早餐是由苹果、坚果、可可和葡萄干做成的蛋糕，克鲁梅尔将其称为"元首的蛋糕"。我不知道是元首发明了这个食谱，还是厨师把元首喜欢的一切都揉到了这个甜点里向他致敬。那天之后，我再也没有吃过葡萄干。

齐格勒站在大厅的入口处，双腿张开，双手叉腰，他抬着下巴说："埃德娜·科普夫施泰因。"

我呼吸一滞，抬起头，他避开了我的目光。

大家纷纷疑惑地看着周围。"埃德娜是谁？我们当中没有人叫这个名字，他什么意思？'科普夫施泰因'，刚才中尉是这么叫的吧？但这是一个犹太人的名字啊。"她们将餐具放到桌布上或搁在盘子边上，手放在小腹处。尽管叉子上还有一块蛋糕，但艾尔弗里德还是放下了叉子。短暂的犹豫之后，她把蛋糕放进嘴里慢慢地咀嚼起来。我被她面不改色的神态惊呆了，她总是这样，艾尔弗里德从来不害怕，从来不允许任何人——即使是党卫军——伤害她的尊严。

齐格勒在等她吃完。他到底在玩什么把戏？

艾尔弗里德的餐盘空了，齐格勒重复了一遍："埃德娜·科普夫施泰因。"

我猛地起身，把椅子都撞翻了。

"不要抢风头，柏林人。"艾尔弗里德说完，面朝中尉走了过去。

"我们走。"他说。于是她头也不回地跟着他走了。

那天是周六，是回家的日子。

巴士开走的时候，艾尔弗里德不在车上。

"她在哪儿？"莱妮问我，"她今天午餐和晚餐都没有来吃。"

"明天她会跟我们说清楚的。"我试着安慰她。

"谁是埃德娜·科普夫施泰因？和她有什么关系？"

"我不知道，莱妮，我怎么会知道呢？"

"你觉得他们是不是还在一起讨论恩斯特？"

"不，我不这么认为。"

"罗莎，早晨你为什么突然站起来？"

我转过头，莱妮没有再追问。我们都情绪低落，奥古斯丁时不时地从她那一排往我这儿看。她头摆动的姿态好像在说："不，不可能，我实在没有办法相信她是一个犹太人，罗莎，你原来就知道吗？怎么说呢，现在我们该怎么办呢？他们已经发现她了，你知道他们会做什么吗？"

第二天，在艾尔弗里德平常等待巴士的街道上甚至看不见一个可以证明她存在的烟头。

到了食堂，他们告诉我们，从周一起元首将离开至少十天，于是我们至少有十天的时间不需要去兵营。那个晚上，还有后来的几个晚上，齐格勒都没有出现在我的窗口，而我们也没有任何艾尔弗里德的消息。

乌拉在与一群她结交的士兵聊天的时候发现——我不知道海纳是否在其中，总之艾尔弗里德的事已经人尽皆知——破绽是从恩斯特那里显露的。他在接受审判时说："你们能相信那个女人的话吗？你们知道她做了什么吗？她曾经带一个试毒员去一个躲在森林里的男人那里堕胎。没人知道那个男人是谁，他为什么要藏在森林里。说不定他是个逃兵或者是帝国的敌人呢？"

是莱妮告诉恩斯特海克堕胎的事情的。她似乎喜欢这种大胆的行为——吹嘘自己的见闻，试着引诱别人对自己高看一眼。她毕竟信任着恩斯特。

所以齐格勒去了海克家并审讯了她几个小时，当他转而威胁海克的儿子时，她松了口。她说："他在格尔利茨[1]的树林里，靠近陶赫尔湖的方向。"

那个男人没有任何能证明身份的证件，但对于保安局的人来说，查明他是一个曾经被取缔执照的犹太医生简直不费吹灰之力。他一直以来都成功地逃脱了追捕。艾尔弗里德一直都认识他：那是她的父亲。

艾尔弗里德的母亲是一个血统纯正的德国人，她提出了离婚。而半犹太人艾尔弗里德虽然没有和父亲住在一起，却也一直没有与他断绝关系。多年前当她还住在格但斯克的时候，他们家的一个朋

1　现为波兰城市兹格热莱茨，"二战"期间德国曾在当地建立集中营。——译者注

友把自己的身份证给了她。她们用褪色灵把证件上原来的墨水擦掉，改了出生日期，取下证件上原本的照片，换上了另外一张。她们还用笔重新描摹了证件上的四个公章，画上了老鹰的翅膀，和纳粹党的"卐"字外框的圆圈。从那天起，埃德娜·科普夫施泰因就成了艾尔弗里德·库恩。

她成功欺骗了党卫军一整年，他们的老巢里有一个敌人，他们还每天给她提供美味的食物，相信她是他们中的一员。

她大概每天都活在戒备中，这是她惯有的状态，是对东窗事发的恐惧，是每天在巴士上对那些被送上火车再也回不来的人的愧疚。她对那些不够狡猾、不擅长说谎的人感到抱歉：不是每个人都有这样的能力的。

也许战争结束之后，她会恢复自己的名字和身份，即使这些年来萦绕在夜晚的都是噩梦，她还是会想起那些在秘密时期救助过自己的高尚的人。为了驱逐噩梦，她也许会在光明节的午餐期间和她的孙子们谈论——或者像我一样从不提起。

如果她从未被招为试毒员，她可能会幸免于难。然而，她和她的父亲都被驱逐了。

这是赫塔告诉我的，井边排队打水的女人们都这么说。一个犹太人愚弄了纳粹的故事已经在整个镇上传开了。所以，格罗斯-帕特斯奇、拉斯腾堡和克劳森多夫的所有人，他们一直知道我们以及我们的工作吗？

"他们被驱逐了。"赫塔告诉我这个消息的时候并没有将她的上唇抿到牙齿之间，她看上去不像一只乌龟：这个母亲的生命中唯一的最大的悲痛就是失去格雷戈尔，她现在已不再为其他任何人感到悲伤了。

我走出屋子时"砰"地关上了门。已经是晚上了。"你要去哪里？"约瑟夫问我，但是我什么都听不进去。我漫无目的地走着，腿部有一阵燥热，只有肌肉的不断运动才可以使它平息，可谁又知道这会不会使它变得更强烈。

电缆上的鸟巢还在，但是里面没有鹳。它们永远不会回到这里，不会再回到东普鲁士了，这不是一个好地方，这里只有沼泽和腐烂的气息，所以它们会改变飞行的方向，永远忘记这块平原。

我没有停下脚步。"我很想知道你为什么要这么做。你本可以默不作声。你为什么要替莱妮报仇？她自己都不想替自己报仇。"

那是一种自杀性行为，是作为幸存者的罪恶感，艾尔弗里德再也受不了这种罪恶感了。也许这只是她当时无意识的冲动，同样的冲动也出现在她把我推到墙上的时候，她没有办法抑制自己的冲动。直到现在我才明白，她一直觉得被监视着，她生活在极度的焦虑之中，那天在洗手间里，她是在试探我吗？这就像笼子中的动物不顾一切地寻找方法开门脱身，它们甚至忘了计算打开门所需要付出的代价。这也许是有高度自我保护意识和自尊的她与我建立亲密关系的唯一方法。

我没有和她走向相同的命运。我很安全，我全身心地相信着齐格勒，可他背叛了我。他会说这是他的工作。反正所有工作最终都是妥协，每个工作都只是换个形式的奴役罢了：这个世界上需要完全被牵着鼻子走向指定方向的人，这样才能确保他们不会走出轨道

希特勒的试毒者

或者走向边缘。

我曾经为希特勒工作过，艾尔弗里德也是。她的一切都结束在了狼的巢穴里，曾经她甚至希望能安然脱险。我不知道她是不是已经习惯了自己的秘密身份，以为这足以保证安全所以才以身涉险，还是她不想再过没有尊严的日子，所以亲手呈上了自己的命运。

在没有选择的情况下，我们早就向狼呈上了自己的一切。狼从来没有见过我们，他消化着我们咀嚼过的食物，排泄着同样食物的残渣，但他从来没有听说过我们的名字。他蜷缩在自己的巢穴里面。狼穴，那是一切故事的开端。我想，如果穿透这个巢穴，我一定会被它吞噬吧。也许艾尔弗里德就被关在那里的一个掩体里，等待他们决定如何处置她。

我沿长长的铁路走着，长得很高的草木刮着我的大腿。我越过一个高台，那里有一根细木桩，上面钉着由两根被漆成红色和白色的木条组成的叉形。但我没有掉头，而是继续往前走。铁轨平静地向前延伸，最后停留在了紫色的花朵中间：这不是一片三叶草草地，这里没有任何可以唤醒我的美丽。我像一个带着一直向前的决心的梦游者，一直走到边境的尽头，越过它，直到进入森林的心脏，成为它的一部分，就像那些由钢筋混凝土做的掩体，就像迷彩色的藻类和刨花，就像屋顶上的树木一样。我希望被这座森林吞噬：或许千百年之后，狼穴会重新把我显露出来，我不过是一块肥料。

一声枪响打断了我的梦游，我倒在了地上。

"谁在那里？"他们大吼着。我想起了齐格勒曾经提到过的地雷。地雷在哪里？我怎么没有被炸到天上去？"举起手来！"我是走了另外一条路吗？这条路上没有地雷？齐格勒在哪儿？"不许动！"又一声划破天际的枪响，这是警告，他们对我手下留情了。

党卫军举着枪朝我走过来，我举起双臂跪在地上，喊出了我的名字："罗莎·绍尔，我为元首工作。我只是在森林里散步，请别伤害我，我是希特勒的试毒员。"

他们抓住我，枪口直指我背部中心，他们大声说着什么，但我已经不记得了，只记得他们愤怒的声音在我耳朵里来回碰撞，只记得他们张大的嘴巴、他们抓住我身体的手，和他们拖走我时的愤怒。也许他们会把我带到狼穴，把我也关进一个掩体里。

约瑟夫在哪儿？他在找我吗？赫塔一定坐在厨房里，她变形的手指交叉在一起，她在等我，等格雷戈尔，她等了一辈子。现在天早就黑了，她的儿子不会饿着肚子回来，而我也没有挨饿，而且我再也不会感到饿了。

他们带我去了克劳森多夫的营房。我是多么天真啊，还以为他们会押送我去元首的精英们的居住地呢。他们让我坐在餐厅的桌子旁。我从来没有独自一人来过这里，在这张桌子上莱妮失去了童贞。"这有什么呢？"恩斯特一定是这么想的，"莱妮似乎已经同意了。"在德国，我们似乎都已经同意了。他们关上门，我坐在那里数着空位置，一名守卫站在院子的出口处看守我。

大约过了半个小时到五十分钟，克鲁梅尔打开了门。"你在这里干什么？"

我的眼眶湿润了。"您又在这里干什么，面包屑？我们不是在放假吗？"我试图引起一些怜悯。

"我和你可不一样。"

我朝他笑了，他似乎有所触动。

尽管有看守在，他还是问我："你想吃点什么吗？"

我还没来得及回答他，齐格勒就出现了。他们叫他过来解决这个棘手的问题：他手下的一个试毒员试图非法闯入掩体的最外环。

克鲁梅尔尊敬地向中尉告别，冲我点头示意，他再也不会像几个月前在厨房里和我闲聊时那样冲我眨眼睛了。齐格勒打发走了那个警卫，关上了门。

他还没有坐下来就说，他们会送我回家，但是下次就不可能这么简单地蒙混过关了。"你到底想做什么，你可以跟我解释一下吗？"

他靠近了桌子。

"明天我不得不亲自去回话，报告到底发生了什么，我必须解释说你只是走错了路，这并不容易，你明白吗？7月那件事情发生之后，任何人都可能是叛徒、间谍或者渗透者……"

"就像艾尔弗里德？"

齐格勒沉默了一会儿，然后问："你刚才是想找她吗？"

"她在哪里？"

"我们把她带走了。"

"她在哪里？"

"就是你想的那个地方。"

他递给我一张纸条。"你可以给她写信，"他说，"我尽我所能了，相信我，她还活着。"

我注视着他拿着纸条的那只手，没有接过来。

齐格勒捏皱了纸条，把它扔到桌上便离开了。也许他相信这只是我的傲慢的最后挣扎，如果我是独自一人，我一定会把地址放进口袋里的。但我没有口袋，我也没有带包。

"我不想再给那些不会回信的人写信了。"

齐格勒停了下来，他的眼里充满了怜悯。我刚才就在找寻这样的怜悯，但我现在才发现这并没有让我感到任何宽慰。

"他们在外面等你。"

我疲惫不堪地慢慢站起来，当我走到他身边时，他对我说："我也别无选择。"

"你得到晋升了吗？还是他们觉得你只配做这种无能的工作？"

"滚出去。"他推开门。

在走廊里的时候，我感觉像走在水中，齐格勒注意到了这一点，并再次本能地上前扶我，但我挣脱了他，我宁愿跌倒。我的脚踝没有扭到，我继续走着路。

"这不是我的错。"当我走到在门口等待的党卫军身边时，他这么跟我说。

"当然是你的错，"我头也不回地回答他，"这是我们的错。"

第四十章

艾尔弗里德的离去让我精神崩溃，我没有办法去恨莱妮，但是我也不能原谅她。在我看来，她最近表现得谨小慎微只是如同一个做了恶作剧的孩子担心被抓包而感到心虚。这对我来说远远不够，我真想这么告诉她："说话之前务必先过脑子。"但是我保持了沉默，我没有和任何人说话。大家低声地交谈着，声音很轻，但这种嗡嗡声更让我无法忍受，艾尔弗里德值得大家的尊重，而我需要安静。

我的朋友都在低头吃饭，她们什么都不敢问：我到底知道些什么？为什么那个周六的早晨我会突然从椅子上站起来？我能感到投射在我身上的目光不仅仅是来自一言不发的"洗脑党"。有天早晨要不是奥古斯丁拦着我，我会直接把西奥多拉推到地上。几个月以来，她都和艾尔弗里德在一张桌子上吃饭，她就在她旁边吃饭，但她一点都不受影响；同样地，"洗脑党"也每天和艾尔弗里德见面，曾经和她一起面对死亡，她们一起逃过一劫，但就连这样也不能激起她们对艾尔弗里德的一丝怜悯。"怎么可能呢？"多年来我一直在问自己这个问题，直到几十年之后的现在我都没有办法理解。

海克生病了，这次是真的生病了，她提交了一份身体不适的医生证明，已经缺席几周了。我不知道在这些日子里他们是否还会给她支付同样的工资，而羞耻心让贝雅特没有再拿有孩子需要抚养的借口说事，而我非常希望海克能够慢点好起来，至少等到我的愤怒平息之后再好起来，虽然我的愤怒也许永远不会平息，不然我一定会揍她，惩罚她。

但我又有什么资格呢？我也没有比她好到哪里去。

没有新的女孩子来取代艾尔弗里德，莱妮旁边的位置空了。她的床铺也是空的，也许他们是故意这样做的，他们就是想让我们这些心存不满的人明白那样做会发生什么。又或许元首忙于解决大批军队灭亡的事情，自然懒得去管试毒员少了一个的小事。

元首又一次离开了。一天下午我闲在家里洗衣服，赫塔过来了。肥皂的味道舒服无比，太阳高高悬挂着，我手指上都是湿衣服带来的凉爽。

屋里的收音机开着，庆祝德国母亲节的报道和音乐从开着的窗子传了过来。那里就是元首去的地方，他要给多产的母亲颁发荣誉奖。"已经8月12号了，"我一边在晾衣绳上挂桌布，一边想着。我好久没有算日子了。8月12号是克拉拉[1]的生日，如果三十七年前克拉拉没有死会怎么样？三十七年前的阿道夫还没有形成现在的性格，他只是一个因为母亲离世而感到焦虑的孩子而已。

赫塔没有帮我，她只是笔直地站在那里，似乎想要说什么，但是她最后什么都没说，她也听起了收音机。元首将要给那些最优秀

---

1 指希特勒的母亲。——译者注

的母亲颁发黄金十字奖章，她们都是生出了八个健康孩子的母亲。但是剩下的事情谁会管呢？那些孩子是否会在长胡子之前，或穿上第一件胸罩之前就死于饥饿或伤寒？没有人会去管他们是否会死于战争；重要的是，有新生男孩就意味着有新的军队被派往前线，有新生的女孩就意味着有更多的女人怀孕。奥古斯丁说："现在连隔壁的俄罗斯人都可以让我们怀孕了。"乌拉说："肚子里有一个叫'伊万'的士兵总比脖子被一个美国人掐住要好。"

我仰望天空，上面没有飞机穿过，既没有美国人的也没有苏联人的，天空像被一块纱布遮住了，过滤出几缕阳光。赫塔和我商量过，一旦轰炸开始，我们就在当晚带上食物和毛毯逃到树林里去。格罗斯－帕特斯奇没有避难所，也没有给村民们建立的掩体，更没有地道来提供保护。她觉得把脸贴着树根睡觉比在地窖里睡觉更舒服，因为在地窖里会缺氧。我对她说："好的，你想要做什么我们就跟着你做什么。"每次她征求我意见时我都这么回答她。虽然最后我们还是打算即使周围再喧嚣，我们也闭门不出，就像我爸爸一样，拍拍枕头，把头转到另一边继续睡。

另外，广播里总是在辟谣："为什么大家要在今天胡思乱想呢？今天是节日啊，我们都应该为帝国的孩子们庆祝，谁都知道，德国人爱孩子，你呢？"有的女人结婚了，但她们还不习惯多生孩子，生六个孩子只能获得一个银制十字架，奖章敦促着大家更加忙碌地生子，也许到了明年她们就更上一层楼了。"我们应该永不放弃。"这是元首告诉我们的。有的人甚至会满足于一个青铜十字架，她们才刚刚一口气生了四个孩子，就不再期待更多的孩子了。至于我的婆婆，她从没想过赢取任何东西，她一共有过三次妊娠，其中两个孩子小时候夭折了，另一个失踪了。德国人爱孩子，即使是那些被埋葬在地底下的或者失踪的孩子，他们也爱——而我连一个孩子也没有。

"你有多久没来例假了？"

我任凭一块湿抹布掉进水盆里面。我攥紧了一个夹子。

"我不知道。"我想了想，但是我记不得了，我已经好久没有算日子了，这段日子我过得浑浑噩噩的。我重新抓住那块抹布，把它挂在晾衣绳上，我只是想找个东西抓住。"怎么啦？"

"我发现你有一阵子没有洗衬布了，我没见你晾过。"

"我都没注意。"

她伸出一只手，在我的肚子上摸了一下。

"你在干什么？"我的手猛地松开晾衣绳，为了躲开她，我差点跌倒。

"你……你在做什么？你做了什么？"

我的双唇和鼻孔不停地颤抖着，赫塔就站在我的面前，她伸出双臂，好像要去抱一个并不存在的会渐渐长大的肚子。

"我什么都没有做。"

难道我怀了齐格勒的孩子？

"那你为什么要避开呢？"

我要除掉这个孩子吗，就像海克一样？但是艾尔弗里德已经不在了。

"我什么都没有做，赫塔。"

我的婆婆不再说话。我一直想要一个孩子，但是格雷戈尔不在，所以没有成功。赫塔又一次伸出手。如果我想留下这个孩子呢？

我大叫道："你到底是什么意思？"

很快，约瑟夫走到了窗前："发生了什么？"他关上了收音机。

我等着他的妻子回答他，但是她只做了一个"你别管"的手势。自从艾尔弗里德离开后，我变得非常沮丧，情绪波动很大，她又不是不知道。我一路跑进房间，直到第二天早晨才肯出门。我彻夜未眠。

　　

与齐格勒在一起的几个月里，我重新认识了我的身体。我坐在马桶上检查了我腹股沟的褶皱、大腿内侧的肉，还有臀部的皮肤。我不认识它们，它们不属于我，它们像另一个人的身体那样吸引着我。在澡盆里洗完澡后，我检查了我乳房的重量、我的骨架，感觉到了我双脚着地时的沉重，我嗅着我身上的气味，因为这是齐格勒能在我身上闻到的味道——他并不知道我和我母亲有着相似的味道。

我们都被困在了睡梦中，我们没有真的睡着，而只是暂时偏离了我们个人的生活轨迹，否认着现实，自以为可以让现实暂停。我们太迟钝了，我从来没想过他会让我怀孕，我想要的一直是格雷戈尔的孩子：格雷戈尔已经离开了，但齐格勒也可以让我成为一名母亲。

我的乳房胀痛，在黑暗中我看不清自己的乳晕，没有办法知道它们的形状或颜色是否发生了变化，但是我触碰到了那些腺体，它们摸起来十分坚硬，像一串串的绳结。直到前一天，我的肾脏还一点问题都没有，但是现在我感到背部下方有一股把我紧紧包裹起来的温暖。

当全世界都在开炮的时候，希特勒也在制造更加有效的杀人机器。在干草房里，阿尔贝特和我紧紧地蜷缩在一起，就像在睡觉，在远离那里的地方，在一个平行世界里，我们毫无理由地相遇了，我们没有相爱的理由。我没有任何理由与一个纳粹相拥而眠，也没有任何理由为他生一个孩子。

1944年夏天过后，他渐渐来得越来越少。自从他不再碰我后，我感觉自己渐渐消失，不复存在了。我的身体显露出了悲伤，它不可阻挡地走向了分崩离析的结局。它就是为了这个目的而生的，所有身体都是为了这个目的而生的：怎么可能还有欲望，渴望着这注定要腐烂的东西？这如同爱上了正在出现的蛆虫一样。

但现在，我的这具身体又因为齐格勒而存在了，虽然他不在这里，我也不想他。可我有了一个孩子。为什么我不能把他留下来呢？如果格雷戈尔回来了怎么办？那么也许——上帝请原谅我——他不回来才是最好的，我可以用格雷戈尔的性命去换取我儿子的性命。"天知道你刚刚都说了什么。"但是我想要孩子，我需要全力把他救下。

当我离开房间去军营的时候，赫塔正从晾衣架上把衣服拿下来，她最后拿的是她晾的衣服，眼下它们已经干了。我们什么话都没有说，包括那天下午下班回家后，我们也没有说话。再后来，周日结束的时候巴士过来接我，晚上我留在了克劳森多夫，直到下周五才回去。

我躺在靠近墙边的床上，伸出手摸索着艾尔弗里德的床，它是空的。我感觉我肚子里有一个裂口。莱妮睡着了，而我在思考一个解决的办法：我整整一周都在找办法。也许我应该向齐格勒和盘托出，接受他的帮助，他会找一个医生来终止我的妊娠，也许那是一个来自总部的医生，他会付钱叫医生保持沉默。而医生会在军营的洗手间里做手术。但是如果我疼得大叫，或者血水染红了瓷砖怎么办？那不是一个好地方。所以齐格勒可能会开车去狼穴，他会把我裹在一层军用毯子里，塞进行李箱，但是党卫军会通过毯子闻到我的气味，他们都是训练有素的护卫犬，我是不可能侥幸逃脱的。可能更好的办法是齐格勒开车把医生送到森林里，而我双手抚着肚子先于他们在森林里等着，虽然我的肚子没有变大，但里面确实有一个孩子。像海克一样，我会靠在一棵树上接受引产手术。但是接下来我将独自面对一切：医生会迫不及待地离开，齐格勒得开车送他回去，于是我会在桦树脚下挖一个洞，再用土将它掩埋。我会在树皮上刻一个十字，其他的就没有了，我的儿子不会有名字，如果他没有出生，给他起名字又有什么意义？

　　或许，齐格勒将不顾一切地留住这个孩子。他会告诉我他在格罗斯－帕特斯奇为我们买了一栋房子，可我并不想留在格罗斯－帕特斯奇，我想住在柏林。"这是钥匙，"他会边说边合上我的手掌，"今天晚上我们一起睡觉。"但今天晚上我将在军营里睡觉，就像昨天、前天和明天一样。"战争迟早会结束的。"他会回答我。他这般充满希望的样子使他看起来十分天真。也许这只是一个欺骗我的手段，他会让我生下孩子，然后把他带到慕尼黑。他会把孩子从我身边带走，让他的妻子照顾这个孩子。不，他永远都不会在自己的家庭和党卫军面前承认自己有私生子。他会从这件事情中全身而退："你倒是说说，你怎么能保证这个孩子就是我的？"

　　我太孤独了，我不能把这件事情告诉赫塔，也不能告诉约瑟夫，更不能向我的女伴们倾诉，她们也无能为力。这就是为什么我甚至渴望和齐格勒达成协议。我疯了，我觉得一切都疯了，如果格雷戈尔在这里，我至少可以和他谈一谈。"什么事儿都没有，"他会拥抱着我说，"你只是做了一个梦。"

惩罚终于来了：它不是毒药，也不是死亡，而是生命。"爸爸，上帝是多么残忍啊，他用一个生命来惩罚我，他一边实现我的梦想，一边在天上嘲笑我。"

周五我回去时，赫塔和约瑟夫已经吃过饭了，他们正准备休息。她披着一件开襟羊毛衫，因为空气正渐渐转凉。她勉强地朝我打了一个招呼，而约瑟夫像往常一样和蔼，并没有询问他的妻子为什么对我这么冷漠。

躺在床上时我的身体有些抽筋，我的肾脏像被火烧着了一样，我感到有一根针反复地在我的左乳头滑进滑出，就像有人决定要把它缝起来，合上它一样。"不要用它喂养你的孩子：如果你真想抚养这个孩子，就偷走克鲁梅尔的牛奶吧。"我的头像被钳子夹住了一样，我的脉搏在不停地抖动。早晨起来的时候，我一阵头晕目眩。

我揉了揉眼睛，注意到床上有一个黑色的污点，我的睡衣也脏了。我出血了，我正在失去我的孩子。我跪倒在地，脸埋进了床垫。我正在失去齐格勒的孩子，我用手捂着肚子想留住孩子——"不要走，不要像其他人一样离开我，和我在一起"——我摸了摸乳房，它们很柔软，没有受到任何伤害。一种难以察觉的轻微的烦躁悄然产生，这种感觉我有过很多次。

原来我从来没有怀上齐格勒的孩子。

　　　　　　　　　　　　　　　希特勒的试毒者

"这是有可能发生的，"艾尔弗里德会说，"你可真让人意外，居然不知道当人特别悲伤或身体疲劳虚弱的时候，例假就会迟迟不来。有的时候饿肚子也会导致这样的结果，但是你并不饿，不像我。我现在在这里也没有例假，真应了莱妮说的，我们的例假是同步的。"

我仍然把脸压在床垫上，我是为了艾尔弗里德哭泣，我一阵一阵的呜咽浸湿了床单，直到我听见了车喇叭的声音。我把衬布用别针别上。我穿得很快。我没有遮住床上的红色，这样赫塔就可以看见它了。

在巴士上，我把额头贴在车窗上继续哭泣，为我那从来不会有的儿子。

第四十一章

　　贝雅特说得并没有错。元首的一切都变得很糟，7月的时候他就被一部分人背叛了，他面临着亲信骤减的局面。而一个多月之后，他在西部前线又失去了50万人，他已经没有驻军和大炮了，巴黎已经解放。另外，斯大林显现出了明显的优势，他已经征服了罗马尼亚并迫使芬兰投降，还推动了保加利亚正式发动战争，并且在波罗的海地区困住了德军的五十个师。"他越来越逼近我们了。"将军们只知道重复这句话。国家的最高首脑们不断地给希特勒洗脑，试着劝他相信，但希特勒并不想知道这个。他的军队会像腓特烈大帝说的那样一直战斗到他们的对手精疲力竭以致投降为止。他们会耗尽对手，最终保持荣誉。不会出现另一个1918年的，只要他还活着——他用右手捶打着胸部发誓，而左手藏在背后。他患上了习惯性震颤，莫雷尔还没有做出适当的详细诊断。"别再说什么叫'伊万'的士兵已经来到家门前这样的蠢话了，"元首大喊着，"他们都是花架子。"

　　所有这一切我们都不知道，至少不太清楚。我们被禁止收听敌台的广播，有时候约瑟夫可以搜索到法语和英语电台，所以我们就只能知道那么一点点，但总的来说还是一概不清楚。不过很明显的是，希特勒在撒谎，他已经失去了控制，正走向失败，却拖着不告诉大家，不承认这一点。从那时候起许多人都开始厌恶他，我的父亲从一开始就讨厌他。我们从来没有成为纳粹分子，除了我，我的家庭中没有人是纳粹。

11月的一天，我被传唤到前校长办公室。这次没有预谋。警卫陪着我，其他人以为他要陪我去洗手间，而我不知道齐格勒想要干什么——我们有几个月没有谈话了——因为愤怒，我握紧了拳头。

在我拒绝拿那张纸之后，我当然再次见过他：在走廊或者食堂里。然而他今天似乎不同于往日。他的鬓角微秃，面部的皮肤毫无弹性，鼻子两侧和下巴上都泛着油光。

我紧紧地抓住门把手，预备随时离开。

"你必须保命。"

如果他不保我，那我还可以去找谁？

他从书桌后站起来，在离我两米远的地方双臂交叉，保持着谨慎。他说苏联人来了，他们的袭击会摧毁所有房屋，大家都必须离开。"然而到了最后的紧要关头，元首还在反对，他不想离东线太远。但是只要他在这里，"齐格勒说，"那就是在给敌军指路，飞机会不停地在狼穴的上空盘旋。留下简直是个疯狂的念头。所以希特勒即将在几天之内与他的秘书、厨师和同僚离开这里，前往柏林，并在敌军摧毁掩体和营房之前逐步撤离所有人。"

"那么难道我要去跟希特勒说，能不能让我搭个便车吗？"

"罗莎，别再闹了，你难道看不明白一切都完了吗？"

都完了。我失去了我的父亲、母亲、兄弟、丈夫、玛丽亚、艾尔弗里德，甚至沃特曼教授。细数下来，只有我还安然无恙。但是现在一切都结束了。

"20号，希特勒将和陆军最高将领一起离开，但是那些在总部工作的平民在撤离之前还要处理一些后勤的问题，包括文件和军需品，所以他们将延后几天上车，你和他们一起走。"

"他们为什么要接纳我呢？"

"我会找个办法把你藏起来。"

"谁告诉你我愿意藏起来？如果他们发现我，他们会对我做什么？"

"这是唯一的解决方案。当大家发现已经无法挽回的时候，他们就会离开这里，而你现在就有机会离开，而且还是坐火车。"

"我不会上车的，你要把我送到哪里去？"

"去柏林，我和你说过的。"

"我凭什么相信你？其他人还留在这里，我为什么就能保命？因为我和你上床了？"

"因为是你。"

"这么做不对。"

"生活中哪有那么多的'对'。现在的情况至少不是我能决定的。"

没有什么是完全正确的，甚至爱。有的人爱着希特勒，毫无保留地爱着他，母亲、姐姐、洁莉[1]、爱娃·布劳恩。他对她说："是你呀，爱娃，是你教会了我亲吻。"

---

1 洁莉·罗包尔，希特勒的侄女，与希特勒关系密切，希特勒对洁莉充满控制欲，这间接导致了洁莉自杀身亡。——译者注

我叹了口气，感到嘴唇干裂。

齐格勒走近我，摸了摸我的手，我猛地抽回了。

"还有我的公公婆婆呢？"

"我不可能藏起每个人，你好好想想吧。"

"没有他们我不会走的。"

"你别再任性了，就听我一次。"

"我听过一次你的话，但结局不好。"

"我是真的想帮你。"

"我不想再逃命了，阿尔贝特，我想好好过日子。"

"那就离开这儿。"

我叹了口气，问他："你也会走吗？"

"对。"

有人在巴伐利亚等他，可是没人在柏林等我。我将在漫天的炮火中独自一人，甚至没有一张床。这样无用的存在感刺激到了我："为什么我还要努力保护自己？难道这是我的责任——但我现在对谁负责？"

这是没人逃得过的生物本能，如果是格雷戈尔，他会很轻易地接受这个现实。"不要以为你与其他的物种不同。"

我不知道，比起死亡，我这个物种的其他生物是不是更能接受孤苦的生活。难道在贫困和苦难中生活要远比在脖子上挂一块石头然后投入莫伊湖来得轻松？可如果战争是人类的一种本能，人类生来就是一种有缺陷的物种，我们就没有必要永远支持人类的本能。

约瑟夫与赫塔并没有问我是谁有能力让我偷偷潜入纳粹的火

车，也许一直以来他们什么都知道。我希望他们阻止我离开："你留在这里，现在你要赎罪。"然而赫塔抚摸着我的脸颊说："要小心啊，我的孩子。"

"你们也一起来吧。"我说服了齐格勒，他已经打点好了，可以让他们也藏进火车。

"我太老了。"赫塔回答道。

"如果你们不走，那我就留在这儿，我不会丢下你们不管的。"我一边说着一边想起弗朗茨，每次从失魂中惊醒我都会抓住他的手，我会趴在床上，靠他背部的温暖平静下来。"不，我不会丢下你们不管的。"赫塔和约瑟夫的房子就像我弟弟一样温暖。

"你走得越早越好。"约瑟夫命令道，这是我第一次听他用这样不容置喙的语调说话，"你有责任拯救你自己。"他像在与他的儿子对话。

"格雷戈尔回来的时候，"赫塔说，"他需要你。"

"他永远不会回来了！"我尖叫道。

赫塔脸色变得惨白，她离开我，瘫坐到椅子上。约瑟夫收紧下巴，不顾屋外的低温走了出去。

我没有去追他，也没有起身去赫塔那里，我觉得我们已经分开，以各自的方式独处。

但是当他再次回到门口时，我道了歉。赫塔没有抬头。

"对不起，"我重复道，"我和你们生活了一年，你们是我剩下的唯一的家人了，我很害怕失去你们，没有你们我会非常害怕的。"

约瑟夫把一块木头丢进壁炉里，然后坐了下来。

我们坐在一起，三人的脸被炉火温暖了，就好像回到了我们幻想格雷戈尔休假回来的圣诞晚餐那个时候。

"你会回来看我们的，你和我的儿子。"赫塔说，"你向我保证。"

我如何能说一个"不"字？

扎特跳起来，它弯着腰，驼着背，伸展了双腿，然后蹲在了我的大腿上，开始长时间地发出"呜呜"声，那听上去像在和我道别。

三个早晨后，巴士再也没有出现。希特勒已经离开了，但我的女伴们不知道他不会回来了。我没有和莱妮或者其他任何人打招呼，我做不到。在格罗斯－帕特斯奇的最后一周，我借口天气寒冷，很少出门。

有一天晚上，指甲划在玻璃上的声音吵醒了我，我点燃油灯走到窗边。齐格勒站得非常近。因为光的效果，他投射在玻璃上的脸与我的脸重叠了。我套上外套，走了出去。他向我详细说明了应该在什么时间和什么地点见面。明天会有一名叫施魏格霍费尔的医生与我见面：他什么都知道，很可靠。在确认我清楚了一切之后，他快速地跟我道了晚安。他像从前一样耸了耸肩。

"明天见。"我说，"在车站。"

他点点头。

第二天下午，在房子门口，赫塔紧紧地拉着我，而约瑟夫则有些局促，没有靠近我，他的双手分别放在我们的肩膀上，他的双臂环抱着我们。

当我们分开时，我的公公和婆婆最后一次看着我走在格罗斯－帕特斯奇的弯道上，直到我的身影消失。那是10月底，我乘着戈培尔的火车前往柏林，戈培尔不在上面，而阿尔贝特·齐格勒也不会来。

第四十二章

　　我想象中的戈培尔的火车是"美国"号，而不是克鲁梅尔曾告诉我的"勃兰登堡"号。那天晚上他也会离开吗？我会不会在站台上遇到他？不，他肯定已经和希特勒一起出发了，不然谁能去准备粗面粉糊糊呢？元首一直有胃痛，旅行更使得他神经紧张，尤其是现在他在战场上节节败退的时候——"但粗面粉是灵丹妙药，您瞧着吧，包在'面包屑'身上。"

　　按照齐格勒说的，六点我准时来到格罗斯－帕特斯奇的一间匿名酒吧与施魏格霍费尔医生见面。酒吧里没有客人，店主用一只手扫走吧台上散落的糖粒，用另一只手把它们全部接起来。他做完这件事情之后给了我一杯茶，而我没有碰这杯茶。齐格勒说我会通过胡子认出医生的，因为他留着和希特勒一样的胡子。有一次在干草房里他告诉我，他们经常建议元首剃掉胡子，但是元首本人反对，因为他的鼻子太大了。而施魏格霍费尔医生的鼻子很薄，胡子也很干净，只是有一些发黄，可能是香烟的缘故。一进酒吧，他就迅速地扫视了所有空桌，然后看见了我。他走到我身边，报出我的名字，也告诉了我他的名字。我伸出手，他用力地抓住了："我们快走。"

　　在路上开车时他告诉我，火车站入口的看守是一个值得信任的人，他会放我进狼穴火车站，不需要我提供任何证件。"一旦进去了您就跟着我，不要四处张望，您走快一点，但也不要表现得焦虑。"

"如果有人拦住我们怎么办？"

"天黑了，里面也很混乱，运气好的话他们不会注意到我们，如果真注意到了，我们就假装您是我的一个护士。"

这就是阿尔贝特没有亲自护送我的原因，我曾经误会这是他另一个卑鄙的表现：尽管他的职务给了他力量，但是他太懦弱了，不敢送自己的情人去坐戈培尔的火车，他只是强制她与狼穴的直接雇员一同离开，即使她从没有在那里生活和工作过。但是与医生交谈后我才明白，齐格勒将我托付给医生是因为他计划让我假装成医疗团队的职员。这个计划听上去很可能会成功。

匆匆一瞥后，哨兵就放我们进去了，他几乎没有看我。我发现自己正处于人们将各种大小的木箱装上火车的过程中。而党卫军和士兵们监督着他们，咆哮着给出指令，并盯着货物。火车准备就绪，车头指向远方，军事总部的改变已成定局。车两边的纳粹标志只是徒有其表罢了，它们一如既往地是失败者的痕迹，随着火车的离开逐渐消退，至少在我看来是这样的。戈培尔不在里面，火车已不再听命于他，它只有保护自己的本能。

施魏格霍费尔跑步的动作很显眼，但他并没有理会他身后的眼神。

"我们现在要去哪儿？"我问他。

"您包里总有一条毯子吧？"

我在行李中放了几件毛衣（我想的是辗转几个月之后，我应该还会回来取剩下的衣服的，我还想说服我的公婆和我一起搬到柏林去住），还有一条阿尔贝特建议的毛毯。赫塔还为我准备了一些小面包，因为旅行将持续数小时。

"是的，我有一条毯子。我想知道，如果没有证件的话，我还能说我是您的护士吗？如果他们问起我来我该怎么办？"

他没有回答，他走得很快，我试着跟上他的步伐。

"我们要去哪儿？我们已经走完所有车厢了。"

"居民的车厢走完了。"

直到他让我进入一节载货车厢，我才明白他的意思。载货车厢在火车的尾部，远离站台上的人群。他的手掌压上我的背，将我托了上去，他也爬了上来。令我惊讶的是他推开了几个板条箱，指了一个位置，让我坐到一堆行李箱的后面。

"您躲在那后面能防寒。"

"您这是什么意思？"

几小时甚至几天待在载货车厢里，被黑暗和冻僵的危险包围可不是什么好主意，原来我仍是任由齐格勒摆布的棋子。

"医生，我不能待在这里。"

"随您吧，我的责任已经尽到了，我和中尉的协议就是救您的命，这儿就是我能给您提供的位置，十分抱歉我没有办法把您列进居民名单里，那边的车厢都已经满了，有的人只能站着或者坐在地上。我们不可能把整个城镇带走。"

他跳了下去，双手拍了拍裤子，又递给我一只手帮助我下去。这时有一个男人的声音在叫他。

　　　　　　　　　希特勒的试毒者

"您赶紧躲起来。"他同我说，然后转向那个喊他的男人。

"晚上好，中队长，我到这儿来检查一下我那些宝贵的设备是不是都已被安排妥当，没受损坏。"

"你怎么检查？箱子都已经密封了。"那个声音越来越清晰。

"对，我知道。"医生回答道，"这个想法很愚蠢。但是知道它们安全地在这里，我才安心。"他试图笑了笑。

中队长回了他一个短促的笑声。当他靠近的时候，我藏在大行李后面。如果他发现了我，他会对我做什么？无论他会做什么，我都没有什么可以失去的了。是齐格勒坚持要我离开的，我自己并不想走，我早就厌倦了一直要试图拯救自己，然而我对党卫军的惧怕之情却与第一天的时候相同。

当中队长跳上车时，地板在我的身下摇摇晃晃，板材箱也随之震动，我屏住了呼吸。

"在我看来它们都摆放得很好，医生，您可别再怀疑，让大家不痛快了。"

"瞧您这话说的，我只是有一些担心……"

"您别担心，谁不知道医生都有些怪脾气？"他又笑了笑，说，"行了，现在去休息吧，路途还长着呢，过几个小时我们就出发了。"

车厢地板又一次震动起来，党卫军的双脚重新踏上了站台。我把头枕在膝盖之间，用胳膊环抱着它们。

一阵金属的噪声充斥了整个车厢，车厢里漆黑一片，我立刻起身去寻找出口，我看见一丝光通过一个缝隙透进来，我被晃晕了，整个车厢里面没有扶手。和失魂时一样，我什么声音也发不出来，我在一堆行李中跌跌撞撞，终于摔倒在地。

我多想站起来，在行李箱中翻找出那扇门，然后走过去敲它，用力地敲，用拳头打，一边打一边叫，迟早他们会听见我的声音，然后他们会打开门。我一点都不在意他们会对我做什么，我只想去死，几个月以来我一直想去死。然而我还是待在那里，长久地坐在地板上——这是我的畏惧、我的害怕、我的生存本能，这种本能永远不会结束，我从来没有厌倦活着。

　　我把手放在肚子上，我的肚子温暖了，这就已经足够，这象征着我再一次放弃了，妥协了。

第四十三章

　　一阵喧闹吵醒了我，有人打开了车厢的门，我趴到地上，躲进了木箱后的一个凹洞里。我的腿蜷缩在胸前，昏暗的光一阵一阵的，有一些人——我也不知道几个人——进来了。他们感谢着那些把他们带到这些木箱之间让他们安顿下来的人，还说了一些什么我就听不清楚了。我不知道他们有没有注意到我的存在，我为了保持平衡抓着行李箱的把手。一阵关门声后，所有人都保持了安静。谁都不知道现在是什么时间、火车什么时候继续前行。我又饿又累，我的眼皮开始打架，在黑暗的环绕下我已经忘却了时间和空间，寒冷一直在我的颈部和腰部徘徊，我的膀胱也满了。我听见其他人在窃窃私语，但是我看不见他们。我仿佛飘浮在一个没有颜色的梦中，这像一种随时可以醒过来的昏迷状态。我麻木地与世隔绝了。这不是孤独，这只是好像这个世界上从来没有人存在过，我也没有存在过。

　　我终于释放了膀胱，尿在了身上。热流让我感到一阵安慰。也许尿液会流到地板上，一直淌到其他乘客的脚边。不，那些箱子会挡住尿的去路，但气味会传到我的旅伴的身边，他们一定在想那些行李箱里放的到底是什么东西——"怎么一股消毒剂的刺鼻味儿？"

我的大腿湿了，而我睡着了。

一阵绝望的哭泣声让我睁开了眼睛，在黑暗中我感到那是一个孩子的哭泣，这个声音混在列车运行时的晃动声中。他可能正埋在母亲的胸前啜泣，他的母亲可能正紧紧地抱着他，但是我看不见。他的父亲低声地说："够了，别哭了，你饿了吗？"显然他的母亲正试着给他喂奶，但这也阻止不了他的哭泣。在喧闹声和火车的摇晃声中，我拉了拉毯子，把它盖上肩膀。我不知道我们到哪里了，也不知道我们睡了多久，我没有吃什么东西，虽然饿了，但我没有心思吃：我犯困的身体在自我保护着。这种半梦半醒的状态让我有些迷惘，孩子的痛苦的确惊扰了我半梦半醒的状态，但还不至于打破它。我只觉得一切都是一种难以理解的回声和幻觉。于是我唱起了歌，我甚至没有认出那是我自己的声音，不管是犯困、排泄，还是虽然饿了但是不想吃东西，这些感觉都像生命出现之前的状态，它既没有开始也没有结束。

我唱的是我父亲教我的那首歌，这首歌我在海克家中为小乌尔苏拉唱过，在干草房里为阿尔贝特唱过。在黑暗中，在孩子的哭泣声和火车的嘎吱声中，我唱着"那只偷了了鹅的狐狸"，警告狐狸猎人会让它付出代价。我想象不到其他乘客的表情会多么吃惊。"到底是谁在那里唱歌？"爸爸会问，虽然我没有听到。而妈妈会把孩子的脸紧紧贴在自己的乳房上，轻轻地抚摸着他的头。"我亲爱的小狐狸呀，你不需要吃烤鹅，"我唱道，"给你一只小老鼠，你就会很高兴了。"孩子终于停止了哭泣。我又从头唱了起来。"乌尔苏拉，跟我一块儿唱吧，你已经学会这首歌了。"我缩在毯子下面唱完一遍，又唱了一遍，孩子终于睡着了，或许还醒着，但他已不再绝望——他的哭泣也曾是一种生命的行为，像一场叛乱，但最终他放弃了，妥协了。

我噤了声，从行李中翻出了一个面包。

"是谁在那里？"女人问道。

一道褪色的光在地板上画出了一片阴影，我跟随着光慢慢地从凹洞中走出来，隔着板条箱朝外看去。

婴儿被包裹在毛毯里面，他的父亲点燃了一根火柴，小小的火焰闪烁着，映照出了母亲抖动的脸。

克丽斯塔和鲁道夫感谢我安抚了他们的孩子："你是怎么做到的？他叫托马斯，还只有六个月大，因为晕车所以喝不下奶。"

"有人在柏林等你们吗？"这是我想到的第一个问题。

"不，我们从来没有去过那里。但这是离开的唯一办法了。"鲁道夫说，"我们总会想到在那里做些什么的。"

也没有人在柏林等我，说不定我可以倚仗他，让他也帮我想想我做些什么。我问我的旅伴想不想吃点东西。克丽斯塔把宝宝放在毛毯叠成的小床上。她终于可以休息一会儿了，之前的火柴熄灭了，鲁道夫又点燃了一根。我们把带来的食物都拿了出来，放在两块毛巾上，一起把它们吃完了。人类似乎永远可以自发形成一个食堂，即使是那些被塞进货舱、被货架分隔着的人，在这些夹缝中人们也可以成为朋友。

我已经不太记得那次旅行了，列车每次进站的时候，我们也没有办法窥探那儿是城市还是树林或是乡村，我们从来不知道我们到了哪儿，也不知道是白天还是晚上，就像有一场皑皑的白雪覆盖下来，使世间的一切陷入了寂静，也许真的下了雪，可我们看不到。我们只能蜷缩着互相温暖，叹息着，无聊着，偶尔有一丝的焦虑。我听着熟睡的孩子柔美的呼吸声，想到了保利娜，不知道她现在在哪里，长大了多少，我能不能在柏林再一次遇到她。我们躲在被窝里发抖，我们都口渴了，水日渐稀缺，我们满足于舔水壶的边缘来滋润一下嘴唇。我们数了数火柴还剩下多少根，鲁道夫如今只在克丽斯塔替孩子换尿布时才会点燃它。带有粪便的尿布被卷起来扔在角落里，我们已经习惯了恶臭，习惯了在黑暗的遮蔽下聊天。有时候我们和托马斯一起玩，听他咯咯直笑，在克丽斯塔受够了孩子的哭泣时帮她带孩子，托着他的头把他抱在怀里摇，或者揉他的肚子。我对那次旅行的记忆是黑暗中塞满口腔的面包，和克丽斯塔的一个锡瓶子，她尿在里面时发出的声音就像在手指间摩擦石头颗粒的声音。那刺鼻的味道让我想起了不登格斯的避难所，当身体需要完成其他需求时，尊严永远是可以放置在一边的。格雷戈尔曾经说过粪便是上帝不存在的证据，但它使我产生的是对我的旅伴无限的同情。污秽之物无法掩盖，这却全然不是他们的错，这甚至成了我爱他们的唯一真正的理由。

当火车第无数次停下来时，我们并不知道那已经是最后一站了，我们到了柏林，终于到了。

　　　　　　　　　希特勒的试毒者

第三部分

第四十四章

　　火车站又拥挤又嘈杂，人们都走得非常快，我很害怕他们会挤到我。我身后的人纷纷超过了我。那些朝我走来的人都走近我了才拐弯，他们有的挤到了我的臀部，把我撞得失去了方向——于是我只能站着不动，像一只在街上的猫被车灯晃得眼花缭乱。行李箱的重量使我向右倾斜，但是我捏着行李箱的手柄，它给了我一种安全感，因为我仍然有一个东西可以抓着。

　　我在找洗手间，我不想在火车上方便，但是现在我再也忍不住了。所幸队伍不是很长，很快就排到了我。我看着镜中的自己，我的眼睛好像漂浮在黑眼圈的凹陷中，这就好像我的脸刚遭遇了一场山体滑坡，眼睛晃荡了很长时间，最后停在了凹陷的地方。我调整了额角的一个发夹，用手指梳了梳头发，涂上口红。虽然我只是轻轻地抹了一层，但是那至少能让这张苍白的脸散发一点光彩。赫塔曾经说我太虚荣，但今天是重要的一天，这是值得的。

　　拥挤的人群让我感到有一些不适，我很久没有坐火车了，这次的旅行吓坏了我，但是我不得不这样做，这也许是最后的机会了。

　　我很渴，喝水的地方也排着队，于是我排到了最后面。一个女人说："女士，您到我前面来。"她看上去不到三十岁，身上到

　　　　　　　　　　　　　　希特勒的试毒者

处是雀斑，脸上、胸部还有手臂上都是。临近的一些人也转过头来。"对啊，女士，请您到我们前面去。"那个长雀斑的女人大声地问着："我们能给这位女士腾一下位置吗？"我紧紧地抓着我的行李箱。"没有必要这样做的。"我说道。但是她扶着我的背，陪我向前走去。我有一张破碎的脸和萎缩的手臂：这是他们眼中的我。

喝完水我道了声谢，走到了出口。猛烈的阳光照耀在玻璃上，消除了那里面本应该反射出的城市的轮廓。我一只手遮在眼前，跨过了门槛。我眨了眨眼才适应了光线。广场十分干净，时钟悬挂在建筑物正面成排的各个壁龛的角落里，上面显示现在是一点四十分。

汉诺威车站很漂亮。

我把地址给了出租车司机。摇下车窗后，我把头靠在座位上，看着城市在我身旁飞驰而过。广播里说，今天在申根将签署开放西德、法国、比利时、卢森堡和荷兰边境的协议。

"申根在哪里？"

"我猜是在卢森堡。"出租车司机回答道，他没有再说其他的话，他不想聊天。

我从后视镜里照着镜子，我看到我干裂的嘴唇让口红的线条显得十分不规则。我试着用指甲抹掉一些口红，我想要在见到他的时候我可以看起来整齐利落。电台里正在放着1990年意大利米兰世界杯的比赛，今天下午，西德队将对阵哥伦比亚队。我可以和他谈这个，和他谈谈足球。他从来不喜欢足球，我也对此一无所知。不过世界杯不一样，每个人都看世界杯。除此之外，我们还可以讨论一些其他的话题。

出租车停了下来，司机下来把行李递给我。我来到建筑物前，从玻璃门的倒影中，我看到红色在苍白中显得尤其突兀，唇膏没有办法勾勒出嘴唇的准确边界，于是我从口袋里取出一块手帕，将它清理干净，把所有颜色都抹去了。

电梯门一打开，我就看到了艾格尼丝的侧脸，她正在投币机前等热饮。她比我小十岁，尽管她肚子的弧度都有些撑开了她蓝色的裤子，但是她保养得很好，她的脸还很柔软。艾格尼丝的脸还没有向岁月屈服。她拿出杯子吹了吹，转动着塑料棒搅匀里面的糖。然后她看见了我。

"罗莎！你来了！"

我整个人僵着，手里拿着行李箱，像一只被车灯晃得眼花缭乱的猫。

"你好，艾格尼丝。"

"你能来真好，旅行怎么样？"她拥抱了我，注意着不让饮料烫到我，"咱们已经多久没有见了？"

"我不知道。"我一边回答一边抽开身，"已经太久了。"

"你要不要把你的……"她伸出那只空着的手。

"不，我自己拿就行了。不重，谢谢。"

艾格尼丝没有给我让路，她还站在那里。

"你怎么样？"我问她。

"这种情况下我还能怎么样呢？"她垂低了眼，"你呢？"

她手里还拿着杯子，一口未喝。

　　　　　　　　希特勒的试毒者

当她察觉到我在看着杯子时，问我："你要喝吗？"然后她迅速道歉，走向投币机，"我的意思是你要不要喝点什么？你口渴吗？饿吗？"

我摇了摇头："我很好，谢谢。玛戈和维贝克呢？"

"他们一个要去学校接孩子，晚点的时候过来，还有一个要上班，今天没办法过来了。"

艾格尼丝还是没有喝东西，我不渴也不饿。

"他怎么样？"过了一会儿我问道。

她耸耸肩笑了笑，低头看着饮料。我默默地等她喝完。当她把杯子扔进垃圾桶之后，她心不在焉地把手在裤子上擦了擦。"你过来吗？"她说。

于是我跟上了她。

他手上的静脉连着点滴，两根小管子塞在鼻子里，他的头发被剃光了，但也许他早就已经失去了所有头发。他的眼睛闭着，他正在休息。6月的阳光透过窗户，模糊了他脸上的所有特征。但我还是认出了他。

艾格尼丝让我把行李箱放在角落里。然后她走近床，弯下腰，腰带将她的腹部隔成了两半，但是她的手还很柔软，这双手正抚摸着床单。

"亲爱的，你在睡觉吗？"

她在我面前称他为"亲爱的"，这已经不是第一次了，多年来我应该习惯了的。她喊他"亲爱的"，而他醒了过来。他的双眼是湛蓝的、湿润的，稍稍有一点点褪色。

艾格尼丝的声音很甜，她说："有人来看你了。"然后她稍稍往边上站了一点，这样他不需要从枕头上抬起头就可以看见我。

那双湛蓝的眼睛正在看着我，而我已经没有什么可以抓住的了。他对着我微笑，我咽了一口口水，说："你好，格雷戈尔。"

第四十五章

艾格尼丝说，趁我在的时候她正好可以去喝一杯咖啡。她刚刚才喝了一杯，所以我知道她这是在特意为我们留下独处的空间。她怕我尴尬，或者我猜错了，她是因为想到要和丈夫的前妻在一个房间里而觉得尴尬，尤其是因为现在他就要死了。

在离开前，艾格尼丝给他递了一杯水。她将手支在他的脑袋后面，方便他稍稍地抬起头，而格雷戈尔把嘴巴贴在杯子上，他就像一个还没有学会用杯子喝水的孩子。有一些水洒出来弄湿了他的睡衣，艾格尼丝从床头柜上的抽纸里抽出一张吸水纸，把水擦干了。她帮他调整了枕头，重新折了折床单，并在他的耳边低低地说了一些什么。我永远不会知道她说了什么。她吻了他的额头，并且调整了百叶窗，以免光线打扰到他。她和我们打了声招呼之后就推门出去了。

看到另外一个女人照顾格雷戈尔让我觉得很不自在，倒不是因为他曾经也是我的丈夫，而是因为我也喂过他水，清理过、温暖过他的身体。战争结束的一年后他回来了。

格雷戈尔重新出现的那一天，土豆在安妮的厨房里面煮着。我和她还有保利娜住在一起，像现在一样。那是一个夏天，保利娜刚结束在不登格斯的废墟上捉迷藏的游戏，我和安妮刚下班回家准备上楼做饭。我的公寓仍然不能住人，安妮也失去了丈夫，她欢迎我去她家里住，我们三个就睡在一起。

我用叉子叉着土豆，看看它们是不是烧熟了。像往常一样，我的脚生疼。从家里到工作的地方需要走足足一个半小时，还好每天晚餐之后安妮都会准备足浴，我们把满是水泡的脚塞进木盆里面，叹着气。保利娜却不知疲倦，虽然她整天在废墟上与其他孩子你追我赶。而我们每天搬运水桶、推手推车、堆砖块，每小时能挣七十芬尼和一张特殊配给卡。

土豆已经好了，我关掉了火。保利娜的声音从路边传来："罗莎！"

我抬起头："怎么了？"

有一个像跛了脚的男人正靠着保利娜，我认不出他是谁。

然后，他用一个我几乎听不见的声音说道："是我。"我的心都碎了。

我坐在床边，把手指贴在肚子上，又放到膝盖上。我整理了一下被腿压着的裙子，然后双手再次交叉。我不知道我的手到底应该放在哪里，我不敢去碰他。

"谢谢你能来，罗莎。"

他用微弱而顺从的语气说道，就像四十四年前那个晚上我从安妮的窗口听到的声音一样。他的皮肤萎缩得厉害，因此显得鼻子更加地宽，脸骨也更加地突出。

　　　　　　　　　　　　希特勒的试毒者

我找寻着指甲里面口红的残余，我不想让他看到我邋遢的样子。虽然这个念头很傻，但我就是这样。我担心他会问艾格尼丝："那个站在我病房里双眼凹陷、满脸皱纹的女人是谁？"但事实上，他立刻就认出了我，对着我微笑。

"和你见面对我来说很重要。"我对他说。

"我也是，但我没想到你会来。"

"为什么？"

格雷戈尔没有回答我。我又看了一眼我的指甲和指尖，上面并没有留下口红。

"柏林怎么样？"

"都挺好的。"

在头脑混乱的时候我想不出任何有关柏林的事情，以及我在那里的生活。格雷戈尔也沉默了，然后他问："弗朗茨怎么样？"

"他正和他的孙女们在一起呢。他儿子把她们带来德国度假，他把她们都带去店里了。在他给客人刮胡子、剃头的时候，很多人出于礼貌而不是出于兴趣会问'小姑娘，你叫什么名字，你多大了'之类的问题。小姑娘们会用英语回答他们，虽然客户们听不懂，但是弗朗茨特别高兴，他的孙女们会说另外一门语言让他觉得特别骄傲。他自从当了爷爷就总是犯傻。"

"不，你弟弟一直都有点奇怪。"

"你这么觉得吗？"

"罗莎，他多少年没有给你写过信了啊！"

"哦，你知道的，他说他要断掉和德国人的关系。1918年之后德国人的形象就变差了，有些人甚至改变了姓氏……后来美国加入战争，他甚至害怕会被拘禁起来。"

"是的，是的，我都知道，等等，那个被指控的菜是什么来着……"

"被指控的菜？啊，是酸菜[1]！"我笑了，"他们改了德国酸菜的名字，叫它'自由卷心菜'。弗朗茨这么跟我说过。"

"对对，就是酸菜。"他笑着说。

突然他咳起来，从胸腔里发出的咳嗽还带着痰液，他不得不仰起头。也许我应该去扶他，帮一下他。"我该做些什么？"

但是格雷戈尔清了清嗓子，像什么都没有发生过一样，继续说道："他发过来的那封电报你还记得吗？"

原来他已经对自己的咳嗽习惯了，他只想说话，他不需要别的东西。"我怎么能忘了呢？他说'你们当中还有人活着吗'，除了电话号码和家庭住址，他就写了这么一句话。"

"没错儿，你打电话过去的时候他还以为是恶作剧呢。"

"对，你说得没错。弗朗茨听到我的声音都傻了。"

格雷戈尔再次笑了起来。我没想到会这么容易。

"你看吧，这个月底小姑娘们回匹兹堡的时候，他会疯掉的。谁叫他自己决定回柏林的。有些人到了一定的时候就要回家，谁也不知道为什么。"

"你也回到了柏林。"

"我是被迫离开格罗斯－帕特斯奇的，我不能算。"

格雷戈尔沉默了，他把头撇向窗户，也许他想起了他的父母，

---

1 "一战"期间，美国多家媒体把德式酸菜称作"自由卷心菜"。——译者注

　　　　　　　　　　　　　希特勒的试毒者

他没能再见到他们，我也没有。

"我也非常想他们。"我说，但是他没有回应我。

他穿着长袖睡衣，床单拉到了胸一半的地方。

"你觉得热吗？"

他没有回答。我坐在椅子上，十指交叉，我错了：这并不容易。

"如果连你都来了，"他过了一会儿说道，"这就说明我快要死了。"

这次轮到我没有回答他了。

格雷戈尔替我解围："管他我是不是要死呢，至少你来了。"

我笑了，眼睛里充满了泪水。

"管他你是不是要死呢，至少你回来了。"每次他沮丧的时候，我都这么和他说。"现在，不好意思，你可死不了了，我不会允许你死的。"

他的体重比离开时少了整整15千克。在关押囚犯的监狱里他一直挨饿，还患上了肺病，直到现在他还有患慢性肺炎。跛脚后他被送到了德军的医院，他们还没来得及治疗他，他就因为胡思乱想而逃离了医院。因为他发现病房里的其他人都被截肢了，所以他确信他们也会砍掉他的腿。由于疼痛他跑不了太快，所以他被敌人抓获，送进了监狱。我几乎不敢相信格雷戈尔会做出这么冒失的事，这不是格雷戈尔的风格。

"如果我真的少了一条腿回到你身边，那会怎么样？"他曾经这么问过我。

"我只要你能回来就够了。"

"我们本来要一起庆祝圣诞节的，罗莎，我没有履行我的诺言。"

"嘘，现在你该睡觉了，睡吧，明天你必须恢复健康。"

也许是因为肠道感染和他的消化系统遭受过的数月折磨，他没有办法吃下任何东西。我设法搞到肉之后，为他做过肉汤，但是他刚吃下几小勺就立刻吐了出来。他的粪便很稀，呈绿色，散发着一种我从未想过人体能产生的气味。

我们把格雷戈尔安顿在保利娜的房间里，晚上我就坐在他床旁边的椅子上。有时候小女孩醒后跑来找我："你要和我一起睡吗？""不了，小东西，我必须和格雷戈尔在一起。""如果不这样，他会死吗？""我发誓只要我还在这里，他就不会死。"有一些早晨我会被照在眼皮上的阳光弄醒，发现她挤在他的身边。她不是我们的女儿，但是我熟悉她睡梦中呼吸的声音。

格雷戈尔这副衰退的身体和我的丈夫没有一点关系，他的皮肤散发着另一种味道，这是保利娜无法理解的事情。但让这个人活下去是我活下去的唯一理由。我给他喂饭，清洗他的脸、他的手、他的胸口、他的阴茎和睾丸、他的腿、他的脚，我把他的脚放进洗脚盆中蘸水擦拭。安妮现在只需要为她自己准备足浴了。我不再在夜晚去废墟里收集东西，因为我不想留下他一个人。我剪他的脚趾甲，刮他的胡子，剪他的头发，有时候他无法控制地呕吐和咳嗽，污秽物都留在我的手上，我也不曾感到厌恶，我就是爱他。格雷戈尔已经成了我的孩子。

每天他醒来的时候保利娜就会醒来，小女孩为了不让他听见会低声说："我发誓只要我们都在，罗莎，他就不会死。"

他没有死。格雷戈尔，他痊愈了。

"你知道吗？当艾格尼丝告诉我你打电话说要过来的时候，我想起了战争中发生过的一件事，也许我写信告诉过你。"

"我不这么认为，格雷戈尔。"我假装生气地说，"你基本上没有跟我说过关于战争的事情。"

见我生气，他笑着说："你到现在还在责备我，真是难以置信。"笑着笑着他咳嗽了一声，额头上的皱纹更明显了，脸上的黑斑也随之抖动。

"你要喝些水吗？"床头柜上的杯子里还有一半的水。

"那时候很多人都不知道该写些什么，信里面不准写丧气话，但是我就是整天垂头丧气的……"

"是的，我知道的，你别急，我刚才是开玩笑。你刚才说的是什么事？"

"有两个女人过来找她们的丈夫，我不知道她们走了多少路，至少有几百公里吧，路上都是雪，晚上她们就睡在冰面上。她们这么艰辛就是为了来找她们的丈夫，但是到了之后才知道她们的丈夫根本不在那里。你真想象不到她们当时是什么表情。"

"那她们的丈夫在哪里？"

"我不知道，可能在另一个战场，也可能已经被带回了德国，或者他们早就死了，谁知道呢？他们不在我们的战俘营里，所以那两个妻子只能原路折返，走同样积雪的路，睡在同样的冰霜里，而且没有一点丈夫的消息。你能明白吗？"

他话一多就上气不接下气，也许我应该阻止他说话，只是默默地和他待着，握住他的手——如果我敢触碰他的话。

"你怎么想起了这件事？我又不是从雪地里走过来的。"

"是啊。"

"而且你也不是我的丈夫了。"

冷场的话脱口而出。我不想这么失礼的。

我起身在房间里走来走去，我看见了一个储物柜，艾格尼丝把毛巾还有备用的睡衣——他需要的一切——都放在了里面。为什么艾格尼丝还没有回来？

"你要去哪儿？"格雷戈尔问。

"我什么地方都不去，我就在这里。"

我坐回来，走到床边的时候被地上摆着的拖鞋绊了一下。

"虽然你没有走过雪地，但是你也坐了至少三个半小时的火车，就是为了过来跟我问好[1]。"

"嗯，没错。"

"你觉得为什么人们需要告别呢？"

"你这是什么意思？"

"你特意赶来了汉诺威，你应该知道我是什么意思。"

"唉……我想，也许人们不喜欢把事情放在那里不解决吧。"

"所以你今天是来画一个句号的？"

这个问题让我坐立难安。

"我过来是因为我想见你，我已经告诉过你了。"

"罗莎，从1940年开始，我和你的事情就放在那里没解决过。"

---

1 原文的词义有两个，分别是"告别"和"问候"。格雷戈尔的意思是第一个，但是罗莎在这时以为是第二个。所以才有下文格雷戈尔强调告别的情节。——译者注

分开是我们一致的决定，虽然这令人非常痛苦。通常，当人们说"我们是一致决定分开"的时候，他们想说的是，"分开时没有受多大的罪，或者至少伤害比较小"。但这不是真的。的确，如果两人中的一个始终不肯放弃，另外一个就会更加痛苦，但是无论如何，分开都是痛彻心扉的体验，尤其是在和一般人相比，你有第二次机会的时候。我们本来已经放弃了，但是战后我们重新相遇，在一起了。

　　战后，我们的关系总共持续了三年，然后我们分开了。我不明白他们说的"是时间结束了一切"。婚姻结束的时间无法确定，它在配偶中至少一人决定结束的时候结束。婚姻是一个浮动的体系，它在波浪中移动，总是可以结束并且总是可以重新开始，你找不到线性的趋势，也找不到遵循逻辑的路径。婚姻的低潮不一定说明它无可救药，前一天你可能还在婚姻的深渊里，后一天你不知道为什么重归于好了，并且你永远不会记得任何一个使你必须要和你的伴侣分开的理由。你没有办法从中讨论利弊，这本就不是什么加减法。总而言之，所有婚姻都注定要结束，所有婚姻也都有继续存活下去的权利，活下去是它的义务。

　　我们的婚姻靠着感激之情又强撑了很久：我们收获了这样一个奇迹，不可能就这么毁掉它。我们是被神选中的，这是命运般的重逢。但是随后，即使是奇迹给的热情也被慢慢磨灭了。我们投身于重建婚姻，但"重建"只是一个口号——"抛弃过去，忘记一切"。但我怎么能忘，格雷戈尔也不会忘。好几次我问自己："我们是不是要分享一下我们的记忆？"但是我们不能。我们确乎浪费了这个奇迹，我们没有保护好它，也没有在风雨中保护彼此。在重逢后的几年里，我们曾经努力保护彼此，可到了最后，我们之间满是隔阂。

"嘿，爸爸。"

一个长直发的姑娘走了进来，她穿着一条带肩带的轻薄的亚麻连衣裙，衣服中间有一条直线，她脚上穿着一双凉鞋。

"早上好。"她见到我后朝我打了个招呼。

我站了起来。

"早，玛戈。"格雷戈尔回答道。

姑娘快走近我的时候，我正准备自我介绍，恰巧此时艾格尼丝进来了。"哦，亲爱的，你来了。孩子呢？"

"我把他交给我婆婆了。"格雷戈尔的女儿气喘吁吁的，额头上还有一层汗珠。

"这是罗莎。"艾格尼丝介绍说。

"欢迎您过来。"玛戈握住我的手，我也回握她。她有着一双格雷戈尔的眼睛。

"谢谢，很高兴见到你。"我笑着说，"你刚出生的时候我看过你的照片。"

"你怎么未经我允许就把我的照片给别人了。"她边同她的父亲开着玩笑，边给了他一个吻。

格雷戈尔在给我寄他孩子的照片时，以为这并不会伤害到我，他只是想感受到我还是他生活里的一部分，这是一种亲昵的姿态——不是保护性的，只是还带着亲昵，他已经不再保护我了，他也忘了他以前是怎么保护我的。他和艾格尼丝结婚了。我去参加了婚礼，我真诚地祝福他们一切都好，虽然我在回柏林的火车上心里满是悲伤。他不再孤独的事实并不会增加我的孤独感。

当火车停靠在沃尔夫斯堡的时候，我吃了一惊。"沃尔夫斯堡。"广播里传来了这样的声音。怎么在去程中我没有注意到呢？也许那个时候我睡着了。为了和我的丈夫彻底分开，我经过了狼的城市。

"爸爸，我有一个礼物要送给你。"

玛戈从她的包里拿出一张叠起来的方格纸，把它交给了格雷戈尔。

"等一等，"艾格尼丝说，"我帮你打开。"

那是一幅蜡笔画：一个没有头发的男人躺在粉红色云层下的一张床上，床腿间长出了有彩虹花瓣的花朵。

"这是你的外孙画的。"玛戈解释道。

我就站在边上，没有办法不去看上面的字，上面写道："外公，我想你了。你快点好起来呀。"

"你喜欢吗？"玛戈问他。

格雷戈尔没有回答。

"你能挂起来吗，妈妈？我们把它挂起来吧。"

"嗯……你需要找个钉子，或者一块胶带……"

"爸爸，你不说些什么吗？"

看得出来，他是因为感动而说不出话来。我突然觉得，此时此刻，在这个不属于我的家庭里，我是那么的格格不入。我走开了，走到窗前，透过百叶窗的缝隙看到庭院里护士们推着坐在轮椅上的病人，还有的人正坐在长椅上，很难看出他们到底是生病的还是健康的。

　　在间隔很久之后，格雷戈尔第一次试图再次与我做爱，我退缩了，我没有说"不"，也没有找什么借口，我只是浑身僵硬。格雷戈尔温柔地抚摸着我，以为我只是害羞了：我们很长时间没有相互触碰了。触摸他的身体，对我来说已经是一种习惯，每天照料他，我可以说是熟练地与他亲密接触了。战争还给了我一个退伍军人的身体，可是我还很年轻，精力充沛，我可以照顾。但是我们很久没有因为欲望而互相触碰了，欲望已经是一种我已忘记的感觉了。格雷戈尔相信我们可以通过循序渐进的练习慢慢重新学会做爱。但我觉得只有欲望才可以创造亲密，那是一瞬间的感觉，像突然在你眼前撕开一个东西一样；当然也可能是恰恰相反，是亲密重新占有和抓住欲望，就像试图抓住刚刚做过的梦一样，梦境是什么样的你早就记不得了，但梦里的气氛还一直萦绕着。也许是可以成功的，一定有其他一些妻子成功了，可是我不知道她们是怎么做到的，也许我们一直没找到正确的方法。

　　　　　　　　　　　　　　　　　　　希特勒的试毒者

第四十六章

　　医生进来的时候没有戴眼镜，我看了一眼表，已经接近黄昏了。艾格尼丝和玛戈与他闲聊，他们谈论着世界杯和小外孙。那个医生肯定也在这间屋子里见过那个孩子。医生非常和蔼可亲，他有着运动员一样的身体和男中音一般的嗓音，我没有上前自我介绍，他也不关心我。他请我们都出去，因为他必须要给格雷戈尔做检查了。

　　在走廊里，艾格尼丝问我："你今天晚上来我们家睡吗？"

　　"谢谢，我订了一间旅馆。"

　　"我不明白为什么，罗莎，家里有房间，你也可以陪陪我。"

　　是的。我们是可以做个伴。但是我已经习惯了独自生活，我不想和任何人分享空间。

　　"我还是不叨扰了，真的。我已经预订了附近的旅馆，很方便的。"

　　"你知道你随时可以改变主意，只要打个电话我就来接你。"

　　"妈妈，如果你不想一个人住，你可以过来和我们一起睡呀。"

　　为什么玛戈要这么说，为什么让我觉得很难堪呢？

　　医生找到我们，他已经检查完了。艾格尼丝询问了格雷戈尔最新的状况，玛戈在旁边专注地听着，然后又问了医生一遍所有情况。我不是他的家人，于是我回到了房间里。

格雷戈尔正试着拉开衣袖，他左臂的袖子已经被拉起，皮肤裸露在外以便针头能穿透静脉，而另一边的手臂上还是蓝色的棉袖——这应该是艾格尼丝最喜欢的颜色吧。也许格雷戈尔拉开袖子是为了挠痒：他的皮肤发干，我能够看到一些指甲划出的白色印记。

"我们没有把事情放在那里不管，"我没有坐下来，"我们继续朝前走了。"

格雷戈尔还在坚持拉着袖子，但是他怎么都没有成功。我没有帮他，我不敢碰他。

"你回来了，我照顾了你，后来你痊愈了。我们重新开了工作室，我们也重建了房子，我们朝前走了很多。"

"这就是你过来要告诉我的东西吗？"他终于放弃了，甩开了睡衣。"这就是你给我说的告别的话？"他的声音沙哑，像受了伤。

"难道你不同意吗？"

他叹了口气："我们没有回到从前的样子。"

"但是有谁回到从前的样子了，格雷戈尔，谁做到了？"

"有的人做到了。"

"你是想告诉我别人比我们好，比我好是吗？我就知道你要这么说。"

"我没有说别人好还是糟。"

"那你就错了。"

"你过来就是为了告诉我我做错了？"

"我从来没有想要告诉你任何东西，格雷戈尔！"

　　　　　　　　　　　　　　　希特勒的试毒者

"那你来干什么？"

"如果你不想我过来，你可以告诉我！你可以让你的妻子在电话里面告诉我。"我不应该生气，一个生气的老太太看起来太可悲了。

瞧，他的妻子惊慌失措地冲进来了。

"罗莎。"她喊我名字的语气里包含着无数个问题。

她走近格雷戈尔，拉开了他睡衣的袖子。"你还好吗？"她问他。

然后她转向我："我听到你们大喊大叫。"

我是唯一一个大喊大叫的，格雷戈尔有肺病，他喊不动。艾格尼丝听见的是我的声音。

"我怕你累着。"她跟她的丈夫说道，但她其实是在跟我说话，是我累着了她的丈夫。

"对不起。"我说完就出了门。

我经过了医生和玛戈，但没有向他们打招呼，穿过走廊后我不知道要去哪里。医院的霓虹灯让我头疼，我感觉我要从楼梯上掉下去了，但是我紧紧地抓住了扶手，另一只手伸进了上衣领子里，抓出了我脖子上的链子，然后攥紧。金属冰冷而坚硬。走下楼梯后，我才张开了手：挂在链子上的婚戒在我的手掌上留下了两个圆环的印记。

我从来没有去过她的家，我唯一要做的就是推开门，进入一间黑暗的房间。里面只有一扇小小的狭窄的窗户、一张桌子和一个小沙发，几把椅子翻到在杯盘之间。碗柜的所有抽屉都被抽出，扔在了地上，在半明半暗中，它们曾经待过的凹槽看起来像等待被占领的墓地洞穴。

党卫军把一切都弄得一团糟，他们总是这样，来了就破坏一切。现在艾尔弗里德已经离开了，留给我的只有她的东西，我需要摸摸她的东西。

我深吸一口气，走到窗帘前。我犹豫着拉开了它，觉得这么做冒犯了她。在房间里面，床具和衣服都散落在地板上。从床垫上扯下来的床单已被撕成了一堆破布，上面还随意地放了一个破掉的枕头。

艾尔弗里德消失之后，我的世界就崩溃了。再一次，我独自生活在找不到一个哭诉对象的世界里。

我跪坐在衣服上，抚摸着它们，我从来没有碰过她石头般的脸、她的颧骨，也没有触碰过因为我而在她腿上留下的伤痕。"我会陪在你身边的。"在军营的洗手间里我曾经向她发过誓，而也就从那一刻起，我们像高中女生一样的兴奋感就完全结束了。

我整个人趴在地板上，收拾起我身边的衣物。我低垂着头，脸贴在地上。它们已经没有了她的味道，还是我已经忘记了她的味道？

当你失去一个人的时候，痛苦是属于你的，你将再也看不见她，听不到她的声音。你相信如果没有她的话，你也将撑不下去。痛苦是一件多么自私的事情：这就是最让我恼火的一点。

但当我收拾这些衣服的时候，巨大的悲剧完全地暴露了出来。它大到无法形容，以至击败了痛苦，压倒了痛苦，它不断地扩张，占据了这个宇宙的每一寸土地，成了人性的证据。

我没有办法去看我自己的血，但是我知道艾尔弗里德的血液深深的颜色。"其他人的血你就受得了了？"她曾经这么问过我。

突然间，我需要呼吸空气，我抬起头，想让自己平静下来，我

希特勒的试毒者

开始逐一收拾衣服。我拍打着它们，想抹去一些褶皱，我把它们挂在它们该有的位置上。多荒唐啊！重新整理衣物显得好像她还需要它们，她还会回来一样。我折叠了床具，把它放进衣柜的抽屉里，我把床单重新铺到床垫上，把边角塞好。然后我走向那个被掏过的枕头。

我是在把手伸进枕巾里去按压羊毛的时候找到它的，那是一个又硬又冷的东西。我从粗糙的线团中取出它，看到了它。一枚金色的戒指：一枚婚戒。

我打了一个寒噤。艾尔弗里德结过婚？谁是那个她爱过的男人？为什么她从来没有告诉过我？

我们互相隐瞒了多少东西？在欺骗之中还能互相真心地期盼对方好吗？

我一直盯着这枚戒指，良久，我把它放进了梳妆台上的一个首饰盒里。一个打开的抽屉里探出来一个金属盒子，那是一个烟盒。我打开了它，里面还有一根烟，她没能吸完的最后一根烟。我把它拿了出来。

我把它夹在指间看着——我手上还戴着格雷戈尔五年前给我的那枚婚戒——我记得艾尔弗里德的手把烟放到唇边的样子，她在院子里用食指和中指一开一合比成剪刀形状的样子，还有那一天她把我和她关进洗手间的样子。我记得她的手指，她的手指上没有任何东西。

我对空气的渴望变得无法忍受，我不得不离开那里。不知怎么地，我抓过了艾尔弗里德的婚戒，我用拳头攥着它，逃也似的离开了。

第四十七章

回到病房的时候，我发现又只剩格雷戈尔一个人在里面，他双目紧闭。我坐到他的边上，就像从前晚上在保利娜房间时一样。他没有睁开眼睛，说："请原谅我，我不想惹你生气的。"

他怎么知道是我进来了呢？

"你也别介意，今天我有些情绪激动。"

"你过来看我，我是希望我们能心平气和地聊聊的。但是你知道，接受自己时日不多也不是一件很容易的事。"

"对不起，格雷戈尔。"

我只想好好地碰碰他，用我的手抓住他的手。只要能感受到他的温度就足够了。

格雷戈尔睁开眼睛，转过头。他很严肃，有一些迷茫，又有些绝望，我再也没有办法看懂他了。

"你知道吗，你变得难以接近。"他用无比柔和的微笑告诉我，"和一个没有办法接近的人是很难在一起的。"

我的指甲掐进了手心里，我紧紧地咬着牙齿。

我曾经读过的一部小说里说过，没有任何一个地方像德国的家庭那样如此深不可测地保持着沉默。在战争结束之后，我没有办法向人透露我曾为希特勒工作，否则我会付出代价，也许我会没有办法再存活下去。我甚至没有跟格雷戈尔说过，不是因为我不信任他，我当然相信他。但是我该怎么和他讲述克劳森多夫的食堂？我做不到和他谈论那些每天和我一起吃饭的女人——那个有酒糟鼻的女孩，那个肩膀宽阔、爱嚼舌根的女人，一个堕了胎的女人，一个觉得自己是女巫的女人，一个总是沉迷于电影演员的女人，还有一个犹太人。我应该告诉他艾尔弗里德的故事的，那是我的过错，那是我的过错和秘密的清单中最大的一个过错。可我怎么向他承认我相信了一名纳粹中尉的话，那个人把她送去了一座集中营？我也不能告诉他我还爱过那个中尉。我什么都没有说，我也不会说，我从生活中唯一学到的就是如何生存下来。

"我和你说得越多，你就越难以接近，越把自己封闭起来。你现在也在这样做。"格雷戈尔又咳嗽了。

"你喝点水吧。"

我拿起杯子，把它靠近他的嘴巴。我还记得当我在保利娜的房间里面这么做的时候他眼神中的不安。格雷戈尔把嘴唇贴上玻璃杯，专注于喝水的动作，因为他需要花很多的力气去喝水。而我扶着他的头：我从来没有摸过他没有头发时的头。有多少年我没有碰过我自己的丈夫了。

水流到了他的下巴上，他移开了玻璃杯。

"你不想再喝点了吗？"

"我不渴了。"他用手擦了擦嘴巴。

我从口袋里掏出手帕，擦拭着他的下巴。一开始他缩了一下，随后就放任我这么做了。手帕上还有红色的痕迹，格雷戈尔注意到了。他用一种我无法承受的温柔眼神看着我。

第四十八章

装着晚餐的推车给走廊带来了噪音和食物的香气。勤杂工走进了房间，艾格尼丝跟在他们后面，他们把餐盘递给她，她把它放在床头柜上并向他们表示感谢。当他们走到下一间病房时，她对我说道："罗莎，我们怎么也找不到你，你还好吧？"

"是的，我还好，只是有一点头疼。"

"玛戈想跟你告别的，但她必须抓紧时间走了。反正马上他们会让我们全部离开病房的。"

她撕下一块吸水纸，把它垫在格雷戈尔蓝色睡衣的领子里，就像垫一条餐巾一样。她紧紧地靠着床，慢慢地喂格雷戈尔吃东西，她偶尔停下来清理勺子。格雷戈尔吸着肉汤，发出窸窣的声音，有时候他的头重新倒在枕头上以便休息一会儿。现在就算是吃东西也会让他觉得累了。艾格尼丝在弄碎鸡肉，我坐在另一边正对着她。

格雷戈尔示意他吃饱了，艾格尼丝告诉我："我要去洗手间洗下手。"

"好的。"

"然后我就回家了。你如果真的不想住在我们家，至少来吃点东西吧？"

"谢谢，我不饿。"

"不管怎么样，如果你走得比较晚的话，医院有一间自己的食堂，医生和护士都在那边吃饭，很多病人的亲属也在那里吃，那里价钱便宜，吃的也不错。"

"也许你可以告诉我怎么走。"

现在只剩下我和格雷戈尔了。我感到很疲惫。

窗外天空正在变化，日落需要花费很长的时间，但最后一刻它突然加速了，天空瞬间昏暗下来。

"如果我在战争中死了，"他说，"我们的爱就会活下来。"

我知道这不是事实。

"问题是可能连爱都活不下来。"

"那会是怎样，罗莎？"

"我不知道，不过我知道你刚才说的都是些蠢话，你年纪大了，脑袋不清楚了。"

我以为他要咳嗽，没想到他笑了，见他这样我也笑了。

"我们把一切都赌在这上面了，但是没有什么好结果。"

"我们在一起生活了好几年：时间并不短；但是后来你有机会可以组一个新的家庭。"我笑着说，"你活下来了，你做得对。"

"但是你是独自一人，这么久你都自己一个人生活。"

我摸上他一边的脸颊，他的皮肤像羊皮纸一样，有一些褶皱，但也许那是我指间的皱纹。我从来没有抚摸过我年老的丈夫，我不知道那是什么样的感觉。

我将两根手指移到了他的嘴唇上，轻轻地按压着，然后手指慢慢地来到了他双唇的中间，我慢慢地按压着手指，极慢极慢。格雷戈尔张开嘴巴，又半阖上，然后吻了它们。

医院食堂的自选食物非常丰富，有多种蒸蔬菜——胡萝卜、土豆、菠菜、四季豆——还有用平底锅做的炒菜，比如炒西葫芦。此外还有豌豆炒培根、炖豆子等。肉类有猪肘、烤鸡胸肉。还有汤、面包屑比目鱼片，可能还配了些土豆泥。餐后食物也应有尽有，有水果沙拉、酸奶，还有带葡萄干的甜点，但是我已经不吃葡萄干了。

我只要了一盘四季豆、一杯纯净水和一个苹果，我并不饿。在收银台，他们除了给我一份餐具，还给了我两片全麦面包和一块包装好的黄油。我想找一个空位，空位还是很多的，浅蓝色的胶木桌有的空着，有的上面撒了脏面包屑或沾满了油脂。冷漠交谈的男人和穿着衬衫的女人手拿托盘，拖着胶底的鞋子在桌子间穿梭。我想先看清楚他们坐在哪里，然后自己再去找位置。我发现了一张相当干净又相当远的桌子。

我偷看着所有坐着的人，虽然从这个距离我看得不太清楚。不知道有没有人在今晚和我吃同样的东西。我偷看了所有人，最后找到了她：一个黑发的女孩。她把头发扎成了一个马尾，正津津有味地吃着她的四季豆。我从盘中拿起叉子，尝了一口，感觉到我的心跳慢慢地平缓了。我小口地吃着，直到我的胃有些不适。我有一点点恶心，但没有关系。我把手放在肚子上温暖它。我就这样坐着不动，直到人快走完了，整个食堂里只听得见一点点微弱的交谈声。我又等了一会儿，大概一个小时后我站了起来。

（本书完）